BESTSELLER

Isaac Asimov, escritor norteamericano de origen ruso, nació en Petrovich en 1920 y falleció en 1992. Doctor en ciencias por la Universidad de Columbia, fue también profesor de bioquímica y doctor en filosofía. Autor de notables libros de divulgación científica y de numerosas novelas de ciencia ficción que le dieron fama internacional. Entre sus obras más conocidas figura la Trilogía de la Fundación –*Fundación*, *Fundación e Imperio* y *Segunda Fundación*–, que el autor complementó con una precuela –*Preludio a la Fundación* y *Hacia la Fundación*– y una secuela –*Los límites de la Fundación* y *Fundación y Tierra*–. Asimismo, destaca la serie Robots formada por dos antologías de relatos y novelas cortas –*Visiones de Robot* y *Sueños de Robot*– y cuatro novelas –*Bóvedas de acero*, *El sol desnudo*, *Los robots del amanecer* y *Robots e imperio*.

Biblioteca

ISAAC ASIMOV

Fundación

Traducción de
Pilar Giralt

DEBOLS!LLO

Papel certificado por el Forest Stewardship Council®

Título original: *Foundation*

Primera edición con esta cubierta: junio de 2022

Printed in Spain – Impreso en España

ISBN: 9978-84-9759-924-5
Depósito legal: B-5.419-2022

Compuesto en M. I. Maquetación, S. L.

Impreso en Novoprint
Sant Andreu de la Barca (Barcelona)

P 8 9 9 2 4 D

EL CICLO DEL TRÁNTOR

En 1966, en la 24 Convención Mundial de Ciencia Ficción, celebrada en Cleveland, se otorgó el premio «Hugo»[1] *a la mejor «serie de novelas» del género a la* Trilogía de las Fundaciones *de Isaac Asimov, de la que el presente título,* Fundación, *constituye la primera parte.*

El citado premio se estableció por primera vez aquel año, y no galardonaba, como los demás «Hugos», únicamente el mejor trabajo del año en su categoría (la «serie de novelas» no es un fenómeno tan frecuente como para poder establecer un premio anual en esta categoría), sino la mejor serie de CF hasta entonces escrita.

Y de lo que no hay duda es de que se trata de una de las obras más ambiciosas del género en cuanto a planteamiento y amplitud. Asimov toma como punto de partida de su narración-especulación el comienzo de la decadencia –en un remotísimo futuro– de un colosal imperio galáctico que

1. Premios concedidos anualmente en las convenciones mundiales de CF, por votación de los asistentes, en las diversas categorías del género (relato, novela, revista especializada, etc.). Reciben su nombre en honor de Hugo Gernsback, pionero del género y creador del término «ciencia ficción».

abarca a toda la humanidad, diseminada por millones de mundos. La capital de este superestado cósmico es Trántor, un planeta íntegramente destinado a las tareas administrativas, totalmente dependiente de los suministros exteriores... y por ello extremadamente vulnerable...

Un psicólogo y matemático genial prevé el derrumbamiento del Imperio y el subsiguiente caos, y decide emplear la ciencia psicohistórica (una especie de piscología de masas matemáticamente estructurada) para reducir al mínimo el inevitable período de barbarie que antecederá a la consolidación de un Segundo Imperio.

Para ello establece dos Fundaciones, una en cada extremo de la Galaxia, con el fin de preservar el saber humano.

A partir de aquí, se irán sucediendo diversas épocas –cuyo advenimiento vendrá marcado por otras tantas crisis– previstas por la psicohistoria, en las que cambiarán las cabezas visibles del poder y las formas de ejercerlo, pero en las que la Primera Fundación (de la segunda no tendremos noticias hasta la última parte de la trilogía) irá expandiendo y afianzando cada vez más su influencia sobre la Galaxia.

Inspirándose directamente –como él mismo ha reconocido– en la historia de nuestro pasado, Asimov bosqueja los procesos sociopolíticos de su futuro hipotético, el paso de una forma de gobierno basada en la religión a una plutocracia más explícita, o, si se prefiere, del supersticioso Medioevo al Renacimiento, con sus príncipes de mercaderes.

Así, en este primer volumen asistimos a las «crisis de crecimiento» de la Primera Fundación, hasta que extiende sus dominios hacia el mismo centro de la Galaxia..., donde, inevitablemente, tropezará con los restos del antiguo Imperio, desmebrado y en continua decadencia, pero aun así fortísimo.

Este colosal encuentro cósmico dará lugar a la segunda parte de la trilogía, Fundación e Imperio, *donde la súbita aparición de un factor imprevisible amenaza con desbaratar el gigantesco y meticuloso plan de los psicohistoriadores. Pues dicho elemento perturbador es un mutante, un individuo dotado de extraordinarios poderes mentales y que la psico-*

historia no puede integrar en sus cálculos, ya que se trata de un individuo aislado y esta ciencia sólo puede operar sobre la base de grandes masas humanas (del mismo modo que la teoría cinética de los gases puede predecir el comportamiento global de millones de moléculas, pero no el de una molécula determinada).

Entonces entrará en escena la Segunda Fundación, *dando paso a la tercera y última parte de la serie...*

Pero no anticipemos los acontecimientos, pues uno de los mayores alicientes de la trilogía es su tratamiento poco menos que detectivesco... Un absorbente relato de intriga montado a una escala gigantesca, tanto espacial como temporal.

Cada una de las cinco partes que componen Fundación, *así como las que integran los otros dos títulos de la trilogía, consituyen un relato autónomo (de hecho, inicialmente fueron publicados en revistas como relatos sueltos), aunque obviamente relacionado con los demás, como las partes de un texto de historia.*

Del mismo modo, cada uno de los tres volúmenes de la trilogía constituye un todo en sí mismo, aunque una comprensión completa exige la lectura de toda la obra, y, a ser posible, en el orden indicado, que es el mismo que hemos seguido en su publicación.

Por último, por si algún lector se pregunta por qué esta introducción se titula «El ciclo de Trántor» y no, por ejemplo, «La trilogía de las Fundaciones», les aclararé que eso es algo que entenderán perfectamente... en cuanto concluya la serie.

CARLO FRABETTI

A MI MADRE

De cuyos auténticos cabellos grises
yo soy una de las principales causas.

PRIMERA PARTE

LOS PSICOHISTORIADORES

1

HARI SELDON – ...*Nació el año 11988 de la Era Galáctica; falleció en 12069. Las fechas suelen expresarse en términos de la Era Fundacional en curso, como –79 del año 1 E. F. Nacido en el seno de una familia de clase media en Helicón, sector de Arturo (donde su padre, según una leyenda de dudosa autenticidad, fue cultivador de tabaco en las plantas hidropónicas del planeta), pronto demostró una sorprendente capacidad para las matemáticas. Las anécdotas sobre su inteligencia son innumerables, y algunas contradictorias. Se dice que a la edad de dos años...*

...Indudablemente sus contribuciones más importantes pertenecen al campo de la psicohistoria. Seldon conoció la especialidad como poco más que un conjunto de vagos axiomas; la dejó convertida en una profunda ciencia estadística...

...La más autorizada fuente de información sobre su vida es la biografía escrita por Gaal Dornick, que, en su juventud, conoció a Seldon dos años antes de la muerte del gran matemático. El relato del encuentro...

Enciclopedia Galáctica[1]

1. Todas las referencias a la Enciclopedia Galáctica aquí reproducidas proceden de la 116.ª edición publicada en 1020 E. F. por la compañía editora de la Enciclopedia Galáctica, Términus, con autorización de los editores.

Se llamaba Gaal Dornick y no era más que un campesino que nunca había visto Trántor. Es decir, no realmente. Lo *había* visto muchas veces en el hipervídeo, y ocasionalmente en enormes noticieros tridimensionales que informaban sobre una coronación imperial o la apertura de un consejo galáctico. A pesar de haber vivido siempre en el mundo de Synnax, que giraba alrededor de una estrella al borde del Cúmulo Azul, no estaba desconectado de la civilización. En aquel tiempo, ningún lugar de la Galaxia lo estaba.

Por aquel entonces, había cerca de veinticinco millones de planetas habitados en la Galaxia, y absolutamente todos eran leales al imperio, con sede en Trántor. Fueron los últimos cincuenta años en que pudo decirse tal cosa.

Para Gaal, aquel viaje era el punto culminante de su juventud y de su vida estudiantil. Ya había salido al espacio con anterioridad, de modo que el viaje, en sí mismo, no significaba gran cosa para él. En realidad, hasta entonces, sólo había ido al único satélite de Synnax para obtener unos datos sobre la mecánica de los desplazamientos meteóricos que necesitaba para una disertación; pero los viajes espaciales eran exactamente iguales tanto si se recorría medio millón de kilómetros como la misma cantidad de años luz.

Se había preparado un poco para el salto a través del hiperespacio, un fenómeno que no se experimentaba en simples viajes interplanetarios. El salto seguía siendo, y probablemente lo sería siempre, el único método práctico para viajar a las estrellas. Los viajes a través del espacio ordinario no podían realizarse a una velocidad superior a la de la luz ordinaria (un conocimiento científico que formaba parte de las pocas cosas serias desde el olvidado amanecer de la historia humana), y esto hubiera significado años de viaje para llegar incluso al sistema habitado más cercano. A través del hiperespacio, esa inimaginable región que no era ni espacio ni tiempo, ni materia ni energía, ni algo ni nada, se podía atravesar la Galaxia en toda su longitud en el intervalo comprendido entre dos instantes de tiempo.

Gaal había esperado el primero de estos saltos con el temor contraído en la boca del estómago, y no resultó ser más que una insignificante sacudida, una conmoción interna sin importancia que cesó un instante antes de que pudiera darse cuenta de haberla sentido. Eso fue todo.

Y después de eso, sólo quedó la nave, grande y brillante; la fría producción de 12.000 años de progreso imperial; y él mismo, con su doctorado de matemáticas recién obtenido y una invitación del gran Hari Seldon para ir a Trántor y unirse al vasto y algo misterioso Proyecto Seldon.

Lo que Gaal aguardaba después de la decepción del salto era contemplar Trántor por primera vez. No dejaba de entrar en el mirador. Las láminas de acero se enrollaban en determinados momentos y él siempre estaba allí, contemplando el frío brillo de las estrellas, admirando el increíble enjambre nebuloso de un racimo de estrellas, como una conglomeración gigante de luciérnagas sorprendidas en pleno vuelo y detenidas para siempre. En cierta ocasión vio «el frío humo de color blanco azulado de una nebulosa a cinco años luz de la nave, que se extendía sobre la ventanilla como una mancha de leche distante, llenaba la habitación de un matiz helado, y desaparecía de la vista dos horas después, tras un nuevo salto.

La primera visión del sol de Trántor fue la de una mota dura y blanca, perdida completamente en una miríada de otras iguales, y sólo reconocible porque estaba señalada en la guía de la nave. Las estrellas eran numerosas allí, en el centro de la Galaxia. Pero a cada salto, su brillo se incrementaba, haciendo que el resto se apagara, se enrareciera y empalideciera.

Un oficial se acercó diciendo:

–El mirador estará cerrado durante el resto del viaje. Prepárense para aterrizar.

Gaal le siguió, y agarró la manga del uniforme blanco con el distintivo de la nave espacial y el sol del imperio.

Preguntó:

–¿No podrían dejarme? Me gustaría ver Trántor.

El oficial sonrió y Gaal se sonrojó ligeramente. Se le ocurrió pensar que hablaba como un provinciano.

El oficial dijo:

–Aterrizaremos en Trántor mañana por la mañana.

–Me refería a que quiero verlo desde el espacio.

–Oh, lo siento, muchacho. Si esto fuera una nave de recreo no habría inconveniente, pero estamos bajando en picado, de cara al sol. Seguramente no te gustaría quedarte ciego, quemado y afectado por la radiación todo al mismo tiempo, ¿verdad?

Gaal se alejó de él.

El oficial siguió hablando:

–De todos modos, Trántor no sería más que una mancha gris, muchacho. ¿Por qué no haces un viaje espacial turístico cuando llegues a Trántor? Son baratos.

Gaal miró hacia atrás.

–Muchísimas gracias.

Era infantil sentirse decepcionado; pero el infantilismo afecta casi con la misma facilidad a un hombre que a un niño, y Gaal tenía un nudo en la garganta. Nunca había visto Trántor extendido ante él en toda su magnitud, tan grande como la vida, y no había creído tener que aguardar aún más.

2

La nave aterrizó en medio de numerosos ruidos. Hubo el lejano silbido de la atmósfera hendida, que se deslizaba a lo largo del metal de la nave. Hubo el monótono zumbido de los acondicionadores que luchaban contra el calor de la fricción, y el rugido más amortiguado de los motores que aminoraban la velocidad. Hubo el sonido humano de hombres y mujeres que se amontonaban en las salas de desembarco y el crujido de grúas que levantaban el equipaje, el correo y el cargamento hasta el gran eje de la nave, desde donde, más tarde, serían trasladados a las plataformas de descarga.

Gaal experimentó una ligera sacudida indicadora de que la nave había dejado de moverse con independencia propia. La gravedad de la nave hacía horas que daba paso a la gravedad planetaria. Miles de pasajeros habían estado pacientemente sentados en las salas de desembarco, que se balanceaban con suavidad a impulsos de campos de fuerza para acomodar su orientación a la dirección cambiante de las fuerzas gravitacionales. Ahora descendían lentamente por las rampas que les llevarían a las grandes y abiertas compuertas.

El equipaje de Gaal era mínimo. Permaneció junto al mostrador, mientras lo examinaban rápida y expertamente, y lo ordenaban de nuevo. Su visado fue inspeccionado y sellado. Él no prestó atención a nada.

¡Aquello era Trántor! El aire parecía un poco más denso y la gravedad algo mayor que en su planeta de Synnax, pero ya se acostumbraría. Se preguntó si llegaría a habituarse a la inmensidad.

El edificio de desembarco era enorme. El techo se perdía en las alturas. Gaal pensó que las nubes casi podían formarse debajo de su inmensidad. No vio ninguna pared; sólo hombres y mostradores y el suelo convergente que desaparecía a lo lejos.

El hombre del mostrador habló de nuevo. Parecía molesto. Dijo:

–Siga adelante, Dornick.

Tuvo que abrir el visado y volver a mirarlo, para acordarse del nombre.

Gaal preguntó:

–¿Dónde... dónde...?

El hombre del mostrador señaló con el pulgar.

–Los taxis a la derecha y la tercera a la izquierda.

Gaal avanzó, y vio los brillantes rizos de aire suspendidos en la nada, que decían: TAXIS A TODAS DIRECCIONES.

Una figura surgió del anonimato y se detuvo frente al mostrador cuando Gaal se iba. El hombre del mostrador alzó la mirada y asintió brevemente. La figura asintió a su vez y siguió al recién llegado.

Llegó a tiempo de oír el destino de Gaal.

Gaal se encontró pegado a una barandilla.

Un pequeño letrero decía: SUPERVISOR. El hombre a quien se refería el letrero no levantó la vista. Dijo:

–¿Adónde?

Gaal no estaba seguro, pero incluso unos segundos de vacilación significarían una cola de varios hombres detrás de él.

El supervisor levantó la mirada.

–¿Adónde?

Los ahorros de Gaal eran escasos, pero sólo sería una noche y después tendría un empleo. Trató de aparentar indiferencia.

–A un buen hotel, por favor.

El supervisor no se impresionó.

–Todos son buenos. Nómbreme uno.

Gaal dijo, desesperado:

–El que esté más cerca, por favor.

El supervisor apretó un botón. Una delgada línea de luz se formó en el suelo, retorciéndose entre otras que brillaban y se apagaban, en diferentes colores e intensidades. Gaal se encontró con un billete en las manos. Brillaba débilmente.

El supervisor dijo:

–Uno con doce.

Gaal rebuscó unas monedas. Dijo:

–¿Por dónde he de ir?

–Siga la luz. El billete no dejará de brillar mientras vaya en la dirección correcta.

Gaal levantó la vista y empezó a andar. Había centenares de personas que se deslizaban por el vasto suelo, siguiendo su camino individual, esforzándose en los puntos de intersección para llegar a sus respectivos destinos.

Su propio camino se terminó. Un hombre con un deslumbrante uniforme azul y amarillo, hecho de plastrotextil a prueba de manchas, se hizo cargo de sus dos bolsas.

–Línea directa al Luxor –dijo.

El hombre que seguía a Gaal lo oyó. También oyó que

Gaal decía: «Estupendo», y le vio entrar en el vehículo de proa achatada.

El taxi se elevó en línea recta. Gaal miró por la ventanilla curvada y transparente, maravillado ante la sensación de volar dentro de una estructura cerrada y asiéndose instintivamente al respaldo del asiento del conductor. La inmensidad se contrajo y las personas se convirtieron en hormigas distribuidas caprichosamente. El panorama se redujo aún más y empezó a deslizarse hacia atrás.

Enfrente había una pared. Empezaba a gran altura y se alzaba hasta perderse de vista. Estaba llena de agujeros, como bocas de túneles. El taxi de Gaal se dirigió a uno y entró en él. Por un momento, Gaal se preguntó cómo podría su conductor escoger uno en particular entre tantos otros.

Ahora sólo había oscuridad, sin otra cosa que la intermitencia de las señales luminosas de colores para atenuar la penumbra. El aire vibraba con un ruido de velocidad.

Entonces Gaal fue lanzado hacia adelante por la disminución de velocidad y el taxi salió del túnel y descendió una vez más a nivel del suelo.

–El hotel Luxor –dijo el conductor, innecesariamente.

Ayudó a Gaal a bajar el equipaje, aceptó una propina de un décimo de crédito con naturalidad, recogió a un pasajero que le esperaba, y volvió a elevarse.

Hasta entonces, desde el momento de desembarcar, no había divisado el cielo.

3

TRÁNTOR – ...*Al comienzo del decimotercer milenio, esta tendencia alcanzó su punto culminante. Como centro del Gobierno imperial durante ininterrumpidos centenares de generaciones, y localizado, como estaba, en las regiones centrales de la Galaxia, entre los mundos más densamente poblados e industrialmente avanzados del sis-*

tema, no pudo dejar de ser el grupo humano más denso y rico que la raza había visto jamás.

Su urbanización, en progreso continuo, había alcanzado el punto máximo. Toda la superficie de Trántor, 1.200 millones de kilómetros cuadrados de extensión, era una sola ciudad. La población, en su punto máximo, sobrepasaba los cuarenta mil millones. Esta enorme población se dedicaba casi enteramente a las necesidades administrativas del imperio, y eran pocos para las complicaciones de dicha tarea. (Debe recordarse que la imposibilidad de una administración adecuada del imperio galáctico bajo la poca inspirada dirección de los últimos emperadores fue un considerable factor en la Caída.) Diariamente, flotas de decenas de miles de naves llevaban el producto de veinte mundos agrícolas a las mesas de Trántor…

Su dependencia de los mundos exteriores en cuanto a alimentos, y, en realidad, todas las necesidades de la vida, hicieron a Trántor cada vez más vulnerable a la conquista por el bloqueo. Durante el último milenio del imperio, las numerosas y hasta monótonas revueltas hicieron conscientes de ello a un emperador tras otro, y la política imperial se convirtió en poco más que la protección de la delicada yugular de Trántor…

Enciclopedia Galáctica

Gaal no estaba seguro de que el sol brillara ni, por lo tanto, de si era de día o de noche. Le daba vergüenza preguntarlo. Todo el planeta parecía vivir bajo metal. La comida que acababa de ingerir había sido calificada de almuerzo, pero había muchos planetas que se regían por una escala temporal que no tomaba en cuenta la alternancia quizá inconveniente del día y la noche. Las velocidades de rotación planetarias diferían, y él no sabía cuál era la de Trántor.

Al principio, había seguido ansiosamente las indicaciones hacia el «Solárium», no encontrando más que una cámara para tomar el sol bajo radiaciones artificiales. No permaneció allí más que un momento, y después volvió al vestíbulo principal del Luxor.

Se dirigió hacia el conserje.

–¿Dónde puedo comprar un billete para un viaje turístico planetario?

–Aquí mismo.

–¿A qué hora empieza?

–Acaba de perderlo. Mañana habrá otro. Compre el billete ahora y le reservaremos una plaza.

Oh. Al día siguiente ya sería demasiado tarde. Al día siguiente tenía que estar en la universidad. Preguntó:

–¿No hay una torre de observación... o algo parecido? Quiero decir, al aire libre.

–¡Naturalmente! Puedo venderle un billete, si quiere. Será mejor que compruebe si llueve o no. –Cerró un contacto a la altura del hombro y leyó las letras que aparecieron en una pantalla esmerilada. Gaal las leyó con él.

El conserje dijo:

–Buen tiempo. Ahora que lo pienso, me parece que estamos en la estación seca. –Añadió, locuazmente–: Yo no me preocupo del exterior. La última vez que salí al aire libre fue hace tres años. Lo ves una vez, sabes cómo es y eso es todo. Aquí tiene su billete. Hay un ascensor especial en la parte posterior. Tiene un letrero que dice: «A la torre». Tómelo.

El ascensor era uno de los que funcionaban por repulsión gravitatoria. Gaal entró y otros se amontonaron detrás de él. El ascensorista cerró un contacto. Por un momento, Gaal se sintió suspendido en el espacio cuando la gravedad llegó a cero, y después recobró algo de su peso a medida que el ascensor aceleraba hacia arriba. Siguió un repentino descenso de la velocidad y sus pies se alzaron del suelo. Dejó escapar un grito contra su voluntad.

El ascensorista le dijo:

–Ponga los pies debajo de la barandilla. ¿No ve el letrero?

Los otros lo habían hecho así. Le miraban sonriendo mientras él trataba frenética y vanamente de descender por la pared. Sus zapatos se apretaban contra la parte superior de las barandillas de cromo que se extendían por el suelo en hileras paralelas separadas ligeramente entre sí. Al entrar se había fijado en ellas y las había ignorado.

Entonces alguien alzó una mano y le estiró hacia abajo.

Logró articular las gracias al tiempo que el ascensor se detenía.

Salió a una terraza abierta bañada por un brillo blanco que le hirió la vista. El hombre que le había ayudado en el ascensor estaba inmediatamente detrás de él. Dijo, con amabilidad:

–Hay muchos asientos.

Gaal cerró la boca –la tenía abierta– y dijo:

–Así parece. –Se dirigió automáticamente hacia ellos y entonces se detuvo.

Dijo:

–Si no le importa, me quedaré un momento junto a la barandilla. Quiero... quiero mirar un poco.

El hombre le hizo una seña de asentimiento, con afabilidad, y Gaal se apoyó sobre la barandilla, que le llegaba a la altura del hombro, y se sumió en el panorama.

No pudo ver el suelo. Estaba perdido en las complejidades cada vez mayores de las estructuras hechas por el hombre. No pudo ver otro horizonte más que el del metal contra el cielo, que se extendía en la lejanía con un color gris casi uniforme, y comprendió que así era en toda la superficie del planeta. Apenas se podía ver ningún movimiento –unas cuantas naves de placer se recortaban contra el cielo–, aparte del activo tráfico de los miles de millones de hombres que se movían bajo la piel metálica del mundo.

No se podía ver ningún espacio verde; nada de verde, nada de tierra, ninguna otra vida más que la humana. En alguna parte de aquel mundo, pensó vagamente, estaría el palacio del emperador enclavado en medio de ciento cincuenta kilómetros de tierra natural, llena de árboles verdes y adornada de flores. Era un pequeño islote en un océano de acero, pero no se veía desde donde él estaba. Debía de hallarse a quince mil kilómetros de distancia. No lo sabía.

¡No podía esperar demasiado a hacer aquel viaje turístico!

Suspiró haciendo ruido; y se dio realmente cuenta de que al fin estaba en Trántor; en el planeta que era el centro de toda la Galaxia y el núcleo de la raza humana. No vio ninguna de sus debilidades. No vio aterrizar ninguna nave de comida. No estaba enterado de la yugular que conectaba con delicadeza a los cuarenta mil millones de Trántor con el resto de la Galaxia. Sólo era consciente de la extrema proeza del hombre; la conquista completa y casi desdeñosamente final de un mundo.

Se retiró de la barandilla con los ojos llenos de asombro. Su amigo del ascensor le indicaba un asiento junto al suyo y Gaal lo ocupó.

El hombre sonrió.

–Me llamo Jerril. ¿Es la primera vez que visita Trántor?

–Sí, señor Jerril.

–Eso me había parecido. Jerril es mi nombre de pila. Trántor le gustará si tiene un temperamento poético. Sin embargo, los trantorianos nunca suben aquí. No les gusta; les pone nerviosos.

–¡Nerviosos! Por cierto, yo me llamo Gaal. ¿Por qué los pone nerviosos? Es formidable.

–Es cuestión de opiniones, Gaal. Si has nacido en un cubículo y crecido en un pasillo, y trabajado en una celda, y pasado tus vacaciones en una habitación solar llena de gente, es lógico que la salida al aire libre y el panorama del cielo por encima de tu cabeza te ponga nervioso. Obligan a los niños a subir aquí una vez al año, desde que cumplen los cinco. No sé si les hace algún bien. En realidad, no disfrutan mucho de ello y las primeras veces gritan como histéricos. Tendrían que empezar en cuanto aprenden a andar y venir aquí una vez por semana.

Prosiguió:

–Claro que, en realidad, no importa. ¿Y si nunca en su vida salen al exterior? Son felices ahí abajo y administran el imperio. ¿A qué altura cree que estamos?

–¿A mil quinientos metros? –Se preguntó si habría sido un ingenuo.

Debió serlo, pues Jerril se echó a reír. Dijo:

–No. Sólo a ciento cincuenta.

–¿Qué? Pero el ascensor tardó unos...

–Lo sé. Pero ha empleado la mayor parte del tiempo en llegar al nivel del suelo. Trántor está excavado a más de dos mil metros de profundidad. Es como un iceberg. Nueve décimas partes están ocultas. Incluso se extiende por terreno suboceánico, al borde de la playa. De hecho, estamos tan abajo que podemos hacer uso de la diferencia de temperatura entre el nivel del suelo y un par de kilómetros más abajo para abastecernos de toda la energía que necesitamos. ¿Lo sabía?

–No. Pensaba que utilizaban generadores atómicos.

–Lo hacíamos, pero esto es más barato.

–Me lo imagino.

–¿Qué le parece? –Por un momento, la afabilidad del hombre se transformó en astucia. Parecía casi ladino.

Gaal titubeó.

–Formidable –repitió.

–¿Está aquí de vacaciones? ¿De viaje? ¿De visita a los lugares de interés?

–No exactamente. Por lo menos, siempre había deseado venir a Trántor, pero mi razón principal para este viaje es hacerme cargo de un empleo.

–¿De verdad?

Gaal se vio obligado a dar más explicaciones.

–Un empleo en el proyecto del doctor Seldon, en la Universidad de Trántor.

–¿Cuervo Seldon?

–No, no. Yo me refiero a Hari Seldon; el psicohistoriador Seldon. No conozco a ningún Cuervo Seldon.

–Hari es el que yo quiero decir. Le llaman Cuervo. Es una especie de jerga, ¿sabe? No deja de predecir el desastre.

–¿De verdad? –Gaal estaba literalmente asombrado.

–Seguramente, usted debe saberlo. –Jerril no sonreía–. Ha venido para trabajar con él, ¿no?

–Bueno, sí, soy matemático. ¿Por qué predice el desastre? ¿Qué clase de desastre?

–Y a usted, ¿qué le parece?

–No tengo ni la menor idea. He leído los documentos publicados por el doctor Seldon y su grupo. Versan sobre teoría matemática.

–Los que publican, sí.

Gaal se sintió molesto. Dijo:

–Bien, vuelvo a mi cuarto. He estado encantado de conocerle.

Jerril alzó la mano indiferentemente en señal de despedida.

Gaal encontró a un hombre aguardándole en su habitación. Por un momento, la sorpresa le impidió pronunciar el inevitable: «¿Qué hace usted aquí?» que acudió a sus labios.

El hombre se levantó. Era viejo y casi calvo y cojeaba ligeramente, pero tenía los ojos penetrantes y azules.

–Soy Hari Seldon –dijo un instante antes de que el perplejo cerebro de Gaal recordara su rostro por las muchas veces que lo había visto en fotografías.

4

PSICOHISTORIA–*... Gaal Dornick, utilizando conceptos no matemáticos, ha definido la psicohistoria como la rama de las matemáticas que trata sobre las reacciones de conglomeraciones humanas ante determinados estímulos sociales y económicos...*

Implícita en todas estas definiciones está la suposición de que el número de humanos es suficientemente grande para un tratamiento estadístico válido. El tamaño necesario de tal número puede ser determinado por el primer teorema de Seldon, que... Otra suposición necesaria es que el conjunto humano debe desconocer el análisis psicohistórico a fin de que su reacción sea verdaderamente casual...

La base de toda psicohistoria válida reside en el desarrollo de las funciones Seldon, que exponen propiedades congruentes a las de tales fuerzas sociales y económicas como...

Enciclopedia Galáctica

–Buenas tardes, señor –dijo Gaal–. Yo... yo...

–Usted no creía que fuéramos a vernos antes de mañana, ¿verdad? Normalmente, así hubiera tenido que ser. La cuestión es que, si vamos a utilizar sus servicios, hemos de actuar con rapidez. Cada vez es más difícil obtener ayuda.

–No le comprendo, señor.

–Ha estado hablando con un hombre en la torre de observación, ¿verdad?

–Sí. Su nombre de pila es Jerril. No sé nada más de él.

–Su nombre no significa nada. Es agente de la Comisión de Seguridad Pública. Le ha seguido desde el puerto espacial.

–Pero ¿por qué? No comprendo nada.

–¿Le ha dicho el hombre de la torre algo sobre mí?

Gaal vaciló.

–Se refirió a usted como a Cuervo Seldon.

–¿Le ha dicho por qué?

–Ha dicho que predice el desastre.

–Así es. ¿Qué le parece Trántor?

Al parecer todo el mundo quería conocer su opinión sobre Trántor. Gaal fue incapaz de responder con otra palabra:

–Glorioso.

–Lo dice sin pensar. ¿Qué hay de la psicohistoria?

–No se me ha ocurrido aplicarla al problema.

–Al poco tiempo de trabajar conmigo, jovencito, aprenderá a aplicar la psicohistoria a todos los problemas como algo rutinario. Observe. –Seldon extrajo su calculadora de la bolsa del cinturón. La gente decía que la guardaba debajo de la almohada para usarla en momentos de debilidad. Su superficie gris y brillante estaba ligeramente desgastada por el uso. Los ágiles dedos de Seldon, ahora manchados por la edad, juguetearon a lo largo del duro plástico que la bordeaba. Unas cifras rojas surgieron del gris.

Dijo:

–Esto representa el estado del imperio en el momento actual.

Aguardó.

Finalmente, Gaal dijo:

–Supongo que esto no es una representación completa.

–No, no es completa –dijo Seldon–. Me alegro de ver que no acepta mi palabra ciegamente. Sin embargo, es una aproximación que servirá para demostrar el problema. ¿Está de acuerdo con esto?

–Sujeto a mi posterior verificación de la derivación de la función, sí. –Gaal evitaba cuidadosamente una posible trampa.

–Bien. Añada a esto la conocida probabilidad del asesinato imperial, revuelta virreinal, la reaparición contemporánea de períodos de depresión económica, la disminución de las exploraciones planetarias, el...

Siguió hablando. A cada punto mencionado, aparecían nuevas cifras, y se unían a las funciones básicas que aumentaban y cambiaban.

Gaal no le interrumpió más que una vez.

–No comprendo la validez de esta transformación de conjunto.

Seldon la repitió más lentamente.

Gaal dijo:

–Pero esto se hace por medio de una socio-operación prohibida.

–Bien. Es usted rápido, pero no lo bastante. No está

prohibida en esta conexión. Déjeme hacerlo por expansiones.

El procedimiento fue mucho más largo, y, una vez terminado, Gaal dijo, humildemente:

–Sí, ahora lo comprendo.

Al fin, Seldon se detuvo.

–Esto es Trántor dentro de cinco siglos. ¿Cómo lo interpreta usted? ¿Eh? –Ladeó la cabeza y aguardó.

Gaal dijo, con incredulidad:

–¡Una destrucción total! Pero..., pero esto es imposible. Trántor nunca ha sido...

Seldon se hallaba dominado por la intensa excitación de un hombre que sólo ha envejecido de cuerpo.

–Vamos, vamos. Ha visto cómo hemos obtenido el resultado. Tradúzcalo a palabras. Olvide el simbolismo por un momento.

Gaal dijo:

–A medida que Trántor se especializa más, es más vulnerable, menos capaz de defenderse a sí mismo. Además, a medida que se convierte cada vez más en el centro administrativo del imperio, su precio aumenta. A medida que la sucesión imperial se hace más incierta, y los feudos pertenecientes a grandes familias más agresivos, la responsabilidad social desaparece.

–Es suficiente. ¿Y qué hay de la probabilidad numérica de una destrucción total dentro de cinco siglos?

–No lo sé.

–Seguramente podrá realizar una diferenciación de campo.

Gaal se sintió presionado. No le fue ofrecida la calculadora. Se hallaba a unos centímetros de sus ojos. Calculó furiosamente y la frente se le perló de sudor.

–¿Cerca de un 85 %?

–No está mal –indicó Seldon, echando hacia afuera el labio inferior–, pero no es exacto. La cifra actual es el 92,5 %.

–¿Así que le llaman Cuervo Seldon? Nunca había leído tal cosa en los periódicos –dijo Gaal.

–Claro que no. Es algo impublicable. ¿Supone que el

imperio expondría su debilidad de esta manera? Esto no es más que una demostración muy sencilla de la psicohistoria. Lo que ocurre es que nuestros resultados se han filtrado entre la aristocracia.

–Mala cosa.

–No necesariamente. Todo está previsto.

–Pero ¿es ésta la razón de que me investiguen?

–Sí. Están investigando todo lo que concierne a mi proyecto.

–¿Se encuentra usted en peligro, señor?

–Oh, sí. Existe la probabilidad de un 1,7 % de que me ejecuten, aunque esto no detendría el proyecto. También hemos previsto esta eventualidad. Bueno, no importa. Supongo que mañana se reunirá conmigo en la universidad, ¿no es así?

–En efecto –repuso Gaal.

5

COMISIÓN DE SEGURIDAD PÚBLICA – *...La camarilla aristocrática subió al poder después del asesinato de Cleón I, último de los Entum. En general, formaron un núcleo de orden durante los siglos de inestabilidad e incertidumbre del imperio. Habitualmente, bajo el control de las grandes familias de los Chen y los Divart, degeneró eventualmente en un instrumento ciego para mantener el* statu quo... *No fueron completamente apartados del poder en el estado hasta la coronación del último emperador totalitario, Cleón II. El primer presidente de la Comisión...*

...En cierto modo, el principio de la decadencia de la Comisión puede situarse en el proceso de Hari Seldon dos años antes del comienzo de la Era Fundacional. Este proceso está descrito en la biografía de Hari Seldon escrita por Gaal Dornick...

Enciclopedia Galáctica

Gaal no acudió a su cita. A la mañana siguiente un zumbido amortiguado le despertó. Contestó, y la voz del conserje, tan apagada, cortés y modesta como debía ser, le informó que estaba detenido bajo las órdenes de la Comisión de Seguridad Pública.

Gaal se precipitó hacia la puerta y descubrió que ya no estaba abierta. No podía hacer otra cosa más que vestirse y esperar.

Fueron a buscarle y le llevaron a otro lugar, pero seguía estando detenido. Le hicieron preguntas con la mayor educación. Todo era muy civilizado. Él explicó que pertenecía a la provincia de Synnax; que había asistido a esta y aquella escuela y obtenido un diploma de doctor en matemáticas en tal y tal fecha. Había solicitado un puesto entre el personal del doctor Seldon y le habían aceptado. Dio estos detalles una y otra vez; y ellos volvieron a la pregunta de su unión al Proyecto Seldon una y otra vez. Cómo se había enterado de él; cuáles serían sus deberes; qué instrucciones secretas había recibido; de qué se trataba.

Contestó que no lo sabía. No tenía instrucciones secretas. Era un erudito y un matemático. La política no le interesaba.

Y finalmente el amable inquisidor le preguntó:

–¿Cuándo tendrá lugar la destrucción de Trántor?

Gaal titubeó.

–Yo no sé calcularlo.

–¿Y otros?

–¿Cómo podría hablar por otra persona? –Se sintió acalorado; demasiado acalorado.

El inquisidor preguntó:

–¿Le ha hablado alguien de dicha destrucción; ha establecido una fecha? –Y como el joven vacilara, continuó–: Le han seguido, doctor. Estábamos en el aeropuerto cuando usted llegó; en la torre de observación cuando esperaba la hora de la cita; y, naturalmente, pudimos oír su conversación con el doctor Seldon.

Gaal repuso:

–Pues ya conocen su opinión sobre la materia.

–Es posible. Pero nos gustaría que usted nos la dijera.

–Opina que Tréntor será destruido dentro de cinco siglos.

–¿Lo ha demostrado –uh– matemáticamente?

–Sí, lo ha hecho... insolentemente.

–Usted mantiene que –uh– las matemáticas son válidas, ¿verdad?

–Si el doctor Seldon lo sostiene, es que lo son.

–En ese caso, volveremos.

–Espere. Tengo derecho a un abogado. Reclamo mis derechos como ciudadano imperial.

–Los tendrá.

Y los tuvo.

El hombre que entró era muy alto, un hombre cuyo rostro parecía estar hecho de rayas verticales y tan delgado que uno se preguntaba si habría espacio en él para una sonrisa.

Gaal alzó la vista. Estaba desaliñado y cansado. Habían ocurrido muchas cosas, a pesar de no hacer más de treinta horas que se hallaba en Tréntor.

El hombre dijo:

–Soy Lors Avakim. El doctor Seldon me ha elegido para representarle.

–¿De verdad? Bueno, entonces, escuche. Solicito una apelación instantánea al emperador. Me retienen sin ninguna causa. Soy inocente de todo. De *todo*. –Extendió las manos, con las palmas hacia abajo–. Tiene que conseguir una audiencia con el emperador, inmediatamente.

Avakim vaciaba con cuidado sobre el suelo el contenido de una cartera plana. Si Gaal no hubiera estado tan excitado, habría reconocido unas formas legales Cellomet, delgadas como el metal y adhesivas, adaptadas para la inserción dentro del reducido tamaño de una cápsula personal. También habría reconocido una grabadora de bolsillo.

Avakim, sin prestar atención al acceso de cólera de Gaal, finalmente levantó la vista. Dijo:

–Naturalmente, la Comisión grabará nuestra conversación. Va contra la ley, pero lo harán, de todos modos.

Gaal apretó los dientes.

–Sin embargo –y Avakim se sentó deliberadamente–, la grabadora que tengo sobre la mesa, que es una grabadora completamente normal y también hace su función, tiene la propiedad adicional de suprimir toda transmisión. Es algo que no averiguarán enseguida.

–Así que puedo hablar.

–Naturalmente.

–Pues quiero una audiencia con el emperador.

Avakim sonrió con frialdad, y quedó demostrado que, después de todo, había espacio suficiente en su delgado rostro. Se le arrugaron las mejillas para dejar el espacio. Dijo:

–Es usted de provincias.

–No por eso dejo de ser ciudadano imperial. Lo soy tanto como usted o cualquiera de esa Comisión de Seguridad Pública.

–Sin duda; sin duda. A lo que me refiero es que, como provinciano, no comprende la vida de Trántor tal como es. El emperador no concede audiencias.

–¿A qué otra persona se puede recurrir? ¿Hay algún otro procedimiento?

–Ninguno. No hay recurso posible en un sentido práctico. Legalmente, puede apelar al emperador pero no obtendrá ninguna audiencia. Hoy el emperador no es el emperador de una dinastía Entum, ya lo sabe. Me temo que Trántor esté en manos de las familias aristocráticas miembros de las cuales componen la Comisión de Seguridad Pública. Éste es un desarrollo que la psicohistoria ha predicho muy bien.

Gaal dijo:

–¿De verdad? En este caso, si el doctor Seldon puede predecir la historia de Trántor con quinientos años de adelanto...

–Puede predecirla con mil quinientos años de adelanto...

–Digamos con diez mil quinientos. ¿Por qué no pudo predecir ayer los acontecimientos de esta mañana y advertirme? No, lo siento. –Gaal se sentó y apoyó la cabeza sobre una palma sudorosa–. Comprendo muy bien que la psicohistoria es una ciencia estadística y no puede predecir el futuro de un solo hombre con exactitud. Comprenderá que esté trastornado.

–Pero se equivoca. El doctor Seldon sabía que usted sería arrestado esta mañana.

–¿Qué?

–Es desagradable, pero cierto. La Comisión se ha mostrado cada vez más hostil hacia sus actividades. Se ha interferido con los nuevos miembros que se unían al grupo de un modo alarmante. Las gráficas demostraban que, para nuestros propósitos, era mejor provocar un clímax. La Comisión actuaba con demasiada lentitud, así que el doctor Seldon fue a verle ayer con la intención de forzarles a actuar. Por ninguna otra razón.

Gaal contuvo el aliento.

–Me ofende que...

–Por favor. Es necesario. No le escogieron por ninguna razón personal. Debe comprender que los planes del doctor Seldon, que han sido realizados con las matemáticas desarrolladas de más de dieciocho años, incluyen todas las eventualidades con probabilidades importantes. Ésta es una de ellas. Me han enviado aquí con el único propósito de asegurarle que no debe tener miedo. Todo acabará bien; es casi seguro respecto al proyecto; y razonablemente probable respecto a usted.

–¿Cuáles son las cifras? –inquirió Gaal.

–Para el proyecto, más del 99,9 %.

–¿Y para mí?

–Me han dicho que la probabilidad es del 77,2 %.

–Entonces tengo más de una probabilidad entre cinco de que me sentencien a prisión o a muerte.

–Esta última posibilidad está por debajo del uno por ciento.

–¿Lo cree así? Los cálculos sobre un solo hombre no significan nada. Diga al doctor Seldon que venga a verme.

–Desgraciadamente, no puedo. El doctor Seldon también ha sido arrestado.

La puerta se abrió de pronto antes de que Gaal pudiera hacer otra cosa que articular el principio de un grito. Entró un guardia, se acercó a la mesa, cogió la grabadora, la miró por todos lados y se la metió en el bolsillo.

Avakim dijo sosegadamente:

–Necesito ese aparato.

–Ya le daremos otro, abogado, uno que no provoque un campo estático.

–En este caso, mi entrevista ha concluido.

Gaal contempló cómo salía de la habitación y se encontró solo.

6

El proceso (Gaal suponía que aquello lo era, aunque legalmente tenía pocas similitudes con las elaboradas técnicas sobre las que Gaal había leído) no duró mucho. Estaba en su tercer día. Sin embargo, Gaal ya no podía recordar su comienzo.

A él no le habían molestado mucho. La artillería pesada había caído sobre el propio doctor Seldon. Sin embargo, Hari Seldon continuaba imperturbable. Para Gaal, era el único centro de estabilidad que quedaba en el mundo.

Los espectadores eran pocos y todos habían sido extraídos de entre los barones del imperio. La prensa y el público estaban excluidos, y era dudoso que el público en general supiera siquiera que se llevaba a cabo un juicio contra Seldon. La atmósfera era de oculta hostilidad hacia los acusados.

Cinco miembros de la Comisión de Seguridad Pública estaban sentados detrás de la mesa. Llevaban uniformes de color escarlata y oro y los brillantes birretes de plástico que eran el distintivo de su función judicial. En el centro estaba el presidente de la Comisión, Linge Chen. Gaal nunca había visto un señor tan importante y le miraba con fascinación. Chen, a lo largo de un proceso, raramente pronunciaba una sola palabra. Demostraba que hablar mucho estaba por debajo de su dignidad.

El abogado de la Comisión consultó sus notas y el interrogatorio prosiguió, con Seldon aún en el estrado.

P. Veamos, doctor Seldon. ¿Cuántos hombres componen en este momento el proyecto que usted dirige?

R. Cincuenta matemáticos.

P. ¿Incluyendo al doctor Gaal Dornick?

R. El doctor Dornick es el que hace cincuenta y uno.

P. Oh, ¡así que tenemos cincuenta y uno! Haga memoria, doctor Seldon. ¿No habrá cincuenta y dos o cincuenta y tres? ¿O quizá incluso más?

R. El doctor Dornick aún no se ha incorporado formalmente a mi organización. Cuando lo haga, el número de miembros será de cincuenta y uno. Ahora es de cincuenta, como ya he dicho.

P. ¿No serán unos cien mil?

R. ¿Matemáticos? No.

P. No he dicho que fueran matemáticos. ¿Son cien mil en total?

R. En total, su cifra es posible que sea correcta.

P. *¿Es posible?* Yo digo que es así. Digo que los hombres de su proyecto son noventa y ocho mil quinientos setenta y dos.

R. Me parece que está contando a mujeres y niños.

P. *(Alzando la voz.)* Noventa y ocho mil quinientos setenta y dos individuos es lo que pretendía decir. No hay necesidad de subterfugios.

R. Acepto las cifras.

P. *(Consultando sus notas.)* Olvidémonos de esto por el momento, pues, y dediquémonos a otra cuestión que ya hemos discutido exhaustivamente. ¿Quiere repetirnos, doctor Seldon, sus ideas respecto al futuro de Trántor?

R. He dicho, y lo repito, que Trántor quedará convertido en ruinas dentro de cinco siglos.

P. ¿No considera que su declaración es desleal?

R. No, señor. La verdad científica está más allá de toda lealtad y deslealtad.

P. ¿Está seguro de que su declaración representa la verdad científica?

R. Lo estoy.

P. ¿En qué se basa?

R. En las matemáticas de la psicohistoria.

P. ¿Puede demostrar que estas matemáticas son válidas?

R. Sólo a otro matemático.

P. *(Con una sonrisa)*. Así pues, eso significa que su verdad es de una naturaleza tan esotérica que un hombre normal y corriente no puede comprenderla. A mí me parece que la verdad tendría que ser mucho más clara, menos misteriosa, más abierta a la mente.

R. No presenta ninguna dificultad para según qué mentes. Las leyes físicas de transferencia de energía, que conocemos como termodinámica, han sido claras y diáfanas durante toda la historia del hombre desde edades míticas; sin embargo, debe de haber gente que, en la actualidad, no sería capaz de dibujar un motor. También puede ocurrirle a gente de gran inteligencia. Dudo que los doctos comisionados...

En este punto, uno de los comisionados se inclinó hacia el abogado. No se oyeron sus palabras, pero el silbido de su voz reveló una cierta aspereza. El abogado se sonrojó e interrumpió a Seldon.

P. No estamos aquí para oír discursos, doctor Seldon. Supongamos que ya ha dado por demostrada su teoría. Permítame que señale la posibilidad de que sus predicciones de desastre estén destinadas a socavar la confianza pública en el Gobierno imperial por razones que sólo usted conoce.

R. No es así.

P. Supongamos que usted declara que el período anterior a la así llamada ruina de Trántor estará lleno de desórdenes de diversos tipos...

R. Es correcto.

P. Y que mediante esa mera predicción, usted espera provocarlos, y tener un ejército de cien mil hombres disponible.

R. En primer lugar, está usted equivocado. Y si no lo estuviera, una investigación le demostraría que en mi equipo no hay más de diez mil hombres en edad militar, y ninguno de ellos tiene experiencia en armas.

P. ¿Actúa como agente de otro?

R. No estoy a sueldo de nadie, señor abogado.

P. ¿Es usted completamente desinteresado? ¿Está sirviendo a la ciencia?

R. Sí.

P. Veamos cómo. ¿Puede cambiarse el futuro, doctor Seldon?

R. Evidentemente. Esta sala puede explotar dentro de pocas horas, o no. Si lo hiciera, el futuro cambiaría indudablemente en ciertos aspectos ínfimos.

P. Esto son evasivas, doctor Seldon. ¿Puede cambiarse toda la historia de la raza humana?

R. Sí.

P. ¿Fácilmente?

R. No. Con gran dificultad.

P. ¿Por qué?

R. La tendencia psicohistórica de un planeta lleno de gente implica una gran inercia. Para cambiarla debe encontrarse con algo que posea una inercia similar. O ha de intervenir muchísima gente o, si el número de personas es relativamente pequeño, se necesita un tiempo enorme para el cambio. ¿Lo comprende?

P. Creo que sí. Trántor no necesita sucumbir, si un

gran número de personas deciden actuar de modo que no ocurra así.

R. Eso es.

P. ¿Unas cien mil personas?

R. No, señor. Eso es muy poco.

P. ¿Está seguro?

R. Considere que Trántor tiene una población de más de cuarenta mil millones. Considere también que la tendencia que nos lleva a la ruina no pertenece únicamente a Trántor, sino a todo el imperio y éste contiene cerca de mil billones de seres humanos.

P. Comprendo. Entonces quizá cien mil personas puedan cambiar la tendencia, si ellos y sus descendientes trabajan durante quinientos años.

R. Me temo que no. Quinientos años es muy poco tiempo.

P. ¡Ah! En ese caso, doctor Seldon, sus declaraciones no estaban encaminadas a esta deducción. Ha reunido a cien mil personas en los confines de su proyecto. Son insuficientes para cambiar la historia de Trántor en quinientos años. En otras palabras, no pueden evitar la destrucción de Trántor hagan lo que hagan.

R. Desgraciadamente, tiene usted razón.

P. Y, por otro lado, sus cien mil personas no persiguen ningún fin ilegal.

R. Exacto.

P. *(Lentamente y con satisfacción.)* En ese caso, doctor Seldon... Preste atención, señor, porque queremos una respuesta clara. ¿Para qué servirán sus cien mil personas?

La voz del abogado se hizo estridente. Había tendido la trampa; logró arrinconar a Seldon; apartarle de cualquier posibilidad de respuesta.

Hubo un creciente zumbido de conversaciones en las líneas de los nobles que constituían la audiencia e incluso invadió la fila de comisionados. Se inclinaron unos hacia otros con sus uniformes de escarlata y oro; sólo el presidente permaneció impasible.

Hari Seldon no se alteró. Esperó a que cesaran los murmullos.

R. Para reducir al mínimo los efectos de esa destrucción.

P. ¿A qué se refiere exactamente con esto?

R. La explicación es muy sencilla. La próxima destrucción de Trántor no es un suceso aislado del esquema del desarrollo humano. Será el punto culminante de un intrincado drama que empezó hace siglos y acelera continuamente su velocidad. Me refiero, caballeros, a la continua decadencia del imperio galáctico.

El zumbido se convirtió ahora en un sordo rugido. El abogado, ignorado, gritaba:

–Está declarando abiertamente que... –y se interrumpió porque los gritos de «traición» que lanzaba el auditorio demostraban que se había llegado al punto deseado sin ningún martillazo.

Lentamente, el presidente de la Comisión levantó el mazo y lo dejó caer. El sonido fue similar al de un melodioso gong. Cuando el eco cesó, el parloteo de los espectadores también lo hizo. El abogado respiró profundamente.

P. *(Teatralmente.)* ¿Se da cuenta, doctor Seldon, de que está hablando de un imperio que existe desde hace doce mil años, a pesar de todas las vicisitudes de las generaciones, y que está respaldado por los buenos deseos y el amor de mil billones de seres humanos?

R. Estoy tan al corriente de la situación actual como de la pasada historia del imperio. Aunque no pretendo ser descortés, creo que la conozco mejor que cualquier otra persona de esta habitación.

P. ¿Y predice su ruina?

R. Es una predicción hecha por las matemáticas. No hago ningún juicio moral. Personalmente, lamento la perspectiva. Aunque se admitiera que el imperio no es conveniente (cosa que yo no hago), el estado de anarquía que seguiría a su caída sería aún peor. Es ese estado de anarquía lo que mi proyecto pretende combatir. Sin embargo, la caída del imperio, caballeros, es algo monumental y no puede combatirse fácilmente. Está dictada por una burocracia en aumento, una recesión de la iniciativa, una congelación de las castas, un estancamiento de la curiosidad... y muchos factores más. Como ya he dicho, hace siglos que se prepara y es algo demasiado grandioso para detenerlo.

P. ¿No es algo evidente para todo el mundo que el imperio es tan fuerte como siempre?

R. La apariencia de fuerza no es más que una ilusión. Parece tener que durar siempre. No obstante, señor abogado, el tronco de árbol podrido, hasta el mismo momento en que la tormenta lo parte en dos, tiene toda la apariencia de sólido que ha tenido siempre. Ahora la tormenta se cierne sobre las ramas del imperio. Escuche con los oídos de la psicohistoria, y oirá el crujido.

P. *(Con inseguridad.)* No estamos aquí, doctor Seldon, para escu...

R. *(Firmemente.)* El imperio desaparecerá y con él todos sus valores positivos. Los conocimientos acumulados decaerán y el orden que ha impuesto se desvanecerá. Las guerras interestelares serán interminables; el comercio interestelar decaerá; la población disminuirá; los mundos perderán el contacto con el núcleo de la Galaxia. Esto es lo que sucederá.

P. *(Una vocecita en medio de un vasto silencio.)* ¿Para siempre?

R. La psicohistoria, que puede predecir la caída, puede hacer declaraciones respecto a las oscuras edades que resultarán. El imperio, caballeros, tal como se acaba de decir, ha durado doce mil años. Las oscuras edades que vendrán no durarán doce, sino *treinta* mil años. Sobrevendrá un segundo imperio, pero entre él y nuestra civilización habrá mil generaciones de humanidad doliente. Esto es lo que debemos combatir.

P. *(Recuperándose un poco.)* Se contradice a sí mismo. Antes ha dicho que no podía evitar la destrucción de Trántor; y por lo tanto, su Caída; la *así llamada* Caída del Imperio.

R. No estoy diciendo que podamos evitar la Caída. Pero aún no es demasiado tarde para acortar el interregno que seguirá. Es posible, caballeros, reducir la duración de anarquía a un solo milenio, si mi grupo recibe autorización para actuar ahora. Nos encontramos en un delicado momento de la historia. La enorme y arrolladora masa de los acontecimientos puede ser desviada ligeramente, sólo ligeramente. Puede no ser mucho, pero puede ser suficiente para evitar veintinueve mil años de miseria de la historia humana.

P. ¿Cómo se propone hacerlo?

R. Salvando los conocimientos de la raza. La suma del saber humano está por encima de cualquier hombre; de cualquier número de hombres. Con la destrucción de nuestra estructura social, la ciencia se romperá en millones de trozos. Los individuos no conocerán más que facetas sumamente diminutas de lo que hay que saber. Serán inútiles e ineficaces por sí mismos. La ciencia, al no tener sentido, no se transmitirá. Estará perdida a través de las generaciones. *Pero*, si ahora preparamos un sumario gigantesco de *todos* los conocimientos, nunca se perderán. Las generaciones futuras se basarán en ellos, y no tendrán que volver a descubrirlo por sí mismas. Un milenio hará el trabajo de treinta mil años.

P. Todo esto...

R. Todo mi proyecto; mis treinta mil hombres con sus esposas e hijos, se dedican a la preparación de una *Enciclopedia Galáctica*. No la terminarán durante su vida. Yo ni siquiera viviré para ver cómo la empiezan. Pero cuando Trántor caiga, estará concluida y habrá ejemplares en todas las bibliotecas importantes de la Galaxia.

El presidente alzó el mazo y lo dejó caer. Hari Seldon abandonó el estrado y ocupó silenciosamente su lugar al lado de Gaal.

Sonrió y dijo:

–¿Le ha gustado el espectáculo?

–Usted lo ha estropeado. Pero ¿qué ocurrirá ahora?

–Aplazarán el juicio y tratarán de llegar a un acuerdo particular conmigo.

–¿Cómo lo sabe?

Seldon repuso:

–Si he de serle sincero, no lo sé. Depende del presidente. Le he estudiado durante años enteros. He intentado analizar sus obras, pero usted ya sabe lo arriesgado que es introducir los caprichos de un individuo en las ecuaciones psicohistóricas. Sin embargo, tengo esperanzas.

7

Avakim se aproximó, hizo una inclinación de cabeza a Gaal y cuchicheó algo al oído de Seldon. Sonó el grito de aplazamiento, y los guardias los separaron. Gaal fue conducido fuera de la sala.

Las audiencias del día siguiente fueron completamente distintas. Hari Seldon y Gaal Dornick estuvieron solos con la Comisión. Estaban sentados juntos ante una mesa, con escasa separación entre los cinco jueces y los dos acusados. Incluso les ofrecieron cigarrillos de una caja de plástico iridiscente que recordaba a un caudal de agua corriente. No era más que una ilusión óptica, y los dedos notaban una superficie dura y seca.

Seldon aceptó uno; Gaal rehusó.

Seldon dijo:

–Mi abogado no está presente.

Un comisionado replicó:

–Esto ya no es un juicio, doctor Seldon. Estamos aquí para hablar de la seguridad del Estado.

Linge Chen dijo: «Yo hablaré», y los demás comisionados se retreparon en sus asientos, dispuestos a escuchar. Se formó el silencio alrededor de Chen en espera de sus palabras.

Gaal contuvo el aliento. Chen, enjuto y duro, menos viejo de lo que aparentaba, era el verdadero emperador de toda la Galaxia. El niño que sostentaba el título sólo era un símbolo fabricado por Chen, y no el primero.

Chen dijo:

–Doctor Seldon, usted altera la paz del reino del emperador. Ninguno de los mil billones de seres que ahora viven entre todas las estrellas de la Galaxia vivirán dentro de un siglo. ¿Por qué, pues, vamos a preocuparnos por sucesos que ocurrirán dentro de cinco siglos?

–Yo no viviré más de media década –dijo Seldon–, y, sin embargo, es algo que me preocupa tremendamente. Llámelo idealismo. Llámelo una identificación de mí mismo con esa generalización mística a la que nos referimos por el término de «hombre».

–No deseo tomarme la molestia de entender el misticismo. ¿Puede decirme por qué no puedo desembarazarme de usted y de un incómodo e innecesario futuro a cinco siglos vista que yo nunca veré ejecutándole esta noche?

–Hace una semana –dijo ligeramente Seldon–, podría haberlo hecho y quizá habría tenido una probabilidad entre diez de continuar usted mismo con vida hasta el final del año. Ahora, la probabilidad entre diez no llega a una entre diez mil.

Se oyeron respiraciones sonoras y movimientos intranquilos entre la concurrencia. Gaal sintió que sus cortos cabellos le pinchaban la nuca. Los párpados de Chen bajaron un poco.

–¿Cómo es eso? –inquirió.

–La caída de Trántor –dijo Seldon– no puede ser detenida por ningún esfuerzo concebible. No obstante, puede precipitarse fácilmente. El relato de mi juicio interrumpido se extenderá por toda la Galaxia. La frustración de mis planes para aligerar el desastre convencerá a la gente de que el futuro no les deparará nada bueno. Ya ahora recuerdan la vida de sus abuelos con envidia. Verán que las revoluciones políticas y los estancamientos comerciales aumentarán. La Galaxia será regida por la idea de que lo único que tendrá importancia será lo que un hombre pueda conseguir por sí mismo y en aquel mismo momento. Los hombres ambiciosos no esperarán y los poco escrupulosos no se quedarán atrás. Por medio de sus acciones precipitarán la decadencia de los mundos. Hágame ejecutar y Tránto no caerá dentro de cinco siglos, sino dentro de cincuenta años, y usted, usted mismo, dentro de un solo año.

Chen dijo:

–Éstas son palabras para asustar a los niños, pero su muerte no es lo único que nos proporcionaría una satisfacción.

Alzó la delgada mano que descansaba en unos documentos, de modo que sólo dos dedos tocaban ligeramente la hoja superior.

–Dígame –urgió–, ¿se dedicaría única y exclusivamente a preparar esa enciclopedia de la que nos ha hablado?

–Así es.

–¿Y tiene que hacerlo en Tránto?

–Tránto, señor, posee la Biblioteca Imperial, así como las eruditas fuentes de la Universidad de Tránto.

–Pero si usted estuviera en algún otro sitio, digamos en un planeta donde la prisa y distracciones de una metrópoli no interfirieran con las reflexiones eruditas, donde sus hombres pudieran dedicarse enteramente y por completo a su trabajo, ¿no sería una gran ventaja?

–Es posible que nos reportara ventajas de poca importancia.

–Pues este mundo ya ha sido escogido. Podrá trabajar, doctor, a su gusto y con sus cien mil hombres a su alrededor. La Galaxia sabrá que está usted trabajando y luchando contra la Caída. Incluso les diremos que impedirá la Caída. –Sonrió–. Como yo no creo en tantas cosas, no es difícil para mí no creer tampoco en la Caída, así que estoy enteramente convencido de que diré la verdad al pueblo. Y mientras tanto, doctor, usted no perturbará Trántor y no habrá ninguna alteración de la paz del emperador.

»La alternativa es la muerte para usted y para todos sus seguidores. No tomaré en cuenta sus anteriores amenazas. Tiene cinco minutos a partir de este momento para escoger entre la muerte y el exilio.

–¿Cuál es el mundo elegido, señor? –preguntó Seldon.

–Me parece que se llama Términus –dijo Chen. Negligentemente, dio la vuelta a los documentos que tenía sobre la mesa para que Seldon los viera–. No está habitado, pero es habitable, y puede ser adaptado a las necesidades de los sabios. Está un poco aislado...

Seldon le interrumpió.

–Está en el extremo de la Galaxia, señor.

–Como ya le he dicho, está un poco aislado. Es muy apropiado para sus necesidades de recogimiento. Vamos, le quedan dos minutos.

Seldon dijo:

–Necesitaremos tiempo para disponer el viaje. Hay veinte mil familias implicadas.

–Les daremos tiempo.

Seldon reflexionó un momento, y el último minuto empezó a cumplirse. Dijo:

–Acepto el exilio.

A Gaal le latió el corazón con fuerza al oír estas palabras. Principalmente, se sintió invadido por una tremenda alegría al pensar que habían escapado de la muerte. Pero dentro de este gran alivio hubo un espacio para lamentar que Seldon hubiera sido vencido.

8

Durante largo rato, guardaron silencio en el taxi que les conducía, a través de cientos de kilómetros de túneles como gusanos, hacia la universidad. Y después Gaal se removió inquieto en su asiento. Dijo:

–¿Era verdad lo que ha dicho al comisionado? ¿Su ejecución habría precipitado realmente la Caída?

Seldon contestó:

–Nunca miento sobre descubrimientos psicohistóricos. En este caso tampoco me hubiera servido de nada. Chen sabía que estaba diciendo la verdad. Es un político muy astuto, y los políticos, por la misma naturaleza de su trabajo, deben poseer un instinto especial para las verdades de la psicohistoria.

–Así pues, necesitaba que usted aceptara el exilio –dijo Gaal, pero Seldon no contestó.

Cuando llegaron al terreno de la universidad, los músculos de Gaal entraron en acción por sí mismos; o mejor dicho, en inacción. Casi tuvieron que arrastrarle fuera del taxi.

Toda la universidad era un derroche de luz. Gaal casi había olvidado que el sol existía. No era que la universidad estuviera al aire libre. Sus edificios estaban cubiertos por una monstruosa cúpula de una especie de vidrio. Estaba polarizado, de modo que Gaal podía mirar directamente hacia la rutilante estrella del cielo. Sin embargo, su luz no era amortiguada y arrancaba destellos de los edificios de metal hasta donde la vista podía alcanzar.

Las estructuras de la universidad no eran del duro acero gris del resto de Trántor. Eran más plateadas. El brillo metálico tenía un color casi marfileño.

Seldon dijo:

–Al parecer hay soldados.

–¿Qué? –Gaal dirigió los ojos al prosaico suelo y vio un centinela enfrente suyo.

Se detuvieron frente a él, y un capitán de hablar suave apareció por una puerta cercana.

–¿El doctor Seldon? –preguntó.

–Sí.

–Le estábamos esperando. Usted y sus hombres estarán bajo ley marcial de ahora en adelante. Las instrucciones que he recibido son de informarle que le han sido concedidos seis meses para hacer todos los preparativos de su viaje a Términus.

–¡Seis meses! –empezó Gaal, pero los dedos de Seldon se posaron en su hombro con una ligera presión.

–Éstas son mis instrucciones –repitió el capitán.

Se alejó, y Gaal se volvió hacia Seldon.

–Pero ¿qué podemos hacer en seis meses? Esto no es más que un crimen un poco más lento.

–Calma. Calma. Lleguemos a mi despacho.

No era un despacho grande, pero sí a prueba de espías y muy difícil de detectar. Las grabadoras tendidas sobre él no recibían ni un silencio sospechoso ni un estático aún más sospechoso. Recibían una conversación construida al azar con una gran variedad de frases inocuas en diversos tonos y voces.

–Ahora –dijo Seldon, poniéndose cómodo–, seis meses serán suficientes.

–No veo cómo.

–Porque, muchacho, en un plan como el nuestro, las acciones de los demás están adaptadas para satisfacer nuestras necesidades. Aún no le he dicho que la composición temperamental de Chen ha estado sujeta a un escrutinio mayor que la de cualquier otro hombre de la historia. No dejamos que el juicio se celebrara hasta que el momento y las circunstancias fueran idóneos para lograr una sentencia de nuestro gusto.

–Pero ¿han podido arreglárselas para...?

–¿...Para que nos exilien a Términus? ¿Por qué no? –Puso un dedo en cierto lugar de su mesa de despacho y una pequeña sección de la pared que había a su espalda se deslizó hacia un lado. Sólo sus dedos podían hacerlo, puesto que sólo sus huellas digitales podían activar el lector que había debajo. Dentro encontrará varios microfilmes –dijo Seldon–. Saque el marcado con la letra T.

Gaal así lo hizo y aguardó a que Seldon lo colocara en el proyector y alargara al joven un par de oculares. Gaal se los ajustó, y contempló el desarrollo de la película.

–Pero, entonces... –empezó a decir.

–¿Qué es lo que le asombra? –preguntó Seldon.

–¿Han estado preparándose para la marcha desde hace dos años?

–Dos años y medio. Naturalmente, no podíamos estar seguros de que escogerían Términus, pero confiamos en que lo hicieran y actuamos sobre esta suposición...

–Pero ¿por qué, doctor Seldon? Si usted es el que ha dispuesto el exilio, ¿por qué? ¿Es que ya no se podían controlar los acontecimientos aquí en Trántor?

–Bueno, existen varias razones. Al trabajar en Términus tendremos el apoyo imperial sin provocar temores que pondrían en peligro la seguridad del imperio.

Gaal dijo:

–Pero usted ha provocado estos temores sólo para obligarlos a exiliarle. Sigo sin comprenderle.

–Veinte mil familias no se trasladarían al extremo de la Galaxia por su propia voluntad, ¿no cree?

–Pero ¿por qué deben ir a la fuerza? –Gaal hizo una pausa–. ¿Puedo saberlo?

Seldon dijo:

–Todavía no. Por el momento ya es suficiente que sepa que se establecerá un refugio científico en Términus. Y otro será establecido al otro extremo de la Galaxia, por ejemplo –y sonrió–, al Extremo de las Estrellas. Y en cuanto al resto, yo moriré pronto, y usted verá más que yo. No, no. Ahórreme su sorpresa y buenos deseos. Mis médicos me han dicho que no viviré más de uno o dos años. Pero entonces ya habré realizado todo lo que me había propuesto en la vida y, ¿puede uno morir en mejores circunstancias?

–¿Y después de su muerte, señor?

–Bueno, tendré sucesores..., quizá incluso usted mismo. Y estos sucesores podrán aplicar el último toque del plan e instigar la revuelta de Anacreonte en el momento oportuno y de la mejor manera. A partir de entonces, los acontecimientos se desarrollarán por sí solos.

–No le entiendo.

–Ya me entenderá. –El arrugado rostro de Seldon reflejó una gran paz y cansancio, casi al mismo tiempo–. La mayoría se irá a Términus, pero algunos se quedarán. Será fácil de arreglar. Pero yo –y concluyó en un susurro, de modo que Gaal apenas pudo oírle– estoy acabado.

SEGUNDA PARTE

LOS ENCICLOPEDISTAS

1

TÉRMINUS – *...Su situación (consultar el mapa) era muy extraña para el papel que estaba llamado a desempeñar en la historia galáctica, pero, al mismo tiempo, tal como muchos escritores no se han cansado de repetir, inevitable. Localizado en el mismo borde de la espiral galáctica, un único planeta de un sol aislado, pobre en recursos y muy insignificante en valor económico, nunca fue colonizado durante los cinco siglos después de su descubrimiento, hasta el aterrizaje de los enciclopedistas...*

Fue inevitable que a medida que una nueva generación crecía, Términus se convirtiera en algo más que una pertenencia de los psicohistoriadores de Trántor. Con la revuelta anacreóntica y la subida al poder de Salvor Hardin, primero de la gran línea de...

Enciclopedia Galáctica

Lewis Pirenne se hallaba muy ocupado frente a su mesa del despacho, en la única esquina bien iluminada de la habitación. Tenía que coordinar el trabajo. Tenía que organizar el esfuerzo. Tenía que atar todos los cabos.

Cincuenta años; cincuenta años para establecerse y

convertir la Fundación Número Uno de la Enciclopedia en una unidad de trabajo organizada. Cincuenta años para reunir el material de base. Cincuenta años de preparación.

Lo habían hecho. Al cabo de otros cinco años se publicaría el primer volumen de la obra más monumental que la Galaxia había concebido nunca. Y después, con intervalos de diez años –regularmente, como un mecanismo de relojería–, volumen tras volumen. Y con ellos habría suplementos, artículos especiales sobre sucesos de interés general, hasta que...

Pirenne se movió con desasosiego cuando el zumbido amortiguado que procedía de su mesa sonó obstinadamente. Había estado a punto de olvidarse de la cita. Tocó el interruptor de la puerta y por el abstraído rabillo del ojo vio cómo se abría y entraba la corpulenta figura de Salvor Hardin. Pirenne no levantó la vista.

Hardin sonrió para sí. Tenía prisa, pero no era tan tonto como para ofenderse por el altivo tratamiento que Pirenne concedía a cualquier cosa o persona que interrumpiera su trabajo. Se desplomó en la silla del otro lado de la mesa y esperó.

El punzón de Pirenne hacía un ligerísimo ruido al correr sobre el papel. Aparte de esto, ningún movimiento y ningún sonido. Y entonces Hardin extrajo una moneda de dos créditos del bolsillo de su chaqueta. La lanzó hacia arriba y su superficie de acero inoxidable reflejó destellos de luz al rodar por los aires. La cogió y volvió a lanzarla, mirando perezosamente los centelleantes reflejos. El acero inoxidable constituía un buen medio de intercambio en un planeta donde todo el metal tenía que importarse.

Pirenne alzó la vista y parpadeó.

–¡Deje de hacer eso! –exclamó con irritación.

–¿Eh?

–Deje de tirar esa infernal moneda al aire. Ya es suficiente.

–Oh. –Hardin volvió a meter el disco de metal en el bolsillo–. Dígame cuándo acabará, ¿quiere? Le prometo estar de vuelta en el consejo municipal antes de que la asamblea someta a votación el proyecto del nuevo acueducto.

Pirenne suspiró y se separó de la mesa.

–Ya he acabado, pero espero que no me moleste con los problemas municipales. Cuídese usted mismo de eso, por favor. La Enciclopedia requiere todo mi tiempo.

–¿Se ha enterado de la noticia? –interrogó Hardin, flemáticamente.

–¿Qué noticia?

–La noticia que ha recibido hace dos horas el receptor de onda ultrasónica de la Ciudad de Términus. El gobernador real de la Prefectura de Anacreonte ha asumido el título de rey.

–¿Bien? ¿Y qué?

–Significa –repuso Hardin– que estamos incomunicados con las regiones internas del imperio. Ya lo esperábamos, pero eso no nos facilita las cosas. Anacreonte está justo en medio de lo que era nuestra última ruta comercial a Santanni, Trántor e incluso Vega. ¿De dónde importaremos el metal? No hemos logrado obtener ningún embarque de acero o aluminio durante seis meses, y ahora ya no podremos obtener ninguno, excepto por gracia del rey de Anacreonte...

Pirenne le interrumpió con impaciencia.

–Pues consígalos a través de él.

–¿Podemos? Escuche, Pirenne, según la carta que establece esta Fundación, la Junta de síndicos del Comité de la Enciclopedia tiene plenos poderes administrativos. Yo, como alcalde de Ciudad de Térmius, tengo tanto poder como para sonarme y quizá estornudar si usted refrenda una orden dándome el permiso. Esto corresponde a la Junta y a usted. Se lo pido en nombre de la ciudad, cuya prosperidad depende del comercio ininterrumpido con la Galaxia; le pido que convoque una reunión urgente...

–¡Basta! Una campaña dialéctica estaría fuera de lugar. Ahora bien, Hardin, la Junta de síndicos no ha prohibido el establecimiento de un gobierno municipal en Términus. Creemos que es necesario a causa del aumento de población desde que se creó la Fundación hace cincuenta años, y a causa del número cada vez mayor de personas que está implicado en los asuntos de la Enciclopedia. *Pero* esto no significa que el primer y *único* fin de la Fundación ya no sea publicar la Enciclopedia de todo el saber humano. Somos una institución científica apoyada por el Estado, Hardin. No podemos, no debemos interferir en la política local.

–¡Política local! Por el dedo gordo del pie izquierdo del emperador, Pirenne, esto es cuestión de vida o muerte. El planeta, Términus, no puede mantener por sí mismo una civilización mecanizada. Carece de metal. Usted lo sabe. No tiene ni pizca de hierro, cobre o aluminio en las rocas de la superficie, y muy poco de cualquier otra cosa. ¿Qué cree que ocurrirá con la Enciclopedia si ese maldito rey de Anacreonte nos aprieta las clavijas?

–¿A *nosotros*? ¿Olvida acaso que estamos bajo el control directo del mismo emperador? No formamos parte de la Prefectura de Anacreonte o de cualquier otro. ¡Recuérdelo! Formamos parte del dominio personal del emperador, y nadie nos ha tocado. El imperio puede protegerse a sí mismo.

–Entonces, ¿por qué no ha evitado que el gobernador real de Anacreonte se rebelara? Y no sólo se trata de Anacreonte. Por lo menos, veinte de las prefecturas más apartadas de la Galaxia, en realidad toda la Periferia, han empezado a tomar riendas a su manera. Tengo que decirle que no estoy muy seguro del imperio y su capacidad para protegernos.

–¡Palabrería! Gobernadores reales, reyes..., ¿qué diferencia hay? El imperio está saturado de políticos y hombres que tiran de uno y otro lado. Los gobernadores se han rebelado, y, por esta razón, los emperadores han sido depuestos, o asesinados antes de ello. Pero ¿qué tiene que ver con el imperio en sí mismo? Olvídelo, Hardin. No nos concierne. Somos los primeros y los últimos... científicos. Y nuestra única preocupación es la Enciclopedia. Oh, sí, casi lo había olvidado. ¡Hardin!

–¿Sí?

–¡Haga algo con este periódico suyo! –La voz de Pirenne era colérica.

–¿El *Diario* de la Ciudad de Términus? No es mío, es de propiedad privada. ¿Qué ha hecho?

–Lleva semanas recomendando que el quincuagésimo aniversario del establecimiento de la Fundación se celebre con vacaciones públicas y celebraciones completamente impropias.

–¿Y por qué no? El reloj de radio abrirá la Primera Bóveda dentro de tres meses. Yo diría que es una gran ocasión, ¿usted no?

–No para exhibiciones tontas, Hardin. La Primera Bóveda y su apertura sólo concierne a la Junta de síndicos. Se comunicará algo importante al pueblo. Es mi última palabra y usted me hará el favor de publicarlo.

–Lo siento, Pirenne, pero la Carta Municipal garantiza cierta cuestión menor conocida como libertad de prensa.

–Es posible. Pero la Junta de síndicos no. Soy el representante del emperador y tengo plenos poderes.

La expresión de Hardin fue la de un hombre que cuenta mentalmente hasta diez.

–Respecto a su cargo como representante del emperador, tengo una última noticia que darle –dijo en tono sombrío.

–¿Sobre Anacreonte? –Pirenne frunció los labios. Se sentía molesto.

–Sí. Recibiremos la visita de un enviado especial de Anacreonte, dentro de dos semanas.

–¿Un enviado? ¿Nosotros? ¿De Anacreonte? –Pirenne refunfuñó–: ¿Para qué?

Hardin se puso en pie y acercó la silla a la mesa.

–Dejaré que lo adivine usted mismo.

Y se fue..., muy ceremoniosamente.

2

Anselm ilustre Rodric –«ilustre» significaba nobleza de sangre–, subprefecto de Pluema y enviado extraordinario de su Alteza de Anacreonte –más media docena de otros títulos– fue recibido por Salvor Hardin en el espaciopuerto con todos los imponentes rituales de una ocasión oficial.

Con una sonrisa forzada y una ligera inclinación, el subprefecto sacó su pistola de la funda y la presentó a Hardin por la culata. Hardin devolvió el cumplido con una pistola específicamente prestada para la ocasión. Así se estableció la amistad y buena voluntad, y si Hardin notó alguna protuberancia en el hombro del ilustre Rodric, prudentemente no dijo nada.

El coche que los recibió –precedido, flanqueado y seguido por la debida nube de funcionarios menores– se dirigió a una marcha lenta y ceremoniosa hacia la plaza de la Enciclopedia, aclamado en el camino por una multitud debidamente entusiasta.

El subprefecto Anselm recibió las aclamaciones con la complaciente indiferencia de un soldado y un noble.

–¿Y esta ciudad es todo su mundo? –preguntó.

Hardin alzó la voz para hacerse oír por encima del clamor.

–Constituimos un mundo joven, eminencia. En nuestra corta historia, muy pocos miembros de la alta nobleza han visitado nuestro pobre planeta. De ahí nuestro entusiasmo.

La «alta nobleza» no captó la ironía.

Dijo pensativamente:

–Fundada hace cincuenta años. ¡Hummm! Aquí tiene grandes extensiones de terreno sin explotar, alcalde. ¿Nunca ha pensado dividirlo en estados?

–Aún no hay necesidad. Estamos extremadamente centralizados; tenemos que estarlo, por la Enciclopedia. Algún día, quizá, cuando nuestra población haya aumentado...

–¡Un mundo extraño! ¿No tienen campesinos?

Hardin pensó que no se requería demasiada perspicacia para adivinar que su eminencia se estaba abandonando a un sondeo bastante torpe. Repuso casualmente:

–No..., no tenemos, y tampoco nobleza.

El ilustre Rodric alzó las cejas.

–¿Y su líder, el hombre con quien debo entrevistarme?

–¿Se refiere al doctor Pirenne? ¡Sí! Es el presidente de la Junta de síndicos... y un representante personal del emperador.

–¿*Doctor*? ¿No tiene ningún otro título? ¿Un *científico*? ¿Y está por encima de la autoridad civil?

–Sí, desde luego que sí –repuso Hardin, amistosamente–. Todos somos científicos, más o menos. Al fin y al cabo, no somos tanto un mundo como una fundación científica... bajo el control directo del emperador.

Hubo un ligero énfasis en la última frase que pareció desconcertar al subprefecto. Permaneció pensativamente silencioso durante el resto del lento trayecto hacia la plaza de la Enciclopedia.

Si Hardin se aburrió durante la tarde y noche que siguieron, por lo menos tuvo la satisfacción de observar que Pirenne y el ilustre Rodric –que al momento de conocerse habían intercambiado mutuas protestas de estima y consideración– detestaban muchísimo más su compañía.

El ilustre Rodric había asistido con mirada vidriosa al discurso de Pirenne durante la «visita de inspección» del edificio de la Enciclopedia. Con sonrisa educada y ausente, había escuchado el parloteo de este último a medida que recorrían los vastos almacenes de películas de consulta y las numerosas salas de proyección.

Sólo después de haber bajado nivel tras nivel y visitado los departamentos de redacción, edición, publicación y filmación, hizo la primera declaración comprensible.

–Todo esto es muy interesante –dijo–, pero parece una ocupación muy extraña para personas mayores. ¿Para qué sirve?

Hardin observó que Pirenne no encontró una respuesta adecuada, aunque la expresión de su rostro fue de lo más elocuente.

La cena de aquella noche no fue más que un reflejo de los sucesos de la tarde, pues el ilustre Rodric monopolizó la conversación al describir –con toda clase de detalles técnicos y con increíble celo– sus propias hazañas como cabeza de batallón durante la reciente guerra entre Anacreonte y el vecino y recién proclamado reino de Smyrno.

Los detalles del relato del subprefecto no concluyeron hasta después de la cena, y, uno por uno, los oficiales menores habían ido desapareciendo. El último retazo de triunfal descripción sobre las naves destrozadas llegó cuando hubo acompañado a Pirenne y Hardin a un balcón y se relajó con el cálido aire de la noche estival.

–Y ahora –dijo, con pesada jovialidad–, hablemos de cuestiones serias.

–Por supuesto –murmuró Hardin, encendiendo un largo cigarro de tabaco de Vega (ya no quedaban muchos, pensó), y columpiándose sobre las dos patas traseras de la silla.

La Galaxia poblaba el cielo a gran altura, y su forma de lente nebulosa se extendía perezosamente a lo largo del horizonte. En comparación con ella, las escasas estrellas de aquel extremo del universo eran insignificantes destellos.

–Claro que –dijo el subprefecto– todas las conversaciones formales..., la firma de documentos y todos esos aburridos tecnicismos... tendrán lugar ante la... ¿Cómo llaman ustedes a su consejo?

–Junta de síndicos –replicó Pirenne, fríamente.

–¡Vaya nombre! De todos modos, eso será mañana. Sin embargo, ahora podemos aclarar algunos puntos de hombre a hombre, ¿eh?

–Y esto significa... –apremió Hardin.

–Sólo esto. Ha habido ciertos cambios en esta parte de la Periferia y el estado de su planeta es un poco incierto. Sería muy conveniente que llegásemos a un acuerdo sobre la situación. Por cierto, alcalde, ¿tiene otro de esos cigarros?

Hardin se sobresaltó y le alargó uno de mala gana.

Anselm ilustre Rodric lo olfateó y emitió un suspiro de placer.

–¡Tabaco de Vega! ¿Dónde lo consiguen?

–No hace mucho que recibimos un embarque. Ya casi se ha terminado. El Espacio sabe cuándo nos enviarán más... si es que nos lo envían.

Pirenne frunció el ceño. No fumaba, y, por esta razón, detestaba el olor.

–A ver si lo he comprendido, eminencia. ¿Su misión es puramente clarificadora?

El ilustre Rodric asintió a través del humo de sus primeras bocanadas.

–En ese caso, es demasiado pronto. La situación con respecto a la Fundación Número Uno de la Enciclopedia es la misma de siempre.

–¡Ah! ¿Y cuál es la misma de siempre?

–Ésta: una institución científica apoyada por el Estado y parte del dominio personal de su augusta majestad el emperador.

El subprefecto no se dejó impresionar. Hizo algunos anillos de humo.

–Es una teoría muy bonita, doctor Pirenne. Me imagino que tiene usted cartas con el sello Imperial; pero ¿cuál es la situación actual? ¿A qué distancia están de Smyrno? No les separan más de cincuenta parsecs de la capital de Smyrno, ya lo sabe. ¿Y qué hay de Konom y Daribow?

Pirenne dijo:

–No tenemos nada que ver con ninguna prefectura. Como parte del dominio del emperador...

–No son prefecturas –recordó ilustre Rodric–; ahora son reinos.

–Pues reinos. No tenemos nada que ver con ellos. Como institución científica...

–¡Al diablo la ciencia! –exclamó el otro, añadiendo un juramento militar que ionizó la atmósfera–. ¿Qué diablos tiene eso que ver con el hecho de que, en cualquier momento, presenciaremos la conquista de Términus por Smyrno?

–¿Y el emperador? ¿Se cruzará de brazos?

El ilustre Rodric se calmó y dijo:

–Vamos a ver, doctor Pirenne, usted respeta la propiedad del emperador y también Anacreonte lo hace, pero es posible que Smyrno no. Recuerde, acabamos de firmar un tratado con el emperador, presentaré una copia de él a esa Junta suya mañana, que nos responsabiliza de mantener el orden dentro de las fronteras de la antigua Prefectura de Anacreonte en beneficio del emperador. Nuestro deber está claro, ¿no cree?

–Ciertamente. Pero Términus no forma parte de la Prefectura de Anacreonte.

–Y Smyrno...

–Tampoco forma parte de la Prefectura de Smyrno. No forma parte de ninguna prefectura.

–¿Y Smyrno lo sabe?

–No me importa que lo sepa o no.

–A *nosotros* sí. Acabamos de terminar una guerra con ellos y todavía tienen dos sistemas estelares que son nuestros. Términus ocupa un lugar extremadamente estratégico, entre las dos naciones.

Hardin se sentía cansado. Intervino:

–¿Cuál es su proposición, eminencia?

El subprefecto pareció dispuesto a abandonar las evasivas en favor de declaraciones más directas. Dijo vivamente:

–Parece evidente que, puesto que Términus no puede defenderse, Anacreonte debe ocuparse de ello por su propio bien. Comprenderán que no deseamos interferir con la administración interna...

–Uh-huh –gruñó Hardin secamente.

–...Pero creemos que sería lo mejor para todos los implicados que Anacreonte estableciera su base militar en el planeta.

–¿Y eso es todo lo que quieren, una base militar en algún sitio del vasto territorio sin ocupar, y nada más que eso?

–Bueno, naturalmente está la cuestión de sustentar a las fuerzas protectoras.

La silla de Hardin cayó sobre sus cuatro patas, y sus hombros se inclinaron hasta casi rozar las rodillas.

–Ahora estamos llegando a la esencia del problema. Traduzcamos sus palabras. Términus será un protectorado y pagará tributo.

–Nada de tributo; impuestos. Nosotros les protegemos; ustedes pagan por ello.

Pirenne dejó caer la mano sobre la silla con repentina violencia.

–Déjeme hablar, Hardin. Eminencia, no me importan una oxidada moneda de medio crédito Anacreonte, Smyrno, o toda su política local y sus mezquinas guerras. Le digo que esto es una institución libre de impuestos apoyada por el Estado.

–¿Apoyada por el Estado? Pero *nosotros* somos el Estado, doctor Pirenne, y no les apoyamos.

Pirenne se levantó airadamente.

–Eminencia, soy el representante directo de...

–...De su augusta majestad el emperador –coreó burlonamente Anselm ilustre Rodric–. Y yo soy el representante directo del rey de Anacreonte. Anacreonte está muchísimo más cerca, doctor Pirenne.

–Volvamos a los negocios –apremió Hardin–. ¿Cómo aceptaría los llamados impuestos, eminencia? ¿Los aceptaría en especie: trigo, patatas, verduras, ganado?

El subprefecto pareció sorprendido.

–¿Qué diablos...? ¿Para qué íbamos a necesitar todo eso? Tenemos grandes excedentes. Oro, claro está. Cromo o vanadio serían incluso mejor, incidentalmente, si los tienen en cantidad.

Hardin se echó a reír.

–¡En cantidad! Ni siquiera tenemos hierro en cantidad. ¡Oro! Tenga, eche una mirada a nuestra moneda. –Lanzó una moneda al enviado.

El ilustre Rodric la sopesó y miró fijamente.

–¿Qué es? ¿Acero?

–En efecto.

–No lo comprendo.

–Términus carece prácticamente de metales. Los importamos todos. Por consiguiente, no tenemos oro ni nada con que pagar a menos que quiera unos cuantos miles de toneladas de patatas.

–Pues... mercancías manufacturadas.

–¿Sin metal? ¿De qué quiere que hagamos las máquinas?

Hubo una pausa y Pirenne volvió a la carga:

–Toda esta discusión está muy lejos del problema. Términus no es un planeta, sino una fundación científica que prepara una gran enciclopedia. Por el Espacio, hombre, ¿es que no tiene ningún respeto por la ciencia?

–Las enciclopedias no ganan guerras. –El ilustre Rodric arrugó el entrecejo–. Un mundo completamente improductivo, pues... y prácticamente sin ocupar. Bueno, pueden pagar con tierra.

–¿Qué quiere decir? –preguntó Pirenne.

–Este mundo está casi deshabitado y la tierra desocupada probablemente sea fértil. Si ocurre lo que debe ocurrir, y ustedes cooperan, quizá pudiéramos lograr que no perdieran nada. Pueden concederse títulos y otorgarse estados. Supongo que me comprenden.

–¡Gracias! –dijo Pirenne con aire despectivo.

Y entonces Hardin preguntó ingeniosamente:

–¿No podría Anacreonte abastecernos de plutonio para nuestra planta de energía atómica? No nos queda más que el suministro de unos cuantos años.

Pirenne se quedó sin aliento y durante unos minutos reinó un silencio de muerte. Cuando el ilustre Rodric habló, lo hizo en una voz completamente distinta de la que había empleado hasta entonces:

–¿Tienen energía atómica?

–Ciertamente. ¿Qué hay de insólito en ello? La energía atómica existe desde hace más de cincuenta mil años. ¿Por qué no íbamos a tenerla? El único problema es obtener plutonio.

–Sí..., sí. –El enviado hizo una pausa y añadió desasosegadamente–: Bien, caballeros, proseguiremos nuestra charla mañana. Me disculparán...

Pirenne le siguió con la mirada y murmuró entre dientes:

–¡Insufrible asno! Ése...

Hardin le interrumpió:

–Nada de eso. No es más que el producto del medio en que vive. No entiende gran cosa aparte de «Yo tengo un arma y tú no».

Pirenne se echó sobre él con exasperación.

–¿Qué demonios se ha propuesto usted al hablar de bases militares y tributos? ¿Se ha vuelto loco?

–No. No he hecho más que darle cuerda y dejarle hablar. Observará que ha terminado por revelar las verdaderas intenciones de Anacreonte, es decir, el fraccionamiento de Términus en pequeños estados. Naturalmente, no voy a permitir que eso ocurra.

–No va a permitirlo. No lo hará. ¿Y quién es usted? ¿Y puedo preguntarle qué se proponía al revelar la existencia de nuestra planta de energía atómica? Es precisamente lo que puede convertirnos en un objetivo militar.

–Sí –sonrió Hardin–. Un objetivo militar del que hay que mantenerse apartado. ¿No es obvio el motivo que he tenido para sacar el tema? Ha confirmado una poderosa sospecha que ya tenía.

–¿Cuál?

–Que Anacreonte ya no tiene una economía de energía atómica. Si la tuviera, nuestro amigo se hubiera dado cuenta inmediatamente de que el plutonio, excepto en la tradición antigua, no se utiliza en plantas de energía. Y de esto se deduce que el resto de la Periferia tampoco tiene energía atómica. Indudablemente Smyrno no tiene, o Anacreonte no hubiera ganado la mayor parte de las batallas en la reciente guerra. Interesante, ¿no cree?

–¡Bah! –Pirenne salió con expresión enfurecida, y Hardin sonrió amablemente.

Tiró su cigarro y miró hacia la extendida Galaxia.

–Han vuelto al petróleo y al carbón, ¿verdad? –murmuró, y el resto de sus pensamientos los guardó para sí.

3

Cuando Hardin negó ser propietario del *Diario*, quizá fuera técnicamente sincero, pero nada más. Hardin había sido el alma inspiradora de la campaña para incorporar Términus a una municipalidad autónoma. Había sido elegido su primer alcalde y por eso no era sorprendente que, aunque el periódico no iba a su nombre, cerca de un sesenta por ciento estuviera controlado por él mediante formas más tortuosas.

Había muchas maneras.

Por consiguiente, cuando Hardin empezó a sugerir a Pirenne que debían permitirle asistir a las reuniones de la Junta de síndicos, no fue ninguna coincidencia que el *Diario* empezara una campaña similar. Y se celebró la primera reunión masiva en la historia de la Fundación, solicitando una representación de la Ciudad en el gobierno «nacional».

Y, eventualmente, Pirenne capituló de mala gana.

Hardin, sentado al extremo de la mesa, especuló ociosamente sobre la razón de que los científicos físicos fueran unos administradores tan pobres. Podía ser únicamente porque estaban demasiado acostumbrados al hecho inflexible y muy poco a la gente manejable.

En cualquier caso, tenía a Tomaz Sutt y a Jord Fara a su izquierda; a Lundin Crast y Yate Fulham a su derecha; y Pirenne, en persona, presidía. Los conocía a todos, como era natural, pero daba la impresión de que se habían revestido de un poco de pomposidad extraordinaria para la ocasión.

Hardin se adormeció durante las formalidades iniciales y después se reanimó cuando Pirenne dio unos sorbos del vaso de agua que tenía frente a sí, a modo de preparación, y dijo:

–Tengo el gran placer de informar a la Junta de que, desde nuestra última reunión, he recibido la noticia de que lord Dorwin, canciller del imperio, llegará a Términus dentro de dos semanas. Puede darse por sentado que nuestras relaciones con Anacreonte serán suavizadas a nuestra completa satisfacción en cuanto el emperador sea informado de la situación.

Sonrió y se dirigió a Hardin desde el otro extremo de la mesa.

–Se ha facilitado la información correspondiente al *Diario*.

Hardin se rió disimuladamente. Parecía evidente que el deseo de Pirenne de revelar estos informes frente a él había sido la única razón de que le admitiera en el sanctasanctórum.

Dijo tranquilamente:

–Prescindiendo de las expresiones vagas, ¿qué espera que haga lord Dorwin?

Tomaz Sutt replicó. Tenía la mala costumbre de dirigirse a uno en tercera persona siempre que se sentía importante.

–Está clarísimo –observó– que el alcalde Hardin es un cínico profesional. No puede dejar de comprender que el emperador no permitirá en modo alguno que se infrinjan sus derechos personales.

–¿Por qué? ¿Qué haría en caso de que así sucediera?

Hubo un pequeño revuelo. Pirenne dijo:

–Está diciendo tonterías –y como si se le acabara de ocurrir–: y, además, hace declaraciones que pueden considerarse traidoras.

–¿Debo considerar esto como una respuesta?

–¡Sí! Si no tiene nada más que decir...

–No saque conclusiones con tanta precipitación. Me gustaría hacer una pregunta. Aparte de este golpe de diplomacia, que puede o no puede demostrar nada, ¿se ha hecho algo concreto para enfrentarnos a la amenaza de Anacreonte?

Yate Fulham se llevó la mano a su feroz bigote pelirrojo.

–Usted lo considera una amenaza, ¿verdad?

–¿Usted no?

–No –dijo con indulgencia–. El emperador...

–¡Gran Espacio! –Hardin se sentía molesto–. ¿Qué es esto? Cada dos por tres alguien menciona al «emperador» o al «imperio» como si fueran palabras mágicas. El emperador está a cincuenta mil parsecs de distancia, y dudo que le importemos un comino. Y si no fuera así, ¿qué puede hacer él? Lo que había en estas regiones de la flota imperial ahora está en manos de los cuatro reinos, y Anacreonte tiene su parte. Escuchen, hemos de luchar con armas, no con palabras.

»Presten atención. Hasta ahora hemos tenido dos meses de gracia, principalmente porque hemos dado la idea a Anacreonte de que tenemos armas atómicas. Bueno, todos sabemos que esto es una mentira piadosa. Tenemos energía atómica, pero sólo para usos comerciales, y además muy poca. Lo averiguarán pronto, y si ustedes creen que les gustará haber sido burlados, están muy equivocados.

–Mi querido amigo...

–Espere; no he terminado. –Hardin se acaloraba. Le gustaba aquello–. Está muy bien reclamar la intervención de cancilleres en todo esto, pero sería mucho mejor reclamar unas cuantas armas de sitio adaptadas para contener unas preciosas bombas atómicas. Hemos perdido dos meses, caballeros, y es posible que no tengamos otros dos meses que perder. ¿Qué proponen hacer?

Lundin Crast, arrugando airadamente la nariz, dijo:

–Si lo que propone es la militarización de la Fundación, no quiero ni oír hablar de ello. Marcaría nuestra entrada declarada en el campo de la política. Nosotros, señor alcalde, constituimos una fundación científica y nada más.

Sutt añadió:

–No se da cuenta de que construir armamento significaría retirar hombres, hombres útiles, de la Enciclopedia. Eso no se puede hacer, pase lo que pase.

–Es la pura verdad –convino Pirenne–. La Enciclopedia está primero... siempre.

Hardin gruñó para sus adentros. La Junta parecía sufrir violentamente de la enfermedad de la Enciclopedia.

Dijo fríamente:

–¿Se le ha ocurrido alguna vez a la Junta que es posible que Términus tenga otros intereses que la Enciclopedia?

Pirenne replicó:

–No concibo, Hardin, que la Fundación pueda tener *algún* otro interés que la Enciclopedia.

–Yo no he dicho la Fundación; he dicho Términus. Me temo que no se hacen cargo de la situación. Más de un millón de personas vivimos en Términus, y no más de ciento cincuenta mil trabajan directamente en la Enciclopedia. Para el resto de nosotros, éste es nuestro *hogar*. Hemos nacido aquí. Vivimos aquí. Comparada con nuestras granjas y nuestras casas y nuestras fábricas, la Enciclopedia no significa nada. Queremos protegerlas...

Le hicieron callar.

–La Enciclopedia primero –declaró Crast–. Tenemos una misión que cumplir.

–Al infierno la misión –gritó Hardin–. Esto podía ser cierto hace cincuenta años. Ahora hay una nueva generación.

–Eso no tiene nada que ver –repuso Pirenne–. Somos científicos.

Y Hardin aprovechó la coyuntura:

–¿Lo son, realmente? Esto es una bonita alucinación, ¿no creen? Ustedes constituyen un ejemplo perfecto de todos los males de la Galaxia durante miles de años. ¿Qué clase de ciencia es permanecer aquí durante siglos enteros para clasificar el trabajo de los científicos del último milenio? ¿Han pensado alguna vez en seguir adelante con su trabajo, en extender sus conocimientos y mejorarlos? ¡No! Están muy contentos estancándose. Toda la Galaxia lo está, y lo ha estado desde el espacio sabe cuánto tiempo. Ésta es la razón de que la Periferia se agite; ésta es la razón de que las comunicaciones se corten; ésta es la razón de que guerras absurdas se eternicen; ésta es la razón de que sistemas enteros pierdan la energía atómica, y vuelvan a las bárbaras técnicas de la energía química.

»Si quieren saber mi opinión –gritó–, *¡la Galaxia va a descomponerse!*

Hizo una pausa y se recostó en la silla para recobrar el aliento, sin prestar atención a los dos o tres que intentaban contestarle simultáneamente.

Crast tomó la palabra:

–No sé lo que trata de obtener con sus declaraciones históricas, señor alcalde. Ciertamente, no añade nada constructivo a la discusión. Solicito, señor presidente, que las observaciones del alcalde sean desestimadas y que se reanude la discusión en el punto que fue interrumpida.

Jord Fara se agitó por vez primera. Hasta el momento, Fara no había tomado parte ni siquiera en los momentos álgidos de la disputa. Pero ahora su voluminosa voz, tan voluminosa como su cuerpo de ciento cincuenta kilos de peso, dejó oír su tono de bajo:

–¿No hemos olvidado alguna cosa, caballeros?

–¿Qué? –preguntó Pirenne, malhumoradamente.

–Que dentro de un mes celebraremos nuestro quincuagésimo aniversario. –Fara tenía la facultad de pronunciar las mayores trivialidades con enorme profundidad.

–¿Y qué tiene que ver?

–Y en dicho aniversario –continuó plácidamente Fara–, la Bóveda de Hari Seldon será abierta. ¿Han pensado alguna vez sobre lo que puede haber en la Bóveda?

–No lo sé. Cuestiones rutinarias. Un discurso de felicitación, quizá. No creo que haya nada de importancia dentro de la Bóveda; aunque el *Diario* –y miró a Hardin, que le sonrió– intentara editar un número sobre ello. Yo puse mi veto.

–Ah –dijo Fara–, pero quizá esté usted equivocado. ¿No le llama la atención –hizo una pausa y se llevó un dedo a la redonda nariz– que la Bóveda se abra en un momento muy conveniente?

–En un momento muy inconveniente, querrá decir –murmuró Fulham–. Tenemos otras cosas de que preocuparnos.

–¿Otras cosas más importantes que un mensaje de Hari Seldon? No lo creo. –Fara estaba más pontifical que nunca, y Hardin le contempló pensativamente. ¿Adónde quería ir a parar?–. De hecho –dijo Fara, con satisfacción–, todos ustedes parecen olvidar que Seldon fue el mayor psicólogo de nuestro tiempo y el fundador de nuestra Fundación. Parece razonable suponer que utilizó su ciencia para determinar el curso probable de la historia del futuro inmediato. Si lo hizo, como parece probable, repito, es seguro que logró encontrar un medio para advertirnos del peligro y, quizá, para sugerir una solución. Como saben, la Enciclopedia era su mayor anhelo.

Prevaleció una atmósfera de pasmada duda.

Pirenne se aclaró la garganta.

–Bueno, la verdad es que no lo sé. La psicología es una gran ciencia, pero... en este momento no hay ningún psicólogo entre nosotros, me parece. Tengo la impresión de que pisamos terreno poco firme.

Fara se volvió hacia Hardin.

–¿No estudió psicología con Alurin?

Hardin contestó, medio distraído:

–Sí, pero no completé mis estudios. Me cansé de la teoría. Quería ser ingeniero psicológico, pero no disponíamos de medios, así que hice lo mejor: me metí en política. Es prácticamente lo mismo.

–Bien, ¿qué opina de la Bóveda?

Y Hardin repuso cautelosamente:

–No lo sé.

No dijo ni una palabra más durante el resto de la reunión, a pesar de que se volvió al tema del canciller del imperio.

De hecho, ni siquiera escuchó. Le habían puesto sobre una nueva pista y las cosas empezaban a encajar, aunque no totalmente. Los ángulos encajaban... uno o dos.

Y la psicología era la clave. Estaba seguro de ello.

Trataba desesperadamente de recordar la teoría psicológica que había aprendido; y por ella comprendió una cosa enseguida.

Un gran psicólogo como Seldon podía descifrar suficientemente las emociones y reacciones humanas para predecir ampliamente la marcha histórica del futuro.

Y eso significaba... ¡hummm!

4

Lord Dorwin tomaba rapé. Además, llevaba el cabello largo, rizado intrincadamente y, era obvio, que de modo artificial, a lo cual se añadían dos esponjosas patillas rubias, que acariciaba afectuosamente. Además, hablaba con frases muy precisas y no podía pronunciar las erres.

En aquel momento, Hardin no tenía tiempo de pensar en más razones en que basar la instantánea aversión que había experimentado hacia el noble canciller. Oh, sí, los elegantes gestos de una mano con que acompañaba la más ligera observación.

Pero, en cualquier caso, ahora el problema era localizarle. Había desaparecido con Pirenne hacía media hora; se había perdido de vista, evaporado.

Hardin estaba completamente seguro de que su propia ausencia durante las discusiones preliminares convendría mucho a Pirenne.

Pero Pirenne había sido visto en aquel ala y aquel piso. Era simplemente cuestión de probar en todas las puertas. A medio camino, dijo: «¡Ah!» y entró en la cámara oscura. El perfil del complicado peinado de lord Dorwin era inconfundible contra la pantalla iluminada.

Lord Dorwin alzó la vista y dijo:

–Ah, Hagdin. Nos está buscando, ¿vegdad? –le presentó su caja de rapé (demasiado recargada y de poco valor artístico, pensó Hardin), que fue educadamente rehusada, con lo cual él mismo se sirvió una pizca y sonrió con amabilidad.

Pirenne frunció el ceño y Hardin le contempló con una expresión de total indiferencia.

El único ruido que rompió el corto silencio que siguió fue el crujido de la tapa de la cajita de rapé perteneciente a lord Dorwin. Entonces se la guardó y dijo:

–Una ggan gealización esta Enciclopedia suya, Hagdin. Una vegdadega hazaña que puede equipagagse a las mejogues gealizaciones de todos los tiempos.

–La mayoría de nosotros piensa así, milord. Sin embargo, es una realización no totalmente lograda todavía.

–Pog lo poco que he visto de la eficiencia de su Fundación, no abguigo ningún temor guespecto a esta cuestión. –Y asintió a Pirenne, que respondió, encantado, inclinando la cabeza.

«Una verdadera fiesta amistosa», pensó Hardin.

–No me quejaba de la falta de eficiencia, milord, sino de exceso de eficiencia de los dirigentes de Anacreonte; aunque en otra dirección más destructiva.

–Oh, sí, Anacgueonte. –Hizo un negligente gesto con la mano–. Vengo de allí. Es un planeta de lo más bágbago. Es vegdadegamente inconcebible que los segues humanos puedan vivig aquí en la Peguifeguia. Caguecen de los guequisitos más elementales de los caballegos bien educados; hay una completa ausencia de los elementos más fundamentales paga la comodidad y conveniencia... el máximo desudo en que...

Hardin interrumpió secamente:

–Por desgracia, los anacreontianos tienen todos los requisitos elementales para la guerra y todos los elementos para la destrucción.

–De acuegdo, de acuegdo. –Lord Dorwin parecía molesto, quizá por haber sido interrumpido a mitad de la frase–. Pego ahoga no vamos a discutig asuntos de negocios, ya lo sabe. Estoy muy integuesado en este momento. Doctog Piguenne, ¿no va a enseñagme el segundo volumen? Hágalo, pog favog.

Las luces se apagaron, y durante la siguiente media hora Hardin habría podido muy bien estar en Anacreonte por toda la atención que le prestaron. El libro que aparecía en la pantalla no tenía mucho sentido para él, ni tampoco se esforzó en que lo tuviera, pero lord Dorwin se excitó muy humanamente en ciertos momentos. Hardin observó que en estos momentos de excitación el canciller pronunciaba las erres.

Cuando las luces volvieron a encenderse, lord Dorwin dijo:

–Magavilloso; guealmente magavilloso. ¿Pog casualidad no está usted integuesado en agqueología, Hagdin?

–¿Eh? –Hardin fue sacado bruscamente de una ensoñación abstracta–. No, milord, no puedo decir que lo esté. Soy psicólogo por intención inicial y político por decisión final.

–¡Ah! Sin duda son estudios muy integuesantes. Yo mismo –se sirvió una gigantesca ración de rapé– soy aficionado a la agqueología.

–¿De verdad?

–Su señoría –interrumpió Pirenne– conoce el tema a la perfección.

–Bueno, quizá sí, quizá sí –dijo complacientemente su señoría–. He hecho muchísimos tgabajos científicos. De hecho, he leído sin cesag. Conozco todas las obgas de Jagdun, Obijasi, Kgomwill... oh, todos ellos, ¿sabe?

–Los he oído nombrar, naturalmente –dijo Hardin–, pero nunca los he leído.

–Algún día lo hagá, muchacho. Le compensagá ampliamente. Considego que bien vale la pena venig hasta la Peguifeguia para veg este ejemplag de Lameth. ¿Me cgeegán si les digo que no figuga entge mis libgos? Pog ciegto, doctog Piguenne, ¿no habgá olvidado su pgomesa de guevelagme un ejemplag paga mí antes de magchagme?

–Estaré encantado de hacerlo.

–Deben sabeg que Lameth –continuó el canciller, pontíficamente– guepgesenta un nuevo y muy integuesante punto de vista paga mi anteguiog conocimiento de la «Pgegunta Oguiguen».

–¿Qué pregunta? –inquirió Hardin.

–La «Pgegunta Oguiguen». El lugag de oguiguen de las especies humanas, ya sabe. Segugamente, sabgá usted que se cgee que oguiguinaguiamente la gaza humana sólo ocupaba un sistema planetaguio.

–Sí, claro que lo sé.

–Natugalmente, nadie sabe con exactitud qué sistema es, se ha pegdido en la neblina de la antigüedad. Sin embaggo, se hacen suposiciones. Unos dicen que fue Siguio. Otros insisten en que fue Alfa Centaugo, o Sol, o 61 Cisne... todos en el sectog de Siguio, como vegá.

–¿Y qué dice Lameth?

–Bueno, se integna pog un camino completamente nuevo. Tgata de demostgag que los guestos agqueológicos del tegceg planeta del Sistema Agtuguiano guevelan que allí existió la humanidad antes de que hubiega signos de viajes espaciales.

–¿Y eso significa que fue la cuna de la humanidad?

–Quizá. He de leeglo atentamente y sopesag las pguebas antes de afigmaglo con seguguidad. Hay que compgobag la vegacidad de sus obsegvaciones.

Hardin guardó silencio durante un rato. Después dijo:

–¿Cuándo escribió Lameth este libro?

–Oh..., es posible que haga unos ochocientos años. Clago que se basó ampliamente en el pgevio estudio de Gleen.

–Entonces, ¿por qué confiar en él? ¿Por qué no ir a Arturo y estudiar los restos por sí mismo?

Lord Dorwin alzó las cejas y se apresuró a tomar un poco de rapé.

–Pego, ¿paga qué, mi queguido amigo?

–Para obtener información de primera mano, como es natural.

–Pego, ¿qué necesidad hay? Me paguece un método muy insólito y complicado. Migue, tengo todas las obgas de los antiguos maestgos, los ggandes agqueólogos del pasado. Las compagagué, equilibgagué los desacuegdos, analizagué las declagaciones conflictivas, decidigué cuál es pgobablemente la coguecta, y llegagué a una conclusión. Éste es el método científico. Pog lo menos –continuó con aires de superioridad–, tal como *yo* lo compgendo. ¡Qué insufgiblemente inútil seguía ig a Agtugo, o a Sol, pog ejemplo, y andag a tgopezones, cuando los antiguos maestgos guecoguiegon aquello con mucha más eficacia de la que ahoga podíamos espegag!

Hardin murmuró educadamente:

–Comprendo.

¡Vaya un método científico! No era extraño que la Galaxia se fuera a pique.

–Vamos, milord –dijo Pirenne–; creo que debemos regresar.

–Ah, sí. Quizá sea mejog.

Cuando salían de la habitación, Hardin dijo repentinamente:

–Milord, ¿puedo hacerle una pregunta?

Lord Dorwin sonrió dulcemente y subrayó su respuesta con un gracioso aleteo de la mano.

–Indudablemente, mi queguido amigo. Segá un placeg ayudagle. Si puedo segvigle en algo con mis pobges conocimientos de agqueología...

–No se trata exactamente de arqueología, milord.

–¿No?

–No. Se trata de lo siguiente: el año pasado recibimos aquí en Términus la noticia de que una planta de energía en el Planeta V de Gamma Andrómeda había explotado. No se nos comunicó más que el hecho escueto, sin ningún detalle. Me pregunto si usted podría explicarme lo que ocurrió.

La boca de Pirenne se contrajo.

–No sé por qué ha de molestar a su señoría con preguntas sobre un tema tan irrelevante.

–Nada de eso, doctog Piguenne –intercedió el canciller–. No tiene impogtancia. No hay ggan cosa que decig acegca de este pagticulag. La planta de eneggía explotó, y como puede suponeg, fue una vegdadega catástgofe. Me paguece que muguiegon vaguios millones de pegsonas y pog lo menos la mitad del planeta quedó gueducido a cenizas. Guealmente, el gobiegno está considegando con toda seguiedad la pgomulgación de sevegas guestgicciones sobre la utilización indiscgiminada de eneggía atómica..., aunque no es algo que pueda divulgagse, como usted compgendegá.

–Lo comprendo –dijo Hardin–. Pero ¿qué le ocurrió a la planta?

–Bueno, en guealidad –contestó lord Dorwin con indiferencia–, ¿quién sabe? Hacía algunos años que se había estgopeado y se cgee que los guecambios y el tgabajo de guepagación no fuegon de igual calidad. ¡Es *tan* difícil en los días que coguen encontgag a hombges que *guealmente* entiendan los detalles técnicos de nuestgos sistemas de eneggía! –Y se llevó un poco de rapé a la nariz.

–¿Se da cuenta –dijo Hardin– de que los reinos independientes de la Periferia han perdido su energía atómica?

–¡No me diga! No me sogpgende nada. ¡Qué planetas tan bágbagos! Oh, pego queguido amigo, no les llame independientes. No lo son, ¿sabe? Los tgatados que hemos hecho con ellos son una pgueba positiva de lo que digo. Gueconocen la sobeganía del empegadog. Tenían que haceglo, natugalmente, o no hubiégamos figmado el tgatado.

–Es posible que sea así, pero tienen una considerable libertad de acción.

–Sí, supongo que sí. Considegable. Pego eso tiene escasa impogtancia. El impeguio ha mejogado, ahoga que la Peguifeguia se basta a sí misma, como ahoga ocugue, más o menos. No nos sigven de nada, ¿sabe? Son unos planetas de lo más bágbago. Apenas están civilizados.

–Estuvieron civilizados en el pasado. Anacreonte fue una de las provincias exteriores más ricas. Tengo entendido que incluso superaba a Vega en importancia.

–Oh, pego Hagdin, eso fue hace muchos siglos. No pueden sacagse conclusiones de esto. Las cosas egan distintas en los viejos días de ggandeza. No somos igual que antes, ¿sabe? Vamos, Hagdin, es usted un muchacho pegsistente. Ya le he dicho que hoy no queguía hablag de negocios. Me había dicho que tgataguía usted de impogtunagme, pego ya tengo demasiada expeguiencia paga eso. Dejémoslo paga mañana.

Y eso fue todo.

5

Aquélla era la segunda reunión de la Junta a la que Hardin asistía, si se excluían las conversaciones informales que los miembros de la Junta habían mantenido con el ya ausente lord Dorwin. Sin embargo, el alcalde tenía la certidumbre de que por lo menos se había celebrado una, y posiblemente dos o tres, para las cuales no había recibido invitación.

Tampoco creía que le hubiesen avisado de aquélla de no haber sido por el ultimátum.

Por lo menos, era un ultimátum, aunque una lectura superficial del documento visigrafiado llevaría a suponer que era un intercambio amistoso de saludos entre dos potencias.

Hardin lo cogió con sumo cuidado. Empezaba con una florida salutación de «Su Poderosa Majestad, el rey de Anacreonte, a su amigo y hermano, el doctor Lewis Pirenne, presidente de la Junta de síndicos, de la Fundación Número Uno de la Enciclopedia», y concluía aún más ostentosamente con un gigantesco sello multicolor del simbolismo más complicado.

Pero seguía siendo un ultimátum.

Hardin dijo:

–Veo que no nos han dado mucho tiempo, después de todo; sólo tres meses. Pero aunque poco, lo hemos malgastado inútilmente. Esto nos da dos semanas. ¿Qué hacemos ahora?

Pirenne frunció el ceño con preocupación.

–Debe de haber alguna escapatoria. Es completamente increíble que fuercen las cosas hasta este extremo después de lo que nos ha dicho lord Dorwin sobre la actitud del emperador y el imperio.

Hardin cobró nuevos ánimos.

–Comprendo. ¿Ha informado al rey de Anacreonte de su supuesta actitud?

–Sí... después de someter la propuesta a votación ante la Junta y recibir su consentimiento unánime.

–Y, ¿cuándo tuvo lugar esa votación?

Pirenne se recubrió de dignidad.

–No creo que tenga obligación de contestarle, alcalde Hardin.

–Muy bien. No estoy vitalmente interesado. En mi modesta opinión, su diplomática transmisión de la valiosa contribución de lord Dorwin ha sido –frunció la comisura de los labios en una acerba media sonrisa– lo que ha causado esta nota tan amistosa. Si no, lo hubieran retardado un poco más; aunque no creo que este período de tiempo adicional hubiera ayudado a Términus, considerando la actitud de la Junta.

Yate Fulham dijo:

–¿Puede decirnos cómo ha llegado a esta notable conclusión, señor alcalde?

–De un modo muy sencillo. No se requiere más que utilizar esa olvidada cualidad que es el sentido común. Verá, hay una rama del saber humano conocida como lógica simbólica, que sirve para eliminar todas las complicadas inutilidades que oscurecen el lenguaje humano.

–¿Y qué? –preguntó Fulham.

–La he aplicado. Entre otras cosas, la he aplicado a este documento que tenemos aquí. En realidad, yo no lo necesitaba porque ya sabía de lo que se trataba, pero creo que podré explicarlo más fácilmente a cinco científicos físicos mediante símbolos que con palabras.

Hardin arrancó unas cuantas hojas de la libreta que llevaba bajo el brazo y las extendió sobre la mesa.

–Por cierto, yo no he sido quien lo ha hecho –dijo–. Como pueden ver, Muller Holk, de la División de Lógica, es el que ha firmado los análisis.

Pirenne se inclinó sobre la mesa para ver mejor y Hardin prosiguió:

–Naturalmente, el mensaje de Anacreonte fue un problema sencillo, pues los hombres que lo escribieron son hombres de acción más que de palabras. Queda reducido fácil y claramente a la incalificable declaración que, en símbolos es lo que ven, y en palabras significa: «Nos dais lo que queremos en una semana, u os hundiremos y lo tendremos de todos modos.»

Hubo un silencio mientras los cinco miembros de la

Junta recorrían la línea de símbolos con la mirada, y después Pirenne se sentó y tosió desasosegadamente.

–No hay escapatoria, ¿verdad, doctor Pirenne? –dijo Hardin.

–No parece haberla.

–Muy bien. –Hardin recogió las hojas–. Ante ustedes ven ahora una copia del tratado entre el imperio y Anacreonte; un tratado que, por cierto, está firmado en nombre del emperador por el mismo lord Dorwin que estuvo aquí la semana pasada, y con él un análisis simbólico.

El tratado se extendía a lo largo de cinco páginas de apretada caligrafía y el análisis estaba garabateado en menos de media página.

–Como ven, caballeros, cerca del noventa por ciento del tratado ha sido excluido del análisis por carecer de importancia, y lo que resulta puede describirse de la siguiente e interesante forma:

»Obligaciones de Anacreonte hacia el imperio: *¡Ninguna!*

»Poderes del imperio sobre Anacreonte: *¡Ninguno!*

Los cinco volvieron a seguir el razonamiento ansiosamente, consultando el tratado, y cuando terminaron, Pirenne dijo con acento preocupado:

–Parece correcto.

–¿Admite usted entonces que el tratado es única y exclusivamente una declaración de total independencia por parte de Anacreonte y un reconocimiento de dicho estado por el imperio?

–Así parece.

–¿Y supone que Anacreonte no se ha dado cuenta de ello, y no está impaciente por subrayar su posición de independencia y propenso a ofenderse por cualquier amenaza del imperio? En particular cuando es evidente que éste no tiene poder para cumplir estas amenazas, o nunca hubiera permitido la independencia.

–Pero, en ese caso –intervino Sutt–, ¿cómo se explican las seguridades de ayuda que por parte del imperio nos dio lord Dorwin? Parecían... –Se encogió de hombros–. Bueno, parecían satisfactorias.

Hardin se echó hacia atrás en la silla.

–¿Sabe? Ésta es la parte más interesante de todo el asunto. Admito que cuando conocí a Su Señoría le tomé por un burro consumado; pero ha resultado ser un hábil diplomático y un hombre inteligentísimo. Me tomé la libertad de grabar todo cuanto dijo.

Hubo un alboroto, y Pirenne abrió la boca con horror.

–¿Qué pasa? –inquirió Hardin–. Comprendo que fue una gran violación de la hospitalidad y algo que nadie que se tenga por un caballero haría. Además, si Su Señoría se hubiera dado cuenta, las cosas podrían haber sido desagradables; pero no fue así, y yo tengo la grabación, y esto es todo. Hice una copia de ella y la envié a Holk para que también la analizara.

–¿Y dónde está el análisis? –preguntó Lundin Crast.

–Esto –repuso Hardin– es lo interesante. El análisis fue, sin lugar a dudas, el más difícil de los tres. Cuando Holk, después de dos días de trabajo ininterrumpido, logró eliminar las declaraciones sin sentido, las monsergas vagas, las salvedades inútiles, en resumen, todas las lisonjas y la paja, vio que no había quedado nada. Todo había sido eliminado.

»Lord Dorwin, caballeros, en cinco días de conversaciones, *no* dijo *absolutamente nada*, y lo hizo sin que ustedes se dieran cuenta. *Éstas* son las seguridades que han recibido de su precioso imperio.

Si Hardin hubiera colocado una bomba de gases hediondos sobre la mesa no habría creado tanta confusión como con su última afirmación. Esperó, con cansada paciencia, a que se desvaneciera.

–De modo que –concluyó–, cuando envían amenazas, y eso es lo que eran, refiriéndose a la acción del imperio sobre Anacreonte, no logran más que irritar a un monarca que no es tonto. Naturalmente, su ego reclama una acción inmediata, y el ultimátum es el resultado que me lleva a mi declaración inicial. Nos queda una semana y, ¿qué hacemos ahora?

–Parece –dijo Sutt– que nuestra única alternativa es permitir que Anacreonte establezca bases militares en Términus.

–En esto estoy de acuerdo con usted –convino Hardin–, pero ¿qué hacemos para darles la patada a la primera oportunidad?

Yate Fulham se retorció el bigote.

–Eso suena como si ya estuviera decidido a emplear la violencia contra ellos.

–La violencia –fue la contestación– es el último recurso del incompetente. Desde luego, lo que no pienso hacer es extender la alfombra de bienvenida y pulir los mejores muebles para que los utilicen.

–Sigue sin gustarme su forma de enfocar las cosas –insistió Fulham–. Es una actitud peligrosa; muy peligrosa, porque últimamente hemos observado que una considerable sección del pueblo parece responder a todas sus sugerencias. También debo decirle, alcalde Hardin, que la Junta no ignora sus recientes actividades.

Hizo una pausa y hubo un consentimiento general. Hardin se encogió de hombros.

Fulham prosiguió:

–Si usted indujera a la ciudad a un acto de violencia, lo único que lograría es un complicado suicidio, y no pensamos permitírselo. Nuestra política tiene un solo objetivo fundamental, que es la Enciclopedia. Todo lo que decidamos hacer o no hacer estará encaminado a salvaguardar la Enciclopedia.

–Entonces –dijo Hardin–, su conclusión es que hemos de proseguir nuestra campaña intensiva de no hacer nada.

Pirenne dijo agriamente:

–Usted mismo ha demostrado que el imperio no puede ayudarnos; aunque no comprendo cómo ni por qué es eso posible. Si es necesario llegar a un acuerdo…

Hardin tuvo la horrible sensación de correr a toda velocidad y no llegar a ningún sitio.

–¡No hay ningún acuerdo! ¿No se da cuenta de que esta necedad de las bases militares es una mentira de la peor especie? El ilustre Rodric nos dijo lo que perseguía Anacreonte: la ocupación completa e imposición de su propio sistema feudal de estados agrícolas y economía de aristocracia campesina en nuestro planeta. Lo que queda de nuestro engaño sobre la energía atómica puede obligarlos a actuar con lentitud, pero actuarán de todos modos.

Se había levantado indignado, y el resto se levantó con él; excepto Jord Fara.

Y entonces Jord Fara empezó a hablar.

–Que todo el mundo haga el favor de sentarse. Me parece que ya hemos llegado demasiado lejos. Vamos, no sirve de nada enfurecerse tanto, alcalde Hardin; ninguno de nosotros ha incurrido en un delito de traición.

–¡Tendrá que convencerme de eso!

Fara sonrió amablemente.

–Usted mismo comprende que no habla en serio. ¡Déjeme hablar!

Sus pequeños y vivaces ojos estaban medio cerrados y unas gotas de sudor brillaban en la suave superficie de su barbilla.

–Es inútil ocultar que la Junta ha llegado a la decisión de que la verdadera solución del problema anacreontiano reside en lo que nos será revelado cuando se abra la Bóveda dentro de seis días.

–¿Es ésta su contribución al asunto?

–Sí.

–¿No vamos a hacer nada, excepto esperar con tranquila serenidad y fe absoluta que un *deus ex machina* surja de la Bóveda?

–Todos preferiríamos que abandonara su fraseología emocional.

–¡Qué salida tan poco sutil! Realmente, doctor Fara, esta tontería es propia de un genio. Una mente inferior sería incapaz de tal cosa.

Fara sonrió con indulgencia.

–Su gusto para los epigramas es divertido, Hardin, pero fuera de lugar. En realidad, creo que recuerda mi línea de argumentación acerca de la Bóveda de hace unas tres semanas.

–Sí, la recuerdo. No niego que sólo era una idea estúpida desde el punto de vista de la lógica deductiva. Usted dijo, corríjame si me equivoco, que Hari Seldon fue el mejor psicólogo del sistema; que, por lo tanto, pudo prever la situación exacta e incómoda en que ahora nos encontramos; que, por lo tanto, se le ocurrió lo de la Bóveda como un medio de decirnos lo que debíamos hacer.

–Veo que ha captado la esencia de la idea.

–¿Le sorprendería saber que he pensado mucho en la cuestión durante estas últimas semanas?

–Muy halagador. ¿Con qué resultado?

–Con el resultado de que la pura deducción no basta. Lo que se vuelve a necesitar es un poco de sentido común.

–¿Por ejemplo?

–Por ejemplo, si previó el desastre anacreontiano, ¿por qué no se estableció en algún otro planeta cerca del centro de la Galaxia? Es bien sabido que Seldon indujo a los comisionados de Trántor a que ordenaran el establecimiento de la Fundación en Términus. Pero ¿por qué lo hizo así? ¿Por qué nos aisló aquí, si conocía de antemano la ruptura de las líneas de comunicación, nuestro aislamiento de la Galaxia, la amenaza de nuestros vecinos y nuestra impotencia causada por la falta de metales de Términus? ¡Esto ante todo! Y si previó todo esto, ¿por qué no advirtió a los primeros colonizadores con tiempo suficiente para que pudieran prepararse, y no esperar, como está haciendo, a tener un pie en el abismo?

»Y no olviden esto. Aunque él previera el problema *entonces*, nosotros podemos verlo igualmente *ahora*. Por lo tanto, si él previó la solución *entonces*, nosotros podremos verla *ahora*. Al fin y al cabo, Seldon no es un mago. No hay ningún truco que él ve y nosotros no para escapar del dilema.

–Pero, Hardin –recordó Fara–, ¡no podemos!

–No lo han *intentado* siquiera. No lo han intentado ni una sola vez. En primer lugar, ¡rehusaron admitir que existiera siquiera una amenaza! ¡Después depositaron una fe ciega en el emperador! Ahora le ha tocado a Hari Seldon. Siempre han confiado en la autoridad o en el pasado, nunca en sí mismos.

Sus puños se abrían y cerraban espasmódicamente.

–Llega a ser una actitud enfermiza, un reflejo condicionado que expulsa la independencia de su mente siempre que se trata de oponerse a la autoridad. Al parecer no conciben que el emperador tenga menos poder que ustedes, o Hari Seldon menos inteligencia. Y están equivocados, ¿comprenden?

Por alguna razón, nadie se atrevió a contestarle.

Hardin continuó:

–No son sólo ustedes. Es toda la Galaxia. Pirenne oyó la idea de investigación científica que tenía lord Dorwin. Éste creía que para ser un buen arqueólogo hay que leer todos los libros que existen sobre el tema escritos por hombres que murieron hace siglos. Creía que para resolver problemas arqueológicos hay que sopesar las teorías opuestas. Y Pirene escuchó sin hacer ninguna objeción. ¿No comprenden que es un error?

Y otra vez dio a su voz un tono suplicante. Y otra vez no recibió contestación.

Prosiguió:

–A ustedes y a la mitad de Términus les pasa igual. Estamos aquí sentados, anteponiendo la Enciclopedia a todo lo demás. Consideramos que el objeto de la ciencia es la clasificación de los datos pasados. Es importante, ¿pero no hay nada más que hacer? Estamos retrocediendo y olvidando, ¿no lo ven? Aquí en la Periferia han perdido la energía atómica. En Gamma Andrómeda ha explotado una planta de energía por una reparación defectuosa, y el canciller del imperio se queja de que hay pocos técnicos atómicos. ¿Cuál es la solución? ¿Formar nuevos técnicos? ¡Nunca! En lugar de eso restringirán la energía atómica.

Y por tercera vez:

–¿No lo ven? Es algo que afecta a toda la Galaxia. Es un culto al pasado. Es una degeneración, ¡un *estancamiento*!

Los miró uno por uno y ellos le contemplaron fijamente.

Fara fue el primero en recobrarse.

–Bueno, la filosofía mística no nos ayudará en este trance. Seamos concretos. ¿Niega usted que Hari Seldon haya podido calcular la tendencia histórica del futuro por medio de una simple técnica psicohistórica?

–No, claro que no –gritó Hardin–. Pero no podemos confiar en él para encontrar la solución. En el mejor de los casos, pudo indicar el problema, pero si hemos de llegar a una solución, tendremos que encontrarla nosotros mismos. Él no pudo hacerlo en nuestro lugar.

Fulham tomó súbitamente la palabra.

–¿A qué se refiere con que indicó el problema? Nosotros *sabemos* cuál es el problema.

Hardin se volvió hacia él.

–¿Usted cree? Usted cree que Anacreonte es lo único que preocupó a Hari Seldon. ¡No estoy de acuerdo! He de decirles, caballeros, que por ahora ninguno de ustedes tiene ni la menor idea de lo que está pasando.

–¿Y usted sí? –preguntó Pirenne, con hostilidad.

–¡Así lo creo! –Hardin se puso en pie de un salto y retiró la silla. Su mirada era fría y dura–. Si hay algo claro, es que toda esta situación huele a podrido; es algo aún más importante que todo lo que hemos discutido hasta ahora. No tienen más que formularse esta pregunta: ¿Por qué razón no hubo entre la población original de la Fundación ningún psicólogo de primera línea, excepto Bort Alurin? Y *él* se abstuvo cuidadosamente de enseñar a sus alumnos nada más que lo fundamental.

Hubo un corto silencio y Fara dijo:

–Muy bien, ¿por qué?

–Quizá fuera porque un psicólogo hubiera captado la verdadera intención de todo esto, y demasiado pronto para los proyectos de Hari Seldon. Por eso estamos tanteando, obteniendo nebulosos vistazos de la verdad y nada más. Y esto es lo que Hari Seldon quería.

Se echó a reír ásperamente.

–Buenos días, caballeros.

Salió a grandes zancadas de la habitación.

6

El alcalde Hardin mascaba el extremo de su cigarro. Se había apagado, pero estaba muy lejos de darse cuenta de ello. No había dormido la noche anterior y tenía la impresión de que tampoco dormiría la siguiente. Sus ojos lo revelaban.

–¿Está todo previsto? –preguntó cansinamente.

–Así lo creo. –Yohan Lee se llevó una mano a la barbilla–. ¿Cómo suena?

–Bastante bien. Comprenderá que se debe hacer imprudentemente. Es decir, no debe haber vacilaciones; no podemos permitirles que dominen la situación. En cuanto esté en posición de dar órdenes, delas como si hubiera nacido para hacerlo, y le obedecerán por la costumbre que han adquirido. Ésta es la esencia de un golpe de Estado.

–Si la Junta sigue sin decidirse...

–¿La Junta? No hay que contar con ella. Pasado mañana, su importancia como un factor de los asuntos de Términus no valdrá una oxidada moneda de medio crédito.

Lee asintió lentamente.

–Sin embargo, me extraña que no hayan hecho nada para detenernos hasta ahora. Usted dijo que no estaban enteramente en las nubes.

–Fara está al borde del problema. A veces me pone nervioso. Y Pirenne sospecha de mí desde que me eligieron. Pero, como ve, nunca han podido comprender lo que ocurría. Toda su educación ha sido autoritaria. Están seguros de que el emperador, sólo porque es el emperador, es todopoderoso. Y están seguros de que la Junta de síndicos, sólo porque la Junta de síndicos actúa en nombre del emperador, no puede dejar de dar órdenes. Esta incapacidad para reconocer la posibilidad de revuelta es nuestra mejor aliada.

Se levantó de la silla con esfuerzo y fue al frigorífico.

–No son malos compañeros, Lee, cuando se dedican a la Enciclopedia, y nosotros velaremos por que se dediquen a eso en el futuro. Pero son totalmente incompetentes cuando se trata de gobernar Términus. Ahora váyase y empiece a disponerlo todo. Quiero estar solo.

Se sentó en el borde de la mesa y contempló el vaso de agua.

¡Por el Espacio! ¡Si por lo menos estuviera tan seguro como parecía! Los anacreontianos aterrizarían al cabo de dos días y, ¿qué tenía como base más que un conjunto de nociones y suposiciones acerca de los planes de Hari Seldon con respecto a aquellos cincuenta años? Ni siquiera era un buen psicólogo, sólo un aficionado con escasa experiencia que intentaba adivinar las intenciones de la mente más importante de la época.

Si Fara tuviera razón; si Anacreonte fuera todo el problema que Hari Seldon había previsto; si la Enciclopedia fuera todo lo que le interesara preservar... entonces, ¿de qué serviría el *golpe de Estado*?

Se encogió de hombros y bebió el vaso de agua.

7

En la Bóveda había muchas más de seis sillas, como si se esperara una asistencia mucho mayor. Hardin se percató pensativamente de ello y fue a sentarse en un rincón lo más alejado posible de los otros cinco.

Los miembros de la Junta parecieron no tener nada que objetar. Hablaban entre ellos en susurros, que se convertían en sibilantes monosílabos, y después callaron por completo. De todos ellos, sólo Fara parecía razonablemente tranquilo. Había sacado el reloj y lo contemplaba seriamente.

Hardin dio un vistazo a su propio reloj y después al cubículo de vidrio –absolutamente vacío– que ocupaba la mitad de la habitación. Era la única particularidad de la estancia, pues aparte de esto no había la menor indicación de que una partícula de radio estuviese consumiéndose hasta el preciso momento en que saltaría el seguro, se haría una conexión y...

¡La intensidad de la luz disminuyó!

No se apagó, sino que únicamente se tornó amarilla, y se produjo tan súbitamente que Hardin dio un salto. Había alzado la mirada hacia la luz del techo con verdadera sorpresa, y cuando la bajó el cubículo de vidrio ya no estaba vacío.

¡Lo ocupaba una persona! ¡Una persona en una silla de ruedas!

No dijo nada durante unos momentos, sino que cerró el libro que tenía en el regazo y apoyó los dedos en él. Y después sonrió, y su rostro pareció cobrar vida.

–Soy Hari Seldon. –La voz era blanda y apagada.

Hardin estuvo a punto de levantarse para saludarle, pero se detuvo a tiempo.

La voz continuó hablando:

–Como ven, estoy confinado a esta silla y no puedo levantarme para saludarles. Sus abuelos se fueron a Términus hace unos meses, en mi época, y desde entonces sufro una incómoda parálisis. Como ya saben, no les veo, de modo que no puedo saludarles convenientemente. Ni siquiera sé cuántos de ustedes están aquí, y por eso creo que debo conducirme con informalidad. Si alguno está levantado, que haga el favor de sentarse; y si prefieren fumar, a mí no me importa. –Se oyó una risa entre dientes–. ¿Cómo iba a importarme? En realidad no estoy aquí.

Hardin buscó un cigarro casi inmediatamente, pero lo pensó mejor.

Seldon apartó el libro como si lo dejara sobre una mesa que hubiera a su lado, y cuando sus dedos lo soltaron desapareció.

–Hace cincuenta años –dijo– que se estableció esta

Fundación; cincuenta años durante los cuales los miembros de la misma han ignorado para qué trabajaban. Era necesario que lo ignoraran, pero ahora la necesidad ha desaparecido.

»Para empezar, la Fundación de la Enciclopedia es un fraude y siempre lo ha sido.

Hubo un alboroto a espaldas de Hardin y una o dos exclamaciones ahogadas, pero él no se volvió.

Hari Seldon continuaba, naturalmente, imperturbable. Prosiguió:

–Es un fraude en el sentido de que ni a mí ni a mis colegas nos importa nada que llegue a editarse o no uno solo de sus volúmenes. Ha cumplido su propósito, puesto que gracias a ella obtuvimos una carta del emperador, gracias a ella atrajimos a cien mil personas necesarias para nuestro plan, y gracias a ella logramos mantenerlas ocupadas mientras los acontecimientos iban tomando forma, hasta que fue demasiado tarde para que retrocedieran.

»En los cincuenta años que han estado trabajando en este proyecto fraudulento, no tiene objeto suavizar los términos, les han cortado la retirada, y ya no tienen más remedio que seguir en el infinitamente más importante proyecto que era, y es, nuestro verdadero plan.

»Para eso les hemos colocado en este planeta y en este tiempo, para que al cabo de cincuenta años hayan sido conducidos a un punto en que no tienen libertad de acción. De ahora en adelante, y a lo largo de siglos, el camino que deben seguir es inevitable. Se enfrentarán con una serie de crisis, tal como ahora se enfrentan con la primera, y en todos los casos su libertad de acción será análogamente limitada, de modo que sólo les quedará un camino.

»Es el camino que nuestros psicólogos eligieron, y por una razón.

»Durante siglos, la civilización galáctica se ha estancado y ha declinado, aunque sólo unos pocos se dieron cuenta de ello. Pero ahora, al fin, la Periferia se está desligando y la unidad política del imperio se ha quebrantado. En algún punto de estos cincuenta años pasados, los historiadores del futuro trazarán una línea imaginaria y dirán: "Esto señala la Caída del imperio galáctico."

»Y tendrán razón, aunque casi ninguno reconocerá esta Caída durante muchos siglos.

»Y después de la Caída sobrevendrá la inevitable barbarie, un período que, según dice nuestra psicohistoria, debería durar, bajo circunstancias normales, otros treinta mil años. No podemos detener la Caída. No deseamos hacerlo, pues la cultura del imperio ha perdido toda la vitalidad y valor que había tenido. Pero podemos acortar el período de barbarie que debe seguir reduciéndolo hasta sólo un millar de años.

»Los pros y los contras de este acortamiento no podemos decírselos; igual que no podíamos decirles la verdad acerca de la Fundación hace cincuenta años. Si ustedes descubrieran estos pros y estos contras, nuestro plan podría fallar; como hubiera sucedido si hubieran caído en la cuenta de que la Enciclopedia era un fraude; pues entonces, al saberlo, su libertad de acción aumentaría y el número de variables adicionales introducidas serían mayores de las que nuestra psicología es capaz de controlar.

»Pero no lo harán, porque no hay psicólogos en Términus, y nunca los habrá, excepto Alurin, y él era uno de los nuestros.

»Pero puedo decirles una cosa: Términus y su Fundación gemela del otro extremo de la Galaxia son las semillas del Renacimiento y los futuros fundadores del segundo imperio galáctico. Y la crisis actual es la que conduce a Términus a su punto culminante.

»Ésta, entre paréntesis, es una crisis bastante clara, más sencilla que muchas de las que vendrán. Para reducirlo a lo fundamental: constituyen un planeta súbitamente aislado de los centros, aún civilizados, de la Galaxia, y amenazado por unos vecinos más fuertes. Ustedes forman un pequeño mundo de científicos rodeados por una vasta corriente de barbarie que se extiende rápidamente.

Son una isla de energía atómica en un océano cada vez

mayor de energía más primitiva; pero a pesar de esto son impotentes porque carecen de metales.

»Así pues, verán que la dura necesidad les obliga, y la acción es inevitable. La naturaleza de esta acción, es decir, la solución a su dilema, es, naturalmente, ¡obvia!

La imagen de Hari Seldon se elevó en el aire y el libro volvió a aparecer en su mano. Lo abrió y dijo:

–Pero sea cual fuere el curso que tome su historia futura, no dejen de inculcar en sus descendientes la idea de que el camino está señalado, y que al final habrá un nuevo y más grande imperio.

Y mientras bajaba la vista hacia el libro, se desvaneció en la nada, y las luces aumentaron nuevamente de intensidad.

Hardin levantó los ojos y vio a Pirenne mirándole, con la tragedia en los ojos y los labios temblorosos.

La voz del presidente era firme, pero sin entonación.

–Al parecer, tenía usted razón. Si quiere reunirse con nosotros a las seis, la Junta consultará con usted nuestro próximo movimiento.

Le estrecharon la mano, uno por uno, y se fueron; y Hardin sonrió para sí. Eran fundamentalmente sensatos para esto; eran lo bastante científicos como para admitir su equivocación; pero para ellos era demasiado tarde.

Consultó su reloj. A aquella hora, todo se habría consumado. Los hombres de Lee se habrían hecho con el control y la junta no daría más órdenes. Los anacreontianos llegarían al día siguiente, pero esto también estaba bien. Al cabo de seis meses, *ellos* tampoco darían más órdenes.

De hecho, como Hari Seldon había dicho, y como Salvor Hardin había adivinado desde el día que Anselm ilustre Rodric le reveló que los anacreontianos carecían de energía atómica, la solución de aquella primera crisis era evidente.

¡Tan evidente como el infierno!

TERCERA PARTE

LOS ALCALDES

1

LOS CUATRO REINOS – ...*Nombre dado a aquellas porciones de la provincia de Anacreonte que se separaron del primer imperio en los primeros años de la Era Fundacional para formar reinos independientes y efímeros. El mayor y más poderoso de ellos fue el mismo Anacreonte que en área...*

...*Indudablemente el aspecto más interesante de la historia de los Cuatro Reinos lo constituye la extraña sociedad forzada temporalmente durante la administración de Salvor Hardin...*

Enciclopedia Galáctica

¡Una delegación!

Que Salvor Hardin la hubiera visto venir no la hacía más agradable. Por el contrario, encontró la anticipación claramente molesta.

Yohan Lee abogaba por medidas extremas.

–No veo, Hardin –dijo–, que tengamos que esperar más. No pueden hacer nada hasta las elecciones, legalmente por lo menos, y esto nos da un año. Despídalos.

Hardin frunció los labios.

–Lee, usted nunca aprenderá. Durante los cuarenta años que le conozco, no ha aprendido el amable arte de actuar solapadamente.

–No es mi forma de luchar –gruñó Lee.

–Sí, lo sé. Supongo que por eso es usted el único hombre en quien confío. –Hizo una pausa y cogió un cigarro–. Hemos recorrido un largo camino, Lee, desde que nos las ingeniamos para derrocar a los enciclopedistas. Estoy volviéndome viejo. Tengo setenta y dos años. ¿Ha pensado alguna vez en lo rápido que han pasado estos treinta años?

Lee resopló.

–Yo no me considero viejo, y tengo setenta y seis años.

–Sí, pero yo no digiero como usted. –Hardin chupó perezosamente su cigarro. Hacía mucho tiempo que había dejado de desear el suave tabaco de Vega de su juventud. Aquellos días en que el planeta Términus había comerciado con todos los puntos del imperio galáctico pertenecían al limbo al que habían ido a parar todos los grandes días de antaño. El imperio galáctico se encaminaba hacia el mismo limbo. Se preguntó quién sería el nuevo emperador... o si habría algún emperador o algún imperio. ¡Por el Espacio! Desde hacía treinta años, desde la ruptura de las comunicaciones allí en el extremo de la Galaxia, todo el universo de Términus había consistido en sí mismo y los cuatro reinos circundantes.

¡Cómo había caído el poderoso! *¡Reinos!* Eran prefecturas en los viejos días, todos parte de la misma provincia, que por su parte había pertenecido a un sector, que a su vez había formado parte de un cuadrante, que a su vez había formado parte del imperio galáctico. Y ahora que el imperio había perdido el control sobre los rincones más alejados de la Galaxia, aquellos pequeños grupos de planetas se convertían en reinos con nobles y reyes de opereta, y guerras inútiles y absurdas, y una vida que se desarrollaba patéticamente entre las ruinas.

Una civilización en decadencia. La energía atómica olvidada. La ciencia degenerada en mitología... Hasta que llegó la Fundación. La Fundación que Hari Seldon había establecido sólo para ese propósito allí en Términus.

Lee se encontraba junto a la ventana y su voz interrumpió la ensoñación de Hardin.

–Han venido –dijo– en un coche último modelo, los pobres cachorros. –Dio unos pasos inseguros hacia la puerta y entonces miró a Hardin.

Hardin sonrió y le hizo un gesto con la mano para que se quedara.

–He dado órdenes de que los conduzcan aquí.

–¡Aquí! ¿Para qué? Les da mucha importancia.

–¿Por qué pasar por todas las ceremonias de una audiencia oficial con el alcalde? Ya soy demasiado viejo para trámites burocráticos. Además de eso, el halago es muy útil cuando se trata con jovencitos, particularmente cuando no te compromete a nada. –Guiñó un ojo–. Siéntese, y deme su apoyo moral. Lo necesitaré con Sermak.

–Ese muchacho, Sermak –dijo Lee, pesadamente–, es peligroso. Tiene seguidores, Hardin, así que no le subestime.

–¿He subestimado a alguien alguna vez?

–Bueno, pues entonces arréstelo. Puede acusarlo de cualquier cosa.

Hardin hizo caso omiso de este consejo.

–Aquí están, Lee. –En contestación a la señal, pisó el pedal de debajo de la mesa, y la puerta se deslizó hacia un lado.

Los cuatro que componían la delegación entraron en fila y Hardin les indicó amablemente los sillones que había en semicírculo frente a su mesa. Ellos se inclinaron y esperaron a que el alcalde hablara primero.

Hardin abrió la tapa de una caja de cigarros de plata curiosamente trabajada, que una vez perteneció a Jord Fara, de la antigua Junta de síndicos durante los días de los enciclopedistas. Era un genuino producto imperial de Santanni, aunque los cigarros que ahora contenía eran de fabricación nacional. Uno por uno, con grave solemnidad, los cuatro delegados aceptaron cigarros y los encendieron con el ritual de costumbre.

Sef Sermak era el segundo de la derecha, el más joven del grupo de jóvenes, y el más interesante con su reluciente bigote rubio recortado nítidamente, y sus ojos hundidos de color indefinido. Hardin prescindió de los otros tres casi inmediatamente; no eran más que números en un archivo. Se concentró en Sermak, el Sermak que, en su primera sesión del consejo municipal, ya había trastornado a aquel organismo sereno, y fue a Sermak a quien se dirigió:

–He estado particularmente ansioso por verle, concejal, desde su excelente discurso del mes pasado. Su ataque contra la política extranjera de este gobierno fue hábil.

Los ojos de Sermak se iluminaron.

–Su interés me halaga. El ataque pudo ser hábil o no, pero de lo que no hay duda es de que fue justificado.

–¡Quizá! Sus opiniones son suyas, naturalmente. Aún es usted muy joven.

–Es un defecto que la mayor parte de la gente tiene en cierto período de su vida. Usted se convirtió en alcalde de la ciudad cuanto tenía dos años menos de los que yo tengo ahora –dijo secamente.

Hardin sonrió para sus adentros. El cachorrillo era un negociador frío.

–Supongo que habrá venido para hablar de esta misma política extranjera que tanto le preocupa en la Cámara del Consejo. ¿Habla en nombre de sus tres colegas, o he de escucharles por separado? –preguntó.

Hubo un rápido intercambio de miradas entre los cuatro jóvenes, un ligero pestañeo.

Sermak respondió sombríamente:

–Habló en nombre del pueblo de Términus, un pueblo que no está verdaderamente representado en el organismo que llaman Consejo.

–Comprendo. ¡Adelante, pues!

–A esto voy, señor alcalde. Estamos disgustados...

–Por «estamos» se refiere al «pueblo», ¿verdad?

Sermak le miró con hostilidad, intuyendo una trampa, y replicó fríamente:

–Creo que mis puntos de vista reflejan los de la mayoría de votantes de Términus. ¿Le parece bien?

–Bueno, una declaración como ésta es la mejor de todas las pruebas; pero continúe, de todos modos. Están ustedes disgustados.

–Sí, disgustados con la policía que durante treinta años ha dejado a Términus indefenso contra el inevitable ataque exterior.

–Comprendo. Y ¿en consecuencia? Adelante, adelante.

–Es muy amable al anticiparse. Y en consecuencia estamos formando un nuevo partido político, que trabajará por las necesidades inmediatas de Términus y no por un místico «destino manifiesto» de imperio futuro. Le echaremos a usted y a su camarilla de pacifistas del Ayuntamiento, y muy pronto.

–¿A menos que…? Siempre hay algún «a menos que», ¿sabe?

–No más de uno en este caso: a menos que dimita ahora. No le pido que cambie su política, no confío en usted hasta ese punto. Sus promesas no valen nada. Una dimisión irrevocable es lo único que aceptaremos.

–Comprendo. –Hardin cruzó las piernas y apoyó la silla sobre las dos patas de atrás–. Éste es su ultimátum. Ha sido muy amable al avisarme. Pero, fíjese, creo que no lo tendré en cuenta.

–No crea que era una advertencia, señor alcalde. Era un anuncio de principios y de acción. El nuevo partido ya ha sido constituido, y empezará sus actividades oficiales mañana. Ya no hay espacio ni deseo para un acuerdo, y, francamente, sólo nuestro agradecimiento por sus servicios a la ciudad es lo que nos impulsa a ofrecerle esta salida tan fácil. No pensaba que fuera a aceptarla, pero tengo la conciencia tranquila. Las próximas elecciones serán una muestra clara e irresistible de que es necesaria la dimisión.

Se levantó e hizo que los demás le imitaran.

Hardin levantó el brazo.

–¡Esperen! ¡Siéntense!

Sef Sermak volvió a sentarse con demasiada rapidez y

Hardin sonrió tras su rostro serio. A pesar de sus palabras, esperaba una oferta:

Hardin dijo:

–¿Qué es exactamente lo que desea que cambiemos en nuestra política exterior? ¿Quiere que ataquemos a los Cuatro Reinos, ahora, en seguida, y los cuatro simultáneamente?

–No hago ninguna sugerencia, señor alcalde. Nuestra única proposición es que cese inmediatamente todo apaciguamiento. A lo largo de su administración, usted ha llevado a cabo una política de ayuda científica a los reinos. Les ha dado energía atómica. Les ha ayudado a reconstruir plantas de energía en su territorio. Ha establecido clínicas médicas, laboratorios químicos y fábricas.

–¿Y bien? ¿Qué tiene que objetar?

–Ha hecho todo eso para evitar que nos atacaran. Con esto como soborno, ha hecho el papel de tonto en un juego colosal de chantaje, en el cual ha permitido que Términus fuera chupado por completo con el resultado de que ahora estamos a merced de esos bárbaros.

–¿En qué forma?

–Porque les ha dado energía, les ha dado armas, y en realidad les ha reparado las naves de su flota. Ahora son infinitamente más fuertes que hace tres décadas. Sus demandas aumentan, y, con sus nuevas armas, satisfarán eventualmente todas sus demandas de golpe con la anexión violenta de Términus. ¿No es así como suele terminar el chantaje?

–¿Cuál es el remedio?

–Detener los sobornos inmediatamente y mientras pueda. Dedique sus esfuerzos a reforzar el mismo Términus ¡y ataque primero!

Hardin miró el bigotito rubio del joven con un interés casi morboso. Sermak estaba seguro de sí mismo, pues, de lo contrario, no hubiera hablado tanto. No había duda de que sus observaciones eran el reflejo de un segmento bastante considerable de la población, bastante considerable.

Su voz no traicionó el curso algo perturbado de sus pensamientos. Fue casi negligente.

–¿Ha terminado?
–Por el momento.
–Bueno, ¿ve la declaración enmarcada que hay en la pared detrás de mí? ¡Léala, si no le importa!
Los labios de Sermak se fruncieron.
–Dice: «La violencia es el último recurso del incompetente.» Es la doctrina de un anciano, señor alcalde.
–Yo la apliqué cuando era joven, señor concejal, y con éxito. Usted apenas había nacido cuando ocurrió, pero es posible que se lo hayan enseñado en el colegio.
Contempló penetrantemente a Sermak y continuó en tono mesurado.
–Cuando Hari Seldon estableció la Fundación aquí, fue con el ostensible propósito de producir una gran Enciclopedia, y durante cincuenta años seguimos esa última voluntad, antes de descubrir lo que realmente perseguía. Por aquel entonces, era casi demasiado tarde. Cuando cesaron las comunicaciones con las regiones centrales del viejo imperio, nos encontramos con que éramos un mundo de científicos concentrados en una sola ciudad, carentes de industria, y rodeados por reinos de creación reciente, hostiles y extremadamente bárbaros. Éramos una diminuta isla de energía atómica en este océano de barbarie, y una presa de infinito valor.
»Anacreonte, entonces como ahora el más poderoso de los Cuatro Reinos, solicitó y de hecho estableció una base militar en Términus, y los que entonces gobernaban la ciudad, los enciclopedistas, sabían muy bien que esto no era más que el primer paso para apoderarse de todo el planeta. Ésta era la situación cuando yo... uh... asumí el gobierno actual. ¿Qué hubiera hecho usted?
Sermak se encogió de hombros.
–Ésa es una pregunta académica. Naturalmente, sé lo que *usted* hizo.
–Lo repetiré, de todos modos. Quizá usted no captó la idea. La tentación de congregar las fuerzas que teníamos y lanzarnos a la lucha fue grande. Es la salida más fácil, y la más satisfactoria para el amor propio, pero, casi invaria-

blemente, la más estúpida. Usted la hubiera escogido; usted y su lema de «atacar el primero». En lugar de eso, lo que yo hice fue visitar los otros tres reinos, uno por uno; indiqué a cada uno que permitir que el secreto de la energía atómica cayera en manos de Anacreonte era la forma más rápida de cortar su propio cuello; y les sugerí amablemente que hicieran lo que les conviniera. Eso fue todo. Un mes después de que las fuerzas anacreontianas aterrizaran en Términus, su rey recibió un ultimátum conjunto de sus tres vecinos. A los siete días, el último anacreontiano había salido de Términus.

»Ahora, dígame, ¿qué necesidad había de usar la violencia?

El joven concejal contempló la colilla de su cigarro pensativamente y la tiró por la ranura del incinerador.

–No veo qué analogía puede haber. La insulina convertirá a un diabético en una persona normal sin necesidad de un cuchillo, pero la apendicitis requiere una operación. Es algo que no se puede evitar. Cuando otros medios fracasan, ¿qué nos queda más que, como usted dice, el último recurso? Es culpa suya que hayamos llegado a este extremo.

–¿Mía? Oh, sí, mi política de apaciguamiento. Sigue usted sin comprender las necesidades fundamentales de nuestra posición. Nuestro problema no terminó con la partida de los anacreontianos. No había hecho más que comenzar. Los Cuatro Reinos eran todavía nuestros más encarnizados enemigos, pues todos querían energía atómica y cada uno de ellos no se lanzaba a nuestra garganta más que por miedo a los otros tres. Estábamos en equilibrio sobre el filo de una espada muy bien afilada, y el menor balanceo en cualquier dirección... si, por ejemplo, un reino llegaba a ser demasiado fuerte; o si dos formaban una coalición... ¿Lo comprende?

–Ciertamente. Era el momento de empezar una preparación abierta para la guerra.

–Al contrario. Era el momento de empezar una preparación abierta contra la guerra. Les puse uno contra otro.

Los ayudé uno por uno. Les ofrecí ciencia, comercio, educación, medicina científica. Hice que Términus tuviera para ellos más valor como mundo floreciente que como presa militar. Ha dado resultado durante treinta años.

–Sí, pero se ha visto obligado a rodear esos obsequios científicos con los disfraces más ultrajantes. Ha hecho de ello algo medio religión, medio disparate. Ha erigido una jerarquía de sacerdotes y un ritual complicado e ininteligible.

Hardin frunció el ceño.

–¿Y qué? No creo que tenga nada que ver con la conversación. Al principio actué así porque los bárbaros consideraban nuestra ciencia como una especie de magia negra, y era más fácil que la aceptaran sobre esta base. El sacerdocio se construyó a sí mismo, y si le ayudamos no hacemos más que seguir la línea de menor resistencia. Es un asunto de poca importancia.

–Pero estos sacerdotes están a cargo de las plantas de energía. Esto *no* es una cuestión de poca importancia.

–Es verdad, pero *nosotros* les hemos adiestrado. Su conocimiento de los instrumentos es puramente empírico; y creen firmemente en la ridícula ceremonia que los rodea.

–Y si alguno va más allá de este disparate y tiene el genio de descartar el empirismo, ¿qué es lo que les impedirá aprender las técnicas actuales y venderlas al mejor postor? ¿Cuál sería entonces nuestro valor ante los reinos?

–Hay pocas posibilidades de que eso ocurra, Sermak. Está mostrándose muy superficial. Los mejores hombres de los planetas y de los reinos acuden a la Fundación todos los años y son educados en el sacerdocio. Y los mejores de ellos permanecen aquí como estudiantes investigadores. Si usted cree que los que se van, prácticamente sin conocimiento alguno de la ciencia más elemental, o peor, con el saber deformado que reciben los sacerdotes, son capaces de penetrar de un salto en los conocimientos de la energía atómica, la electrónica, la teoría de la hipertensión... tiene usted una idea muy romántica y muy absurda de la ciencia. Se necesita una vida entera de aprendizaje y un cerebro excelente para llegar tan lejos.

Yohan Lee se había levantado bruscamente durante el párrafo anterior y había salido de la habitación. Acababa de regresar, y cuando Hardin terminó de hablar, se inclinó junto al oído de su superior. Se intercambiaron unos susurros y después un cilindro de plomo. Luego, con una corta mirada de hostilidad hacia la delegación, Lee ocupó de nuevo su puesto.

Hardin dio vueltas al cilindro en sus manos, mirando a la delegación a través de las pestañas. Y entonces lo abrió con un chasquido duro y seco y sólo Sermak tuvo el sentido común de no lanzar una rápida mirada al papel enrollado que cayó de él.

–En resumen, caballeros –dijo–, el Gobierno opina que sabe lo que está haciendo.

Leyó a medida que hablaba. Había líneas de una clave intrincada e ininteligible que cubrían la página y tres palabras garabateadas a lápiz en una esquina del mensaje. Lo leyó de una ojeada y lo lanzó casualmente por la ranura del incinerador.

–Esto –dijo entonces Hardin– termina la entrevista, me temo. Encantado de haber hablado con ustedes. Gracias por venir. –Estrechó las manos de todos con indiferencia, y se fueron.

Hardin casi había perdido la costumbre de reír, pero en cuanto Sermak y sus tres silenciosos compañeros se hubieron alejado lo suficiente, se permitió una risita seca y dirigió una mirada divertida a Lee.

–¿Le ha gustado esta batalla de fanfarronadas, Lee?

–No estoy seguro de que *él* fanfarroneara. Trátelo con miramientos y es muy capaz de ganar las próximas elecciones, tal como ha dicho –contestó Lee.

–Oh, es muy posible, es muy posible... si no pasa nada antes.

–Asegúrese de que esta vez no pasa en la dirección equivocada, Hardin. Le digo que este Sermak tiene seguidores. ¿Y si no espera a las próximas elecciones? Hubo una ocasión en que usted y yo tuvimos que recurrir a la violencia, a pesar de nuestro lema sobre lo que significa la violencia.

Hardin alzó una ceja.

–¡Qué pesimista *está* hoy, Lee! Y singularmente belicoso, también, o no hubiera hablado de violencia. Nuestro pequeño pronunciamiento se llevó a cabo sin derramamiento de sangre, no lo olvide. Fue una medida necesaria ejecutada en el momento preciso, y se realizó suavemente, sin dolor, y sin ningún esfuerzo. En cuanto a Sermak, se rebela contra una proposición distinta. Usted y yo, Lee, no somos enciclopedistas. Estamos preparados. Ponga a sus hombres tras esos jóvenes de una forma delicada, compañero, que no sepan que les vigilamos..., pero con los ojos bien abiertos, ¿entendido?

Lee se rió con amarga diversión.

–La habría hecho buena si llego a esperar sus órdenes, Hardin. Sermak y sus hombres están bajo vigilancia desde hace un mes.

El alcalde sonrió.

–Cayó primero en la cuenta, ¿no? Muy bien. Por cierto –observó, y añadió suavemente–: El embajador Verisof vuelve a Términus. Temporalmente, confío.

Hubo un corto silencio, débilmente horrorizado, y después Lee dijo:

–¿Era esto lo que decía el mensaje? ¿Es que las cosas vuelven a complicarse?

–No lo sé. No puedo saberlo hasta que oiga lo que Verisof tiene que decirme. Sin embargo, es posible. Al fin y al cabo, es necesario que se compliquen antes de las elecciones. Pero ¿por qué tiene ese aspecto de medio muerto?

–Porque no sé en qué acabará todo esto. Es usted demasiado profundo, Hardin, y está jugando demasiado cerca del fuego.

–*Tú también, Brutus* –murmuró Hardin. Y en voz alta–: ¿Significa esto que piensa unirse al nuevo partido de Sermak?

Lee sonrió contra su voluntad.

–Muy bien. Usted gana. ¿Qué le parece si fuéramos a comer?

2

Hay muchos epigramas atribuidos a Hardin –consumado epigramista–, muchos de los cuales son probablemente apócrifos. No obstante, se recuerda que en cierta ocasión dijo:

–Procura ser claro, especialmente si tienes fama de ser sutil.

Poly Verisof había tenido ocasión de actuar más de una vez basándose en este consejo, pues ya hacía catorce años que ocupaba su doble puesto en Anacreonte... un doble puesto cuyo mantenimiento le recordaba a menudo lo desagradable de un baile realizado sobre metal ardiendo con los pies descalzos.

Para el pueblo de Anacreonte era un gran sacerdote, representante de la Fundación, que, para aquellos «bárbaros», era la cima del misterio y el centro físico de esta religión que había creado –con la ayuda de Hardin– durante las tres últimas décadas. Como tal, recibía un homenaje que había llegado a ser horriblemente molesto, pues despreciaba con toda su alma el ritual del cual era el centro.

Pero para el rey de Anacreonte –el viejo que lo había sido, y el joven nieto que ahora estaba en el trono– era simplemente el embajador de un poder a la vez temido y codiciado.

En general, era un empleo incómodo, y su primer viaje a la Fundación en un período de tres años, a pesar del molesto incidente que lo había hecho necesario, se parecía mucho a unas vacaciones.

Y puesto que no era la primera vez que se veía obligado a viajar con absoluto secreto, volvió a hacer uso del epigrama de Hardin sobre el empleo de la claridad.

Se puso su traje civil –unas vacaciones por este solo hecho– y se embarcó en una nave hacia la Fundación, como viajero de segunda clase. Una vez en Términus, se abrió camino entre la multitud que llenaba el puerto espacial y llamó al Ayuntamiento por un visífono público.

–Me llamo Jan Smite –dijo–. Tengo una cita con el alcalde para esta tarde.

La joven de voz apagada, pero eficiente, del otro extremo hizo una segunda conexión e intercambió unas cuantas palabras, diciendo después a Verisof en un tono seco y mecánico:

–El alcalde Hardin le recibirá dentro de media hora, señor. –Y la pantalla se emblanqueció.

Entonces el embajador de Anacreonte compró la última edición del *Diario* de la ciudad de Términus, se dirigió paseando hacia el parque del Ayuntamiento y, sentándose en el primer banco vacío que encontró, leyó la página editorial, la sección deportiva y la hoja cómica mientras esperaba. Al cabo de media hora, se metió el periódico bajo el brazo, entró en el Ayuntamiento y se personó en la antesala.

Al hacer todo esto había conseguido pasar totalmente desapercibido, pues como se conducía con absoluta naturalidad, nadie le dirigió una segunda mirada.

Hardin levantó la vista hacia él y sonrió.

–¡Tenga un cigarro! ¿Cómo ha ido el viaje?

Verisof cogió un puro.

–Muy interesante. Había un sacerdote en la cabina vecina que venía para un curso especial de preparación de sintéticos radiactivos... para el tratamiento del cáncer, ya sabe...

–Seguro que ahora no lo llama así.

–¡Me imagino que *no*! Para él eran Alimentos Sagrados.

El alcalde sonrió.

–Siga.

–Me complicó en una discusión teológica e hizo todo lo que pudo para elevarme sobre el sórdido materialismo.

–¿Y no reconoció a su sacerdote superior?

–¿Sin su traje carmesí? Además, era de Smyrno. Sin embargo, ha sido una experiencia interesante. *Es* notable, Hardin, la importancia que ha adquirido la religión de la ciencia. He escrito un ensayo sobre el tema... únicamente para diversión propia; no sería conveniente publicarlo.

Tratando el problema sociológicamente, parecería que cuando el viejo imperio empezó a desintegrarse, se podría considerar que la ciencia, como ciencia, había decepcionado a los mundos exteriores. Para que volvieran a aceptarla, tendría que presentarse como algo distinto, y esto es justamente lo que ha hecho. Todo funciona a las mil maravillas cuando se usa la lógica simbólica para solucionarlo.

–¡Interesante! –El alcalde se puso las manos en la nuca y dijo súbitamente–: ¡Hábleme de la situación en Anacreonte!

El embajador frunció el ceño y se sacó el cigarro de la boca. Lo miró con disgusto y lo dejó a un lado.

–Bueno, está bastante mal.

–Si no fuera así, usted no habría venido.

–Así es. Ésta es la situación: el hombre clave de Anacreonte es el príncipe regente, Wienis. Es el tío del rey Leopold.

–Lo sé. Pero Leopold alcanzará la mayoría de edad el año que viene, ¿verdad? Creo recordar que en febrero cumplirá dieciséis años.

–Sí. –Pausa, y después una irónica observación–: *Si* vive. El padre del rey murió en circunstancias sospechosas. Una bala-aguja le atravesó el pecho durante una cacería. Fue calificado de accidente.

–Humm. Me parece recordar a Wienis de cuando estuve en Anacreonte al expulsarlos de Términus. Fue antes de su época. Si no recuerdo mal, era un jovencito moreno, con el cabello negro y algo bizco del ojo derecho. Tenía una curiosa nariz ganchuda.

–El mismo. La nariz ganchuda y el ojo bizco no han cambiado, pero ahora tiene el cabello gris. No juega limpio; afortunadamente, es el mayor loco del planeta. Se imagina a sí mismo como un demonio sutil, y esto hace que su locura sea más patente.

–Es la forma habitual.

–Su idea de cascar un huevo es dispararle un proyectil atómico. Prueba de esto es el impuesto sobre las propiedades del templo que trató de imponer tras el fallecimiento del viejo rey hace dos años. ¿Lo recuerda?

Hardin asintió pensativamente, y después sonrió.

–Los sacerdotes pusieron el grito en el cielo.

–Gritaron de tal modo que se les podía oír desde Lucreza. Desde entonces ha tenido más cuidado en sus relaciones con el sacerdocio, pero todavía se las arregla para hacer las cosas de la manera más difícil. En parte, es una desgracia para nosotros; tiene una ilimitada confianza en sí mismo.

–Probablemente no es más que un complejo de inferioridad compensado. Como sabe, los hijos pequeños de la realeza suelen adolecer de él.

–Pero nos lleva al mismo punto. Se está muriendo de ganas de atacar a la Fundación. Apenas consigue ocultarlo. Y, además, está en posición de hacerlo, desde el punto de vista del armamento. El viejo rey construyó una flota magnífica, y Wienis no ha dormido durante los dos últimos años. De hecho, el impuesto sobre las propiedades del templo estaba originariamente destinado a producir más armamento, y cuando esto falló se apresuró a doblar los otros impuestos.

–¿Ha habido alguna protesta por eso?

–Nada de importancia. La obediencia a la autoridad establecida fue el texto de todos los sermones del reino durante muchas semanas. Esto no quiere decir que Wienis demostrara su gratitud.

–Muy bien. Ya tengo los antecedentes. Ahora, ¿qué ha ocurrido?

–Hace dos semanas una nave mercante anacreontiana tropezó con un crucero de batalla abandonado de la antigua flota imperial. Debe de haber estado a la deriva por el espacio por lo menos durante tres siglos.

En los ojos de Hardin centelleó un interés repentino. Se enderezó.

–Sí, he oído hablar de eso. La Junta de Navegación me ha enviado una petición para que obtenga la nave con fines de estudio. Tengo entendido que está en buen estado.

–En demasiado buen estado –contestó secamente Verisof–. Cuando, la semana pasada, Wienis recibió su sugerencia de que entregara la nave a la Fundación, casi tuvo convulsiones.

–Todavía no ha contestado.

–No lo hará... como no sea con armas, o por lo menos es lo que él piensa. Verá, fue a verme el mismo día que yo dejaba Anacreonte y solicitó que la Fundación pusiera este crucero de batalla en condiciones de combate para que formara parte de la flota anacreontiana. Tuvo el infernal descaro de decir que su nota de la semana pasada indicaba un plan de la Fundación para atacar a Anacreonte. Dijo que una negativa a reparar el crucero de batalla confirmaría sus sospechas; e indicó que se vería forzado a tomar medidas defensivas. Éstas fueron sus palabras. ¡Se vería forzado! Y por eso estoy aquí.

Hardin se echó a reír amablemente.

Verisof sonrió y continuó:

–Naturalmente, espera una negativa, y sería una perfecta excusa –a sus ojos– para un ataque inmediato.

–Ya lo veo, Verisof. Bueno, por lo menos tenemos seis meses de plazo, hasta disponer la nave y devolverla con mis saludos. Que Wienis lo considere como prueba de nuestra estima y afecto.

Volvió a reírse.

Y de nuevo Verisof respondió con una debilísima sombra de sonrisa.

–Supongo que es lógico, Hardin... pero estoy preocupado.

–¿Por qué?

–¡Es una *nave*! Sabían *construirlas* en aquellos días. Su capacidad cúbica es la mitad de toda la flota anacreontiana. Tiene lanzarrayos atómicos capaces de destrozar un planeta, y un campo que podría resistir un rayo Q sin ser afectado por la radiación. Una cosa demasiado buena, Hardin...

–Superficial, Verisof, superficial. Usted y yo sabemos que el armamento que ahora tiene podría derrotar a Términus fácilmente, mucho antes de que nosotros repararamos el crucero para su propio uso. ¿Qué importa, pues, si también le damos el crucero? Usted sabe que nunca llegaría a una guerra real.

–Así lo creo. Sí. –El embajador alzó la mirada–. Pero, Hardin...

–¿Y bien? ¿Por qué se detiene? Siga.

–Mire. Ésta no es mi provincia, pero he estado leyendo el periódico. –Colocó el *Diario* sobre la mesa e indicó la primera página–. ¿Qué es todo esto?

Hardin echó una ojeada.

–Un grupo de concejales está formando un nuevo partido político.

–Esto es lo que dicen. –Verisof señaló el periódico–. Sé que usted está más al corriente que yo de los asuntos internos, pero le están atacando con todo menos con la violencia física. ¿Son muy fuertes?

–Fortísimos. Probablemente controlarán el Consejo después de las próximas elecciones.

–¿No antes? –Verisof dirigió una mirada de soslayo al alcalde–. Hay muchas formas de hacerse con el control además de las elecciones.

–¿Me toma usted por Wienis?

–No. Pero la reparación de la nave llevará meses y es seguro que habrá un ataque después de eso. Nuestra complacencia será considerada como un signo de enorme debilidad, y la adición del Crucero Imperial doblará la fuerza de la flota de Wienis. Atacará tan seguro como que soy el supremo sacerdote. ¿Por qué arriesgarse? Una de dos: revele el plan de campaña al Consejo, ¡o fuerce la salida de esta situación con Anacreonte ahora!

Hardin frunció el ceño.

–¿Forzar la situación ahora? ¿Antes de que llegue la crisis? Es lo único que no debo hacer. Están Hari Seldon y el Plan, ya lo sabe.

Verisof vaciló, y después murmuró:

–Entonces, ¿está absolutamente seguro de que hay un plan?

–No puede haber ninguna duda –fue la severa respuesta–. Yo estaba presente en la apertura de la Bóveda del Tiempo y las grabaciones de Seldon lo revelaron entonces.

–No me refería a eso, Hardin. Es que no creo que sea posible planear la historia con mil años de adelanto, quizá Seldon se sobreestimara a sí mismo. –Se encogió un poco ante la sonrisa irónica de Hardin, y añadió–: Bueno, no soy ningún psicólogo.

–Exactamente. Ninguno de nosotros lo es. Pero yo recibí algunas enseñanzas en mi juventud... bastantes para saber de lo que es capaz la psicología, aunque yo no pueda explotar sus posibilidades. No hay ninguna duda de que Seldon hizo exactamente lo que proclama que hizo. La Fundación, como él dice, fue establecida como un refugio científico... por medio del cual debía preservarse la ciencia y la cultura del imperio moribundo a través de siglos de barbarie ya iniciada, para ser reavivadas al fin en el segundo imperio.

Verisof asintió, un poco dudoso.

–Todo el mundo sabe que ésta es la forma en que se *supone* que marcharán las cosas. Pero ¿podemos permitirnos el lujo de arriesgarnos? ¿Podemos arriesgar el presente por el bien de un nebuloso futuro?

–Debemos... porque el futuro no es nebuloso. Ha sido calculado y previsto por Seldon. Cada crisis sucesiva de nuestra historia está trazada y cada una depende, en cierta medida, del buen desenlace de las anteriores. Ésta no es más que la segunda crisis, y sólo el Espacio sabe el efecto que una minúscula desviación tendría al final.

–Esto es más bien una especulación vacía.

–*¡No!* Hari Seldon dijo en la Bóveda del Tiempo, que en cada crisis nuestra libertad de acción quedaría limitada hasta el punto en que sólo sería posible una línea de acción.

–¿Para mantenernos siempre en la línea recta?

–Para evitar que nos desviemos, sí. Pero, al contrario, mientras sea posible *más* de una línea de acción, no se habrá llegado a la crisis. *Debemos* dejar que las cosas sigan su curso tanto tiempo como podamos, y por el Espacio, esto es lo que me propongo hacer.

Verisof no contestó. Se mordió el labio inferior con malhumorado silencio. Sólo hacía un año que Hardin había hablado por vez primera de aquel problema con él... del verdadero problema; el problema de contrarrestar los preparativos hostiles de Anacreonte. Y sólo porque él, Verisof, se había rebelado ante nuevos apaciguamientos.

Hardin pareció seguir el curso de los pensamientos de su embajador.

–Preferiría no haberle hablado nunca de todo esto.

–¿Qué le impulsa a decir tal cosa? –exclamó Verisof, sorprendido.

–Porque ahora hay seis personas, usted y yo, otros tres embajadores y Yohan Lee, que tienen una idea aproximada de lo que nos espera; y me temo mucho que la intención de Seldon era que nadie lo supiera.

–¿Por qué?

–Porque incluso la adelantada psicología de Seldon era limitada. No podía manejar demasiadas variables independientes. No podía trabajar con individuos más allá de cierto período de tiempo; del mismo modo que usted no podría aplicar la teoría cinética de los gases a simples moléculas. Trabajó con multitudes, poblaciones de planetas enteros, y sólo con multitudes *ciegas* que no poseyeran de antemano el conocimiento de los resultados de sus propias acciones.

–Eso no está claro.

–Yo no puedo evitarlo. No soy lo bastante psicólogo como para explicarlo científicamente. Pero ya lo sabe: no hay psicólogos competentes en Términus y ningún texto matemático de la ciencia. Está claro que no quería que los de Términus fuéramos capaces de predecir el futuro. Seldon quería que actuáramos ciegamente, y por lo tanto correctamente, según las leyes de la psicología de masas. Tal como le dije en una ocasión, no sabía adónde nos dirigíamos cuando expulsé por primera vez a los anacreontianos. Mi idea había sido mantener un equilibrio de poder, nada más que esto. Sólo después creí ver un esquema en los acontecimientos; pero estoy decidido a no actuar basándome en este conocimiento. Una interferencia debida a la predicción destrozaría el Plan.

Verisof asintió pensativamente.

–He oído argumentos casi tan complicados en los templos de Anacreonte. ¿Cómo espera situar el momento exacto de la acción?

–Ya está situado. Usted admite que una vez el crucero de batalla esté arreglado nada evitará que Wienis nos ataque. Ya no habrá ninguna alternativa a este respecto.

–Sí.

–Muy bien. Esto, en cuanto al aspecto exterior. Mientras tanto, admitirá que las próximas elecciones verán un Consejo nuevo y hostil que forzará la acción contra Anacreonte. No hay ninguna alternativa.

–Sí.

–Y en cuanto desaparecen todas las alternativas, la crisis sobreviene. Incluso así... estoy preocupado.

Hizo una pausa, y Verisof aguardó. Lentamente, casi de mala gana, Hardin continuó:

–Tengo la idea, la ligerísima idea, de que las presiones externas e internas obedecen al plan de aparecer simultáneamente. Tal como están las cosas, sólo hay unos meses de diferencia. Probablemente Wienis ataque antes de la primavera, y para las elecciones aún falta un año.

–No parece nada importante.

–No lo sé. Puede deberse simplemente a inevitables errores de cálculo, o al hecho de que yo sé demasiado. Nunca he permitido que mi adivinación influyera en mis actos, pero ¿cómo puedo asegurarlo? ¿Y qué efecto tendrá la discrepancia? Sea como fuere –levantó la vista–, he decidido una cosa.

–¿Qué?

–Cuando la crisis esté a punto de estallar, me iré a Anacreonte. Quiero estar en el lugar... Oh, es suficiente, Verisof. Se hace tarde. Salgamos y tomemos una copa. Quiero descansar un poco.

–Entonces descanse aquí mismo –dijo Verisof–. No quiero ser reconocido, o ya sabe lo que diría ese nuevo partido que sus queridos concejales están formando. Pida el coñac.

Y Hardin lo hizo..., pero no pidió demasiado.

3

Antiguamente, cuando el imperio galáctico abarcaba toda la Galaxia y Anacreonte era la prefectura más rica de la Periferia, más de un emperador había visitado el Palacio Virreinal con gran pompa. Y ninguno de ellos se había ido sin hacer por lo menos un esfuerzo para demostrar su habilidad con el fusil de aguja contra la emplumada fortaleza volante que llamaban el ave Nyak.

El renombre de Anacreonte no había decaído con el paso del tiempo. El Palacio Virreinal era una confusa masa de ruinas a excepción del ala que los trabajadores de la Fundación habían restaurado. Y hacía doscientos años que no se veía a ningún emperador en Anacreonte.

Pero la caza del Nyak seguía siendo el deporte real, y el primer requisito de los reyes de Anacreonte era tener buena puntería con el fusil de aguja.

Leopold I, rey de Anacreonte y –como se añadía invariablemente, aunque sin veracidad alguna– Señor de los Dominios exteriores, a pesar de no tener aún dieciséis años había probado su destreza muchas veces. Había abatido su primer Nyak a los trece años recién cumplidos; había abatido el décimo una semana después de su subida al trono; y ahora regresaba de abatir el cuadragésimo sexto.

–¡Cincuenta antes de llegar a la mayoría de edad! –había exclamado–. ¿Quién apuesta?

Pero los cortesanos no apuestan contra la habilidad del rey. Existe el mortal peligro de ganar. Así que nadie lo hizo, y el rey se fue a cambiar de ropa de muy buen humor.

–¡Leopold!

El rey se detuvo en seco ante la única voz que podía lograrlo. Se volvió de mal humor.

Wienis se hallaba en el umbral de su cámara y dominaba a su sobrino.

–Despídelos –ordenó impacientemente–. Quítatelos de encima.

El rey asintió cortésmente y los dos chambelanes hicieron una reverencia y retrocedieron hacia las escaleras. Leopold entró en la habitación de su tío.

Wienis contempló con displicencia el traje de caza del rey.

–Muy pronto tendrás cosas más importantes que hacer aparte de cazar el Nyak.

Le dio la espalda y se precipitó hacia su mesa. Como se había hecho demasiado viejo para ejercicios al aire libre, el peligroso salto al alcance de las alas del Nyak, el balanceo y subida del vehículo volador a un metro escaso, había abandonado toda clase de deportes.

Leopold reconoció la actitud amargada de su tío y, no sin malicia, empezó entusiásticamente:

–Tendrías que haber venido con nosotros, tío. Levantamos uno en el erial de Samia que era un monstruo. Lo mejor es cuando se acercan. Lo hemos tenido durante dos horas por lo menos volando en cien kilómetros cuadrados de terreno. Y entonces me dirigí en línea recta hacia el cielo –lo explicaba gráficamente, como si volviera a encontrarse en su vehículo–, y bajé súbitamente en picado. Lo atrapé en el ascenso justo debajo del ala izquierda. Esto lo enloqueció y empezó a volar de lado. Acepté su desafío y viré hacia la izquierda, esperando la caída vertical. Y llegó. Estuvo a tiro antes de que yo me moviera y entonces...

–¡Leopold!

–¡Bueno! Lo abatí.

–Estoy seguro de ello. ¿Me atenderás ahora?

El rey se encogió de hombros y se dirigió hacia la mesa del rincón, donde mordisqueó una nuez de Lera con evidente malhumor. No se atrevió a enfrentarse con la mirada de su tío.

Wienis dijo, a modo de preámbulo:

–Hoy he ido a la nave.

–¿Qué nave?

–Sólo hay una nave. *La* nave. La que la Fundación está reparando para la flota. El viejo crucero imperial. ¿Me explico con la suficiente claridad?

–¿Ésa? ¿Ves?, te dije que la Fundación la repararía si se lo pedíamos. Toda esta historia tuya de que querían atacarnos no es más que una tontería. Porque si así fuera, ¿por qué iban a arreglar la nave? No tiene sentido, ¿verdad?

–¡Leopold, eres un idiota!

El rey, que acababa de tirar la cáscara de la nuez de Lera y se llevaba otra a los labios, enrojeció.

–Vamos a ver, escúchame bien –dijo, con una ira que apenas sobrepasaba el malhumor–; no creo que debas decirme tal cosa. Te olvidas de algo. Dentro de dos meses cumpliré la mayoría de edad, ya lo sabes.

–Sí, y estás en una posición ideal para asumir responsabilidades reales. Si dedicas a los asuntos públicos la mitad del tiempo que consagras a la caza del Nyak, entregaré la regencia con la conciencia limpia.

–No me importa. Ya sabes que esto no tiene nada que ver con el caso. El hecho es que, aunque tú seas el regente y mi tío, yo sigo siendo el rey y tú eres mi súbdito. No deberías llamarme idiota ni sentarte en mi presencia. No me has pedido permiso. Creo que deberías tener cuidado, o es posible que haga algo... muy pronto.

La mirada de Wienis era fría.

–¿Puedo referirme a vos como a «Vuestra Majestad»?

–Sí.

–¡Muy bien! ¡Vuestra Majestad es un idiota!

Sus ojos oscuros despedían chispas por debajo de las enmarañadas cejas y el joven rey se sentó lentamente. Por un momento, hubo una sardónica satisfacción en el rostro del regente, pero se desvaneció rápidamente. Sus gruesos labios se separaron en una sonrisa y una mano cayó sobre el hombro del rey.

–No importa, Leopold. No tendría que haberte hablado tan duramente. A veces es difícil conducirse con verdadera propiedad cuando la presión de los acontecimientos es tal como... ¿Lo comprendes? –Pero, aunque las palabras eran conciliadoras, había algo en sus ojos que no acababa de suavizarse.

Leopold dijo con inseguridad:

–Sí. Los asuntos de Estado son endemoniadamente difíciles. –Se preguntó, no sin aprensión, si no iba a verse sometido a una incomprensible y detallada explicación sobre el año comercial con Smyrno y la interminable disputa sobre los mundos dispersos del Pasillo Rojo.

Wienis hablaba de nuevo:

–Muchacho, había pensado hablarte antes de esto, y quizá tendría que haberlo hecho, pero sé que tu joven espíritu se impacienta frente a los áridos detalles del arte de gobernar.

Leopold asintió.

–Bueno, eso está muy bien...

Su tío le interrumpió firmemente y continuó:

–Sin embargo, dentro de dos meses alcanzarás la mayoría de edad. Además, en los tiempos difíciles que vendrán, tendrás que tomar parte plena y activa. Serás *rey* de ahora en adelante, Leopold.

Leopold asintió de nuevo, pero su expresión continuaba siendo vacía.

–Habrá guerra, Leopold.

–¡Guerra! Pero hay una tregua con Smyrno...

–No es con Smyrno. Es con la misma Fundación.

–Pero, tío, han accedido a reparar la nave. Dijiste...

Su voz se desvaneció al observar el fruncimiento de labios de su tío.

–Leopold. –Algo de la amabilidad había desaparecido–. Vamos a hablar de hombre a hombre. Tiene que haber guerra con la Fundación, reparen la nave o no; lo antes posible, en realidad, puesto que están reparándola. La Fundación es la fuente del poder y la fuerza. Toda la grandeza de Anacreonte, todas sus naves y ciudades y su pueblo y su comercio dependen de las migas y sobras del poder que la Fundación nos concede a regañadientes. Me acuerdo de la época en que las ciudades de Anacreonte se calentaban con carbón y petróleo ardiendo. Pero eso no importa; no podrías comprenderlo.

–Parece –sugirió el rey tímidamente– que tendríamos que estarles agradecidos.

–¿Agradecidos? –bramó Wienis–. ¿Agradecidos por que nos den los restos de mala gana, mientras se reservan el espacio para ellos mismos... y lo guardan con quién sabe qué propósito? Sólo para dominar la Galaxia algún día.

Dejó caer la mano sobre la rodilla de su sobrino, y entornó los ojos.

–Leopold, eres el rey de Anacreonte. Tus hijos y tus nietos pueden ser reyes del universo... ¡si obtienes el poder que la Fundación nos oculta!

–Hay algo de razón en esto. –Los ojos de Leopold empezaron a brillar y enderezó la espalda–. Al fin y al cabo, ¿qué derecho tienen de reservarlo para ellos solos? No es justo, ya lo sabes. Anacreonte también cuenta para algo.

–¿Ves? Estás empezando a comprender. Y ahora, muchacho, ¿y si Smyrno decide atacar a la Fundación por su parte y nos gana todo ese poder? ¿Cuánto tiempo crees que tardaríamos en convertirnos en una potencia vasalla? ¿Cuánto tiempo conservaríamos el trono?

Leopold se excitaba por momentos.

–Por el Espacio, sí. Tienes toda la razón, ¿sabes? Hemos de atacar los primeros. Es cuestión de defensa propia.

La sonrisa de Wienis se ensanchó ligeramente.

–Además, una vez, nada más comenzar el reinado de tu abuelo, Anacreonte estableció una base militar en el planeta de la Fundación, Términus... una base que la defensa nacional necesitaba vitalmente. Nos vimos forzados a abandonar esa base como resultado de las maquinaciones del líder de la Fundación, un hombre vil, sin una gota de sangre noble en las venas. ¿Lo comprendes, Leopold? Tu abuelo fue humillado por ese villano. ¡Lo recuerdo! Tenía aproximadamente la misma edad que yo cuando vino a Anacreonte con su infernal sonrisa y su infernal cerebro... y el poder de los otros tres reinos respaldándole, combinados en una cobarde unión contra la grandeza de Anacreonte.

Leopold se sonrojó y brilló una chispa en sus ojos.

–¡Por Seldon, si yo hubiera sido mi abuelo, hubiera luchado incluso así!

–No, Leopold. Decidimos esperar... para devolver la afrenta en un momento más apropiado. El último deseo de tu abuelo antes de su muerte fue pensar que él sería el que... ¡Bueno, bueno! –Wienis se volvió un momento. Entonces, simulando estar muy emocionado–: Era mi hermano. Y, sin embargo, si su hijo estuviera...

–Sí, tío, no le decepcionaré. Lo he decidido. Lo más conveniente es que Anacreonte deshaga esa red de agitadores, inmediatamente.

–No, no inmediatamente. Primero debemos esperar a que se termine la reparación del crucero. El mero hecho de que estén dispuestos a realizar este arreglo demuestra que nos temen. Los muy tontos tratan de aplacarnos, pero no conseguirán apartarnos de nuestro camino, ¿verdad?

Y el puño de Leopold golpeó la palma abierta de su mano.

–No, mientras yo sea rey de Anacreonte.

Wienis frunció los labios sardónicamente.

–Además, hemos de esperar que llegue Salvor Hardin.

–¡Salvor Hardin! –El rey se quedó de pronto con los ojos muy abiertos, y el juvenil contorno de su rostro imberbe casi perdió las líneas duras en que estaba crispado.

–Sí, Leopold, el líder de la Fundación en persona vendrá a Anacreonte por tu cumpleaños..., probablemente para calmarnos con palabras suaves. Pero no le servirá de nada.

–¡Salvor Hardin! –No era más que un debilísimo murmullo.

Wienis frunció el ceño.

–¿Te da miedo el nombre? Es el mismo Salvor Hardin que, en su anterior visita, nos hizo morder el polvo. ¿No habrás olvidado ese insulto mortal a la casa real? Y de un villano. La hez del arroyo.

–No. Supongo que no. No, no lo haré. Nos vengaremos..., pero..., pero... estoy un poco asustado.

El regente se levantó.

–¿Asustado? ¿De qué? ¿De qué, joven...? –Se interrumpió.

–Sería..., uh..., una blasfemia, ¿sabes?, atacar la Fundación. Quiero decir que... –Hizo una pausa.

–Sigue.

Leopold dijo confusamente:

–Quiero decir que, si realmente hubiera un Espíritu Galáctico, uh..., puede ser que no le gustara. ¿No lo crees?

–No, no lo creo –fue la firme respuesta. Wienis volvió a sentarse y sus labios se contrajeron en una extraña sonrisa–. De modo que te preocupas mucho por el Espíritu Galáctico, ¿no? Esto es lo que pasa por dejarte suelto. Apuesto a que has estado hablando con Verisof.

–Me ha explicado muchas cosas...

–¿Del Espíritu Galáctico?

–Sí.

–Ay, cachorro sin destetar, él cree en esas tonterías muchísimo menos que yo, y yo no creo nada en ellas. ¿Cuántas veces te han dicho que todas sus charlas son absurdas?

–Bueno, ya lo sé. Pero Verisof dice...

–Maldito sea Verisof. Son tonterías.

Hubo un corto y rebelde silencio, y después Leopold dijo:

–Todo el mundo piensa igual. Me refiero a todo eso del profeta Hari Seldon y de cómo estableció la Fundación para que llevara a cabo sus mandamientos y algún día volviéramos al Paraíso Terrenal; y cómo cualquiera que desobedezca sus mandamientos será destruido por toda la eternidad. Ellos lo creen. He presidido los festivales, y estoy seguro de ello.

–Sí, *ellos* lo creen; pero nosotros no. Y puedes estar agradecido de que sea así, pues según sus tonterías, tú eres rey por derecho divino... y tú mismo eres semidivino.

Muy manejable. Elimina todas las posibilidades de revueltas y asegura absoluta obediencia a todo. Y ésta es la razón, Leopold, de que debas tomar parte activa en ordenar la guerra contra la Fundación. Yo sólo soy el regente, y completamente humano. Tú eres el rey, y más que un semidiós... para ellos.

–Pero supongamos que no lo sea en realidad –dijo el rey, reflexionando.

–No, no en realidad –fue la irónica respuesta–, pero lo eres para todos menos para los habitantes de la Fundación. ¿Lo entiendes? Para todos menos para los habitantes de la Fundación. Una vez hayan sido eliminados ya no habrá nadie que niegue tu origen divino. ¡Piénsalo!

–¿Y después de eso seremos capaces de manejar las cajas de energía de los templos y las naves que vuelan sin hombres y el alimento sagrado que cura el cáncer y todo lo demás? Verisof dijo que sólo los bendecidos por el Espíritu Galáctico podían...

–Sí. ¡Verisof lo dijo! Verisof, después de Salvor Hardin, es tu mayor enemigo. Quédate conmigo, Leopold, y no te preocupes por ellos. Juntos reconstruiremos un imperio, no sólo el reino de Anacreonte, sino uno que abarque a todos los millones de soles de la Galaxia. ¿Es eso mejor que un «Paraíso Terrenal»?

–Sssí.

–¿Puede Verisof prometer algo más?

–No.

–Muy bien. –Su voz se hizo perentoria–. Supongo que debemos considerar el asunto arreglado. –No recibió contestación–. Vete. Bajaré más tarde. Y una cosa más, Leopold.

El muchacho se volvió en el umbral.

Wienis sonreía con todo menos con los ojos.

–Ten cuidado con esas cacerías de Nyak, muchacho. Desde el desgraciado accidente de tu padre, he tenido extraños presentimientos acerca de ti, a veces. En la confusión, con los fusiles de aguja hendiendo el aire con sus dardos, uno nunca sabe lo que puede pasar. Espero que tendrás cuidado. Y harás todo lo que te he dicho sobre la Fundación, ¿verdad?

Los ojos de Leopold se desorbitaron y evitó la mirada de su tío.

–Sí..., desde luego.

–¡Perfecto! –Contempló la salida de su sobrino, inexpresivamente, y volvió a su mesa.

Los pensamientos de Leopold al salir eran sombríos y no desprovistos de temor. Quizá fuera mejor vencer a la Fundación y obtener la energía de que hablaba Wienis. Pero después, cuando la guerra hubiera terminado y él estuviera seguro en el trono... Se dio súbitamente exacta cuenta del hecho de que Wienis y sus dos arrogantes hijos estaban en aquel momento en la línea sucesoria al trono.

Pero él era rey. Y los reyes pueden ordenar ejecuciones.

Incluso de tíos y primos.

4

Junto al mismo Sermak, Lewis Bort era el más activo en reagrupar a aquellos elementos disidentes que se habían fusionado en el ahora vociferante partido activista. Pero no había formado parte de la delegación que visitó a Salvor Hardin hacía casi un año. Esto no se debía a una falta de reconocimiento a sus servicios; todo lo contrario. Se hallaba ausente porque en aquella época estaba en la capital de Anacreonte.

La visitó como ciudadano privado. No vio a ningún oficial y no hizo nada importante. Se limitó a observar los rincones oscuros del afanoso planeta y asomó su nariz por los garitos indignos.

Llegó a casa hacia el término de un corto día invernal que empezó con nubes y estaba acabando con nieve, y al cabo de una hora se encontraba sentado a la mesa octogonal de la casa de Sermak.

Sus primeras palabras no estaban calculadas para mejorar la atmósfera de una reunión ya considerablemente deprimida por el oscuro atardecer lleno de nieve.

–Me temo –dijo– que nuestra posición sea, usando la fraseología melodramática, una «causa perdida».

–¿Lo cree usted así? –preguntó Sermak, tristemente.

–Es imposible pensar de otro modo, Sermak. No hay motivo para otra opinión.

–Armamentos... –empezó Dokor Walto, en tono algo entrometido, pero Bort le interrumpió enseguida.

–Olvídelo. Ésa es una vieja historia. –Sus ojos recorrieron el círculo–. Me refiero a la gente. Admito que mi idea original era tratar de fomentar una rebelión palaciega para instalar como rey a alguien más favorable a la Fundación. Era una buena idea. Todavía lo es. El único inconveniente es que es imposible. El gran Salvor Hardin lo previó.

Sermak dijo con acritud:

–Si nos diera los detalles, Bort...

–¡Detalles! ¡No hay detalles! No es tan sencillo como todo eso. Es toda la maldita situación de Anacreonte. Es esa religión que ha establecido la Fundación. ¡Da resultado!

–¿Y qué?

–Hay que *ver* cómo funciona para darse cuenta. Lo único que aquí sabemos es que tenemos una gran escuela dedicada a educar sacerdotes, y que ocasionalmente se hace una exhibición especial en algún rincón olvidado de la ciudad para beneficio de los peregrinos... y nada más. Todo este asunto apenas nos afecta de manera general. Pero en Anacreonte...

Lem Tarki alisó su barba puntiaguda con un dedo y se aclaró la garganta.

–¿Qué clase de religión es? Hardin siempre ha dicho que sólo eran tonterías para que aceptaran nuestra ciencia sin hacer preguntas. Recuerde, Sermak, que aquel día nos dijo...

–Las explicaciones de Hardin –recordó Sermak– no suelen tener mucha relación con la verdad. Pero ¿qué clase de religión es, Bort?

Bort reflexionó.

–Éticamente, es perfecta. Apenas difiere de las diversas filosofías del viejo imperio. Alto valor moral y todo eso. Desde este punto de vista no tiene nada que envidiar. La religión es una de las grandes influencias civilizadoras de la historia en este aspecto. Rellena...

–Ya sabemos eso –interrumpió Sermak, con impaciencia–. Vaya al grano.

–Allá voy. –Bort estaba un poco desconcertado, pero no lo demostró–. La religión, que la Fundación ha alentado y animado, tengámoslo presente, se basa en una línea estrictamente autoritaria. El sacerdocio tiene control absoluto de los instrumentos científicos que hemos proporcionado a Anacreonte, pero sólo han aprendido a manejar dichos instrumentos empíricamente. Creen por completo en esta religión y en el..., uh..., valor espiritual de la energía que manejan. Por ejemplo, hace dos meses algún loco manipuló la planta de energía del templo de Thessalekia..., uno de los mayores. Naturalmente, voló cinco manzanas de casas. Fue considerado como una venganza divina por todo el mundo, incluyendo a los sacerdotes.

–Lo recuerdo. Los periódicos dieron una versión resumida del suceso en aquel momento. No veo adónde quiere ir usted a parar.

–Entonces, escuche –dijo Bort, ásperamente–. El clero forma una jerarquía en cuyo vértice está el rey, que está considerado como una especie de dios menor. Es un monarca absoluto por derecho divino, y el pueblo lo cree, profundamente, y los sacerdotes también. No se puede derrocar a un rey así. ¿Comprende *ahora* a lo que me refería?

–Espere –dijo Walto–. ¿Qué quería decir al afirmar que Hardin ha hecho todo esto? ¿Qué tiene que ver en este asunto?

Bort miró amargamente a su interlocutor.

–La Fundación ha alentado asiduamente esta ilusión. Hemos puesto todo nuestro respaldo científico detrás del engaño. No hay festival que el rey no presida rodeado por una aureola radiactiva que ilumina fuertemente todo su cuerpo y se eleva como una corona sobre su cabeza. Cualquiera que lo toque se quema gravemente. Puede moverse de un sitio a otro por el aire en momentos cruciales, supuestamente por inspiración del espíritu divino. Llena el templo con una nacarada luz interna sólo con hacer un gesto. Estos sencillos trucos que realizamos en beneficio suyo son interminables; pero incluso los sacerdotes creen en ellos, a pesar de llevarlos a cabo personalmente.

–¡Malo! –dijo Sermak, mordiéndose el labio.

–Lloraría... como la fuente del Parque del Ayuntamiento –dijo Bort, excitado–, al pensar en la oportunidad que hemos ahogado. Imaginemos la situación hace treinta años, cuando Hardin salvó la Fundación de Anacreonte... En aquel tiempo, los habitantes de Anacreonte no se daban cuenta de que el imperio estaba desintegrándose. Habían solucionado más o menos sus propios asuntos desde la revuelta zeoniana, pero incluso después de que se cortaran las comunicaciones y el pirata del abuelo de Leopold se erigiera en rey, siguieron sin darse cuenta de que el imperio estaba destrozado.

»Si el emperador hubiera tenido suficiente nervio para intentarlo, habría podido recuperarlo con dos cruceros y la ayuda de la revuelta interna que ciertamente hubiera surgido. Y nosotros, *nosotros* hubiéramos podido hacer lo mismo; pero no, Hardin estableció la adoración al monarca. Personalmente, no lo entiendo. ¿Por qué? ¿Por qué? ¿Por qué?

–¿Qué hace Verisof? –preguntó Jaim Orsy, súbitamente–. Hubo un día en que fue un activista distinguido. ¿Qué está haciendo allí? ¿Está ciego, también?

–No lo sé –dijo concisamente Bort–. Es su supremo sacerdote. Por lo que sé, no hace nada aparte de aconsejar al clero sobre los detalles técnicos. ¡Un títere, maldito sea, un títere!

Hubo un silencio en la estancia y todos los ojos se volvieron a Sermak. El dirigente del nuevo partido se mordía furiosamente una uña, y entonces dijo en alta voz:

–Nada bueno. ¡Es asqueroso! –Miró a su alrededor, y añadió con más energía–: ¿Es que Hardin puede ser tan tonto?

–Así parece –gruñó Bort.

–¡Imposible! Aquí hay algún error. Se requeriría una estupidez colosal para cortar nuestro propio cuello tan cuidadosamente y sin esperanzas. Es más de la que Hardin podría tener, aunque fuera un tonto, lo cual dudo. Por un lado, establecer una religión que descarta toda posibilidad de problemas internos. Por otro, suministra a Anacreonte todas las armas de la guerra. No lo comprendo.

–La cuestión *es* un poco oscura, lo admito –dijo Bort–, pero los hechos están ahí. ¿Qué otra cosa podemos pensar?

Walto dijo, espasmódicamente:

–Alta traición. Está a su servicio.

Pero Sermak movió la cabeza con impaciencia.

–Tampoco estoy de acuerdo con esto. Todo el asunto es absurdo e incomprensible... Dígame, Bort, ¿ha oído algo acerca del crucero de batalla que la Fundación va a poner a punto para la flota de Anacreonte?

–¿Un crucero de batalla?

–Un viejo crucero imperial...

–No, no he oído nada. Pero eso no significa gran cosa. Los terrenos de la flota son santuarios religiosos completamente inviolables por parte del público en general. Nadie sabe nada de la flota.

–Bueno, es lo que dicen los rumores. Miembros del partido han elevado el asunto al Consejo. Hardin no lo ha negado nunca, ya lo sabe. Su portavoz denunció rumores sin fundamentos y nada más. Puede ser significativo.

–Es sólo una pieza entre muchas –dijo Bort–. De ser cierto, está completamente loco. Pero no sería peor que el resto.

–Supongo –dijo Orsy– que Hardin no oculta ningún arma secreta. Esto podría...

–Sí –dijo Sermak–, una enorme caja de sorpresas de la que saldría un muñeco en el momento psicológico y asustaría al viejo Wienis. La Fundación podría borrar su propia existencia y ahorrarse la lenta agonía si tiene que depender de algún arma secreta.

–Bueno –dijo Orsy, cambiando apresuradamente de tema–, la cuestión se reduce a esto: ¿de cuánto tiempo disponemos? ¿Eh, Bort?

–Muy bien. Ésta es la cuestión. Pero no me miren a mí; yo no lo sé. La prensa anacreontiana nunca menciona a la Fundación. Ahora mismo, está llena de noticias sobre las próximas celebraciones y nada más. Leopold alcanzará la mayoría de edad dentro de una semana, ya lo saben.

–En ese caso disponemos de meses. –Walto sonrió por primera vez en toda la noche–. Esto nos da tiempo...

–¿Cómo que nos da tiempo? –estalló Bort, impacientemente–. Les digo que el rey es un dios. ¿Suponen que tiene que llevar a cabo una campaña de propaganda para que su pueblo adquiera un espíritu bélico? ¿Suponen que tiene que acusarnos de agresión y presionar todos los recursos del sentimentalismo barato? Cuando llegue el momento de atacar, Leopold dará la orden y el pueblo luchará. Sólo eso. Ése es el inconveniente del sistema: no se discute con un dios. Por lo que sé, podría dar la orden mañana mismo.

Todos trataron de hablar a la vez y Sermak dio una palmada en la mesa pidiendo silencio, cuando se abrió la puerta principal y entró Levi Norast. Subió las escaleras de dos en dos, con el abrigo puesto y derramando nieve.

–¡Miren esto! –gritó, lanzando un frío periódico cubierto de copos de nieve sobre la mesa–. Los visores tampoco hablan de otra cosa.

El periódico no estaba doblado, y cinco cabezas se inclinaron sobre él.

Sermak dijo, con voz ronca:

–¡Gran Espacio, va a Anacreonte! *¡Va a Anacreonte!*

–*Es* una traición –chilló Tarki, con súbita excitación–. Que me maten si Walto no tiene razón. Nos ha vendido y ahora va a recoger su paga.

Sermak se había puesto en pie.

–Ahora no tenemos alternativa. Mañana solicitaré al Consejo que Hardin sea acusado de alta traición. Y si *esto* falla...

5

La nieve había cesado, pero había formado una gruesa alfombra por las calles y los pesados vehículos terrestres avanzaban a través de las calles desiertas con penoso esfuerzo. La lúgubre luz gris del incipiente amanecer no sólo era fría en el sentido poético, sino también de una forma muy literal... e incluso en el entonces turbulento estado de la política de la Fundación, nadie, ni activistas ni pro-Hardin hallaron su espíritu suficientemente ardiente para empezar tan temprano la actividad callejera.

A Yohan Lee no le gustaba aquello y sus gruñidos se hicieron audibles.

–Caerá mal, Hardin. Dirán que se escurre.

–Que lo digan si quieren. Yo he de ir a Anacreonte y quiero hacerlo sin problemas. Ya es suficiente, Lee.

Hardin se recostó en el mullido asiento y tembló ligeramente. No hacía frío dentro del coche acondicionado, pero había algo frígido en un mundo cubierto de nieve, incluso a través del cristal, que le molestó.

Dijo, reflexionando:

–Algún día, cuando estemos en condiciones, hemos de climatizar Términus. Se podría hacer.

–A mí –repuso Lee– me gustaría que se hicieran otras cosas primero. Por ejemplo, ¿qué hay de climatizar a Sermak? Una bonita y seca celda a veinticinco grados centígrados durante todo el año sería ideal.

–Y entonces yo necesitaría realmente guardaespaldas –dijo Hardin– y no sólo esos dos. –Señaló a dos de los gorilas de Lee, sentados delante con el chófer, con su mirada dura fija en las calles vacías, y las manos sobre sus armas atómicas–. Evidentemente quiere incitar una guerra civil.

–¿Yo? Hay otras ascuas en el fuego y no necesita mucho para inflamarse, se lo aseguro. –Empezó a contar con los dedos–. Uno: Sermak provocó un escándalo ayer en el Consejo Municipal al pedir que lo procesaran por alta traición.

–Estaba en su pleno derecho de hacerlo –respondió Hardin, fríamente–. Además de lo cual, su moción fue derrotada por 206 a 184.

–Exactamente. Una mayoría de veintidós cuando habíamos contado con sesenta como mínimo. No lo niegue; sabe que es así.

–Más o menos –admitió Hardin.

–Muy bien. Y dos: después de la votación, los cincuenta y nueve miembros del partido activista se levantaron y salieron de la Cámara del Consejo.

Hardin guardó silencio y Lee prosiguió:

–Y tres: antes de irse, Sermak declaró que usted era un traidor, que iba a Anacreonte para recoger sus treinta piezas de plata, que la mayoría de la Cámara, al negarse a votar el proceso, había participado en la traición, y que el nombre de su partido no era «activista» por nada. ¿A qué le suena eso?

–Problemas, supongo.

–Y ahora se escabulle al amanecer, como un criminal. Tendría que enfrentarse con ellos, Hardin... y si tiene que hacerlo, ¡declare la ley marcial, por el Espacio!

–La violencia es el último recurso...

–... Del incompetente. ¡Cuernos!

–Muy bien. Ya lo veremos. Ahora escúcheme atentamente, Lee. Hace treinta años, se abrió la Bóveda del Tiempo, y en el quincuagésimo aniversario del inicio de la Fundación apareció una grabación de Hari Seldon para darnos la primera idea de lo que realmente sucedía.

–Lo recuerdo. –Lee asintió ensimismado, con una media sonrisa–. Fue el día en que nos hicimos cargo del gobierno.

–Así es. Fue nuestra primera crisis grave. Ésta es la segunda..., y dentro de tres semanas será el octogésimo aniversario del principio de la Fundación. ¿No le parece muy significativo?

–¿Quiere decir que volverá?

–No he terminado. Seldon nunca dijo nada de volver, compréndalo, pero esto es una pieza de todo su plan.

Siempre ha hecho todo lo posible para impedir que conozcamos los acontecimientos por adelantado. Tampoco se puede decir si la cerradura de radio está preparada para abrirse de nuevo..., probablemente esté preparada para destruir la Bóveda si intentáramos abrirla. Voy allí todos los aniversarios después de la primera aparición, por si acaso. No ha aparecido nunca, pero ésta es la primera vez desde entonces en que realmente hay crisis.

–Entonces, vendrá.

–Quizá. No lo sé. Sin embargo, ésta es la cuestión: la sesión de hoy del Consejo, inmediatamente después de anunciar que me he ido a Anacreonte, anunciará, de forma oficial, que el próximo 14 de marzo habrá otra grabación de Hari Seldon, con un mensaje de la mayor importancia acerca de la reciente crisis satisfactoriamente resuelta. Es muy importante, Lee. No añada nada más, aunque le atosiguen a preguntas.

Lee le miró fijamente.

–¿Se lo creerán?

–Eso no importa. Les confundirá, que es lo único que quiero. Preguntándose si es verdad o no, y lo que yo me propongo conseguir con ello si no lo es... decidirán posponer la acción hasta después del 14 de marzo. Yo habré regresado mucho antes.

Lee pareció indeciso.

–Pero eso de «satisfactoriamente resuelta»... ¡Es una mentira!

–Una mentira extremadamente turbadora. ¡Ya estamos en el espaciopuerto!

La nave espacial se destacaba sombríamente en la oscuridad. Hardin atravesó la nieve en dirección a ella, y en la puerta de entrada se volvió con la mano extendida.

–Adiós, Lee. Lamento muchísimo tener que dejarle en esta sartén en aceite hirviendo, pero no confío en ninguna otra persona. Por favor, no se acerque demasiado al fuego.

–No se preocupe. La sartén está bastante caliente. Cumpliré sus órdenes. –Retrocedió y la portezuela se cerró.

6

Salvor Hardin no fue directamente al planeta Anacreonte, el cual había dado nombre al reino. No llegó hasta el día antes de la coronación, tras haber hecho rápidas visitas a ocho de los mayores sistemas estelares del reino, no deteniéndose más que el tiempo justo para conferenciar con los representantes locales de la Fundación.

El viaje le produjo la opresiva impresión de la enormidad del reino. Era una pequeña astilla, una insignificante manchita comparado con las extensiones inconcebibles del imperio galáctico, del cual había formado una parte tan distinguida; pero para alguien cuyos hábitos mentales han sido construidos alrededor de un solo planeta, que además está escasamente poblado, el tamaño y la población de Anacreonte eran impresionantes.

Siguiendo cerradamente los lindes de la antigua Prefectura de Anacreonte, abarcaba veinticinco sistemas estelares, seis de los cuales incluían más de un mundo habitable. La población de diecinueve billones, aunque aún muy inferior a la del apogeo del imperio, crecía rápidamente con el desarrollo científico cada vez mayor alentado por la Fundación.

Y sólo entonces Hardin se sintió aterrado ante la magnitud de *esa* tarea. En treinta años, sólo el mundo principal había sido dotado de energía. Las provincias exteriores aún incluían inmensas extensiones en que la energía atómica no había sido reintroducida. Incluso el progreso realizado habría sido imposible de no ser por las reliquias aún en funcionamiento que había abandonado la marea creciente del imperio.

Cuando Hardin llegó al mundo capital, encontró todos los negocios habituales en absoluta paralización. En las provincias exteriores aún había celebraciones; pero en el planeta Anacreonte ni una sola persona dejaba de tomar parte febril en las fastuosas ceremonias religiosas que anunciaban la mayoría de edad de su dios-rey, Leopold.

Hardin sólo pudo charlar media hora con un ojeroso y

presuroso Verisof antes de que su embajador tuviera que irse a supervisar otro festival en el templo. Pero la media hora fue de lo más provechosa, y Hardin se preparó, muy satisfecho, para los fuegos artificiales de la noche.

En todo esto actuó como observador, pues no tenía estómago para las tareas religiosas en que indudablemente tendría que tomar parte si se conocía su identidad. De modo que, cuando la sala de baile del palacio se llenó con una reluciente horda de la nobleza más alta y distinguida del reino, se encontró pegado a la pared, casi inadvertido o totalmente ignorado.

Había sido presentado a Leopold como uno más de una larga lista de invitados, y a una distancia prudencial, pues el rey permanecía apartado en solitaria e impresionante grandeza, rodeado por su mortal aureola de radiactividad. Y antes de una hora, ese mismo rey tomaría asiento en el macizo trono de rodio-iridio, con incrustaciones de oro, y luego el trono y él se elevarían majestuosamente en el aire, rozando las cabezas de la multitud para llegar a la gran ventana desde la que el pueblo vería a su rey y le aclamaría con frenesí. El trono no hubiera sido tan macizo, naturalmente, si no hubiera tenido que albergar un motor atómico.

Eran más de las once. Hardin se impacientó y se puso de puntillas para ver mejor. Resistió la tentación de subirse a la silla. Y entonces vio que Wienis se abría paso entre la multitud en dirección hacia él y se tranquilizó.

El avance de Wienis era lento. Casi a cada paso tenía que cruzar una frase amable con algún reverenciado noble cuyo abuelo había ayudado al abuelo de Leopold a apoderarse del reino y a cambio de lo cual había recibido un ducado.

Y luego se libró del último par uniformado y alcanzó a Hardin. Su sonrisa se transformó en una mueca y sus ojos negros le miraron fijamente por debajo de las enmarañadas cejas con brillo de satisfacción.

–Mi querido Hardin –dijo, en voz baja–, debe usted de aburrirse mucho, pero como no ha revelado su identidad...

–No me aburro, alteza. Todo esto es extremadamente interesante. En Términus no tenemos espectáculos comparables, como usted sabe.

–Sin duda. Pero ¿le importaría ir a mis aposentos privados, donde podremos hablar largo y tendido y con mucha más intimidad?

–Desde luego que no.

Cogidos del brazo, los dos subieron las escaleras, y más de una duquesa viuda alzó sus impertinentes con sorpresa, preguntándose quién sería aquel desconocido insignificantemente vestido y de aspecto poco interesante al que el príncipe regente confería un honor tan señalado.

En los aposentos de Wienis, Hardin se puso a sus anchas y aceptó una copa de licor servida por la propia mano del regente con un murmullo de gratitud.

–Vino de Locris, Hardin –dijo Wienis–, de las bodegas reales. Tiene dos siglos de antigüedad. Es de la cosecha de diez años antes de la rebelión zeoniana.

–Una bebida verdaderamente real –convino Hardin, cortésmente–. Por Leopold I, rey de Anacreonte.

Bebieron, y Wienis añadió blandamente, en una pausa:

–Y pronto emperador de la Periferia, y más adelante, ¿quién sabe? Es posible que algún día la Galaxia pueda volver a unirse.

–Indudablemente; ¿gracias a Anacreonte?

–¿Por qué no? Con la ayuda de la Fundación, nuestra superioridad científica sobre el resto de la Periferia sería incuestionable.

Hardin dejó su copa vacía y dijo:

–Bueno, sí, excepto que, naturalmente, la Fundación debe ayudar a cualquier nación que solicite su ayuda científica. Debido al alto idealismo de nuestro gobierno y el propósito grandemente moral de nuestro fundador, Hari Seldon, no podemos tener favoritismos. Es algo que no se puede evitar, alteza.

La sonrisa de Wienis se ensanchó.

–El Espíritu Galáctico, para usar la expresión popular, ayuda a los que se ayudan a sí mismos. Comprendo perfectamente que la Fundación, abandonada a sí misma, nunca cooperaría.

–Yo no diría eso. Hemos reparado el crucero imperial para ustedes, aunque mi junta de navegación lo deseaba para fines de investigación.

El regente repitió irónicamente las últimas palabras.

–¡Fines de investigación! ¡Sí! No lo hubiera reparado si yo no le hubiera amenazado con la guerra.

Hardin hizo un gesto de desaprobación.

–No lo sé.

–*Yo* sí. Y esta amenaza sigue en pie.

–¿Incluso ahora?

–Ahora es un poco demasiado tarde para hablar de amenazas. –Wienis había lanzado una rápida mirada al reloj de su escritorio–. Mire, Hardin, usted ya ha estado una vez en Anacreonte. Entonces era joven; los dos éramos jóvenes. Pero incluso entonces teníamos formas completamente distintas de considerar las cosas. Usted es lo que llaman un hombre de paz, ¿verdad?

–Supongo que sí. Por lo menos, considero que la violencia es una forma antieconómica de obtener un fin. Siempre hay caminos mejores, aunque a veces no sean tan directos.

–Sí. Ya he oído su lema: «La violencia es el último recurso del incompetente.» Y sin embargo –el regente se rascó suavemente una oreja con fingida abstracción–, yo no me considero exactamente un incompetente.

Hardin asintió cortésmente y no dijo nada.

–Y a pesar de esto –continuó Wienis–, siempre he sido partidario de la acción directa. He creído en abrir un camino recto hacia mi objetivo, y seguirlo después. He logrado muchas cosas de este modo, y espero conseguir mucho más.

–Lo sé –interrumpió Hardin–. Creo que está usted abriendo un camino tal como lo describe, para usted y sus hijos, que lleva directamente al trono, considerando la reciente muerte del padre del rey, su hermano mayor, y el precario estado de salud del rey. *Está* en precario estado de salud, ¿verdad?

Wienis frunció el ceño ante el ataque, y su voz se endureció.

–Le aconsejo, Hardin, que evite ciertos temas. Debe usted considerarse privilegiado como alcalde de Términus para hacer..., uh..., observaciones imprudentes, pero si lo hace, por favor, no se engañe en el concepto. No soy persona que se asusta con palabras. Mi filosofía de la vida es que las dificultades desaparecen cuando se les hace frente con intrepidez, y hasta ahora nunca he dado la espalda a ninguna.

–No lo dudo. ¿A qué dificultad en particular rehúsa dar la espalda en este momento?

–A la dificultad, Hardin, de persuadir a la Fundación para que coopere. Su política de paz, como usted sabe, le ha llevado a realizar equivocaciones muy graves, simplemente porque ha subestimado la intrepidez de su adversario. No todo el mundo teme tanto la acción directa como usted.

–¿Por ejemplo? –sugirió Hardin.

–Por ejemplo, ha venido a Anacreonte solo y me ha acompañado a mis aposentos solo.

Hardin miró a su alrededor.

–¿Y qué tiene eso de malo?

–Nada –dijo el regente–, excepto que fuera de esta habitación hay cinco guardias, bien armados y dispuestos a hacer fuego. No creo que pueda irse, Hardin.

El alcalde enarcó las cejas.

–No tengo deseos inmediatos de irme. ¿Tanto me teme, entonces?

–No le temo en absoluto. Pero esto puede servir para impresionarle con mi decisión. ¿Podemos llamarle un gesto?

–Llámelo como quiera –dijo Hardin, con indiferencia–. No me incomodaré por el incidente, como quiera que lo llame.

–Estoy seguro de que esta actitud cambiará con el tiempo. Pero ha cometido otro error, Hardin, uno más grave. Parece ser que el planeta Términus está casi completamente indefenso.

–Naturalmente. ¿Qué tenemos que temer? No amenazamos los intereses de nadie y servimos a todos por igual.

–Y mientras permanece indefenso –continuó Wienis–, usted nos ayuda amablemente a armarnos, sobre todo en el desarrollo de nuestra propia flota, una gran flota. De hecho, una flota que, desde su donación del crucero imperial, es completamente irresistible.

–Alteza, está perdiendo el tiempo. –Hardin hizo un ademán como si fuera a levantarse–. Si lo que pretende es declararnos la guerra, y me está informando de ese hecho, me permitirá que me comunique inmediatamente con mi gobierno.

–Siéntese, Hardin. No le estoy declarando la guerra, y usted no va a comunicarse con su gobierno. Cuando la guerra sea iniciada, no declarada, Hardin, *iniciada*, la Fundación será informada de ello a su debido tiempo por las explosiones atómicas de la flota anacreontiana bajo el mando de mi propio hijo, que irá en el buque insignia *Wienis*, antiguo crucero de la flota imperial.

Hardin frunció el ceño.

–¿Cuándo ocurrirá todo esto?

–Si realmente le interesa, las naves de la flota hace cincuenta minutos justos que han salido de Anacreonte, a las once, y el primer disparo se hará en cuanto avisten Términus, que será mañana al mediodía. Usted puede considerarse prisionero de guerra.

–Así es exactamente como me considero, alteza –dijo Hardin, sin desarrugar el ceño–. Pero estoy decepcionado.

Wienis sonrió despectivamente.

–¿Es eso todo?

–Sí. Yo había creído que el momento de la coronación, a medianoche, ya sabe, sería el momento lógico para que zarpara la flota. Evidentemente, usted quería empezar la guerra mientras aún era regente. Hubiera sido más dramático del otro modo.

El regente le miró fijamente.

–Por el Espacio, ¿de qué está usted hablando?

–¿No lo entiende? –dijo Hardin, suavemente–. Yo había dispuesto mi contraataque para medianoche.

Wienis se levantó de su silla.

–Está fanfarroneando. No hay ningún contraataque. Si confía en el apoyo de otros reinos, olvídelos. Sus flotas combinadas no pueden vencer a la nuestra.

–Ya lo sé. No pretendo disparar un solo tiro. Es sencillamente que, hace una semana, se dio la consigna de que a medianoche de hoy el planeta Anacreonte entraría en interdicto.

–¿En interdicto?

–Sí. Si no lo comprende, puedo explicarle que todos los sacerdotes de Anacreonte van a declararse en huelga, a menos que yo dé la contraorden. Pero no puedo hacerlo mientras esté incomunicado; ¡ni lo haría, aunque no lo estuviera! –Se inclinó hacia adelante, y añadió, con súbita animación–: ¿Se da cuenta, alteza, de que un ataque a la Fundación no es nada menos que un sacrilegio de la mayor magnitud?

Wienis luchaba visiblemente por recobrar el control de sí mismo.

–Déjese de cuentos, Hardin. Resérveselos para el pueblo.

–Mi querido Wienis, ¿para quién cree que me reservo? Me imagino que durante la última media hora todos los templos de Anacreonte han sido el centro de una gran multitud que escucha a un sacerdote que les habla de este mismo tema. No hay ni un solo hombre ni una mujer en Anacreonte que no sepa que su gobierno ha lanzado un infame ataque no provocado contra el centro de su religión. Pero ahora sólo faltan cuatro minutos para medianoche. Será mejor que vaya a la sala de baile y observe los acontecimientos. Yo estaré aquí a salvo, con cinco guardias detrás de la puerta. –Se recostó en su silla, se sirvió otra copa de vino de Locris, y miró hacia el techo con perfecta indiferencia.

Wienis atronó la atmósfera con un juramento ahogado y salió apresuradamente de la habitación.

Sobre la elite que llenaba la sala de baile cayó un profundo silencio cuando se abrió un ancho camino que conducía al trono. Leopold estaba sentado en él, con los brazos cruzados, la cabeza alta, y el rostro impasible. Los enormes candelabros habían sido apagados y en la amortiguada luz multicolor de las diminutas bombillas de Átomo que adornaban como lentejuelas el techo abovedado, la aureola real se destacaba brillantemente, elevándose sobre su cabeza para formar una corona llameante.

Wienis se detuvo en las escaleras. Nadie le vio; todos los ojos estaban fijos en el trono. Apretó los puños y permaneció donde se encontraba; Hardin no le obligaría a hacer tonterías por medio de fanfarronadas.

Y entonces el trono se movió. Se elevó en silencio y avanzó. Fuera del estrado, bajó lentamente los escalones, y después, a quince centímetros sobre el suelo, avanzó en horizontal hacia la enorme ventana abierta.

Al sonar la profunda campana que daba la medianoche, se detuvo frente a la ventana... y la aureola del rey se desvaneció.

Durante un segundo de estupefacción, el rey no se movió, con el rostro torcido por la sorpresa, sin aureola, meramente humano; y entonces el trono vaciló y bajó los quince centímetros que lo separaban del suelo, estrellándose con un golpe sordo, justo cuando todas las luces del palacio se apagaban.

A través de la bulliciosa oscuridad y confusión, se oyó la atronadora voz de Wienis:

–¡Las antorchas! ¡Las antorchas!

Dando codazos a derecha e izquierda, se abrió paso entre la multitud y llegó a la puerta. Desde fuera, los guardias del palacio se habían internado en la oscuridad.

Las antorchas llegaron de algún modo a la sala de baile; las antorchas que debían utilizarse en la gigantesca procesión de antorchas a través de las calles de la ciudad después de la coronación.

De nuevo en el salón de baile, los guardias pululaban con antorchas... azules, verdes y rojas; y las extrañas luces iluminaban rostros asustados y confusos.

–No hay daños –gritó Wienis–. Manténganse en su puesto. La electricidad volverá dentro de un momento.

Se volvió hacia el capitán de la guardia, que esperaba atentamente a su lado.

–¿Qué ocurre, capitán?

–Alteza –fue la instantánea respuesta–, el palacio está rodeado por la gente de la ciudad.

–¿Qué quieren? –gruñó Wienis.

–Hay un sacerdote a la cabeza. Ha sido identificado como el supremo sacerdote Poly Verisof. Reclama la inmediata libertad del alcalde Salvor Hardin y el cese de la guerra contra la Fundación. –El informe fue hecho con el tono inexpresivo de un oficial, pero sus ojos se desviaban incómodos.

Wienis gritó:

–Si cualquiera de ellos intenta pasar las puertas del palacio, dispárele a matar. Por el momento, nada más. ¡Déjelos gritar! Mañana pasaremos cuentas.

Las antorchas habían sido distribuidas, y la sala de baile volvía a estar iluminada. Wienis corrió hacia el trono, aún junto a la ventana, y ayudó a levantar al asustado Leopold pálido como la cera.

–Ven conmigo. –Lanzó una mirada por la ventana. La ciudad estaba completamente a oscuras. Desde abajo llegaban los roncos y confusos gritos de la muchedumbre. Sólo hacia la derecha, donde estaba el templo Argólida, había iluminación. Juró irritadamente y arrastró al rey lejos de allí.

Wienis entró como una tromba en su habitación, con los cinco guardias tras los talones. Leopold le siguió, con los ojos desorbitados, enmudecido por el susto.

–Hardin –dijo Wienis, vivamente–, está jugando con fuerzas demasiado grandes para usted.

El alcalde ignoró al regente. Permaneció tranquilamente sentado a la luz nacarada de la bombilla de Átomo de bolsillo que tenía al lado, con una sonrisa irónica en su rostro.

–Buenos días, majestad –dijo a Leopold–. Le felicito por su coronación.

–Hardin –gritó Wienis de nuevo–, ordene a sus sacerdotes que regresen a sus quehaceres.

Hardin levantó fríamente la vista.

–Ordéneselo usted mismo, Wienis, y averigüe quién está jugando con fuerzas demasiado grandes. En este momento, no gira ni una sola rueda en Anacreonte. No hay ni una sola luz, excepto en los templos. En la mitad invernal del planeta no hay ni una sola caloría de calefacción, excepto en los templos. No hay una sola gota de agua corriente, excepto en los templos. Los hospitales no aceptan a más pacientes. Las plantas de energía están paradas. Todas las naves están posadas en el suelo. Si no le gusta, Wienis, *usted* mismo puede ordenar a los sacerdotes que vuelvan a sus quehaceres. *Yo* no quiero.

–Por el Espacio, Hardin, lo haré. Si ha de ser una demostración, lo será. Veremos si sus sacerdotes pueden enfrentarse con el ejército. Esta noche, todos los templos del planeta estarán bajo supervisión del ejército.

–Muy bien, pero ¿cómo va a dar las órdenes? Todas las líneas de comunicación del planeta están interrumpidas. Descubrirá que la radio no funciona, la televisión no funciona y las ultraondas no funcionan. De hecho, el único medio de comunicación del planeta que funcionaría, fuera de los templos, naturalmente, es el televisor de esta misma habitación, y yo lo he arreglado para que sirva únicamente de receptor.

Wienis luchó inútilmente por recobrar el aliento, y Hardin continuó:

–Si lo desea, puede ordenar a su ejército que entre en el templo Argólida, a pocos metros del palacio, y utilizar los aparatos de ultraondas para comunicarse con otras partes del planeta. Pero si lo hace, me temo que el contingente del ejército sea hecho pedazos por la multitud, y entonces, ¿cómo protegerían su palacio, Wienis? ¿Y sus *vidas*, Wienis?

Wienis dijo, atropelladamente:

–Podemos aguantarlos, demonio. Esperaremos a que amanezca. Deje que la multitud grite y la energía siga cortada, pero aguantaremos. Y cuando llegue la noticia de que la Fundación ha sido tomada, su preciosa multitud descubrirá lo vacía que era su religión, y se alejarán de sus sacerdotes y se volverán contra ellos. Le doy hasta mañana al mediodía, Hardin, porque usted puede detener la energía en Anacreonte, pero *no puede detener mi flota.* –Su voz graznó exultantemente–. Están en camino, Hardin, con el gran crucero que usted mismo ordenó reparar, a la cabeza.

Hardin repuso con ligereza:

–Sí, el crucero que yo mismo ordené reparar..., pero a mi manera. Dígame, Wienis, ¿ha oído hablar de un relevador de ultraondas? No, ya veo que no. Bueno, dentro de unos dos minutos descubrirá lo que uno de ellos puede hacer.

Conectó la televisión mientras hablaba, y se corrigió:

–No, dentro de dos segundos. Siéntese, Wienis, y escuche.

7

Theo Aporat era uno de los sacerdotes de Anacreonte de más alta categoría. Sólo desde el punto de vista de la jerarquía, merecía su nombramiento como sacerdote jefe de la nave insignia *Wienis*.

Pero no sólo tenía rango o prioridad. Conocía la nave. Había trabajado directamente bajo los sagrados hombres de la misma Fundación en la reparación de la nave. Había arreglado los motores bajo sus órdenes. Había vuelto a montar los circuitos de los visores; había reinstalado las comunicaciones; había blindado el casco abollado y reforzado las cuadernas. Incluso se le había permitido ayudar mientras los hombres sabios de la Fundación instalaban un dispositivo tan sagrado que nunca había sido colocado en ningún otro buque, siendo reservado para aquel magnífico y colosal crucero... el relevador de ultraondas.

No era extraño que le dolieran los propósitos para los

que el glorioso buque estaba destinado. Nunca había querido creer lo que Verisof le dijo... que la nave iba a ser empleada contra la gran Fundación. Dirigida contra aquella Fundación donde había estudiado en su juventud y de la cual procedía toda bondad.

Pero ahora ya no podía seguir dudando, después de lo que el almirante le había dicho.

¿Cómo era posible que el rey, bendecido por la divinidad, permitiera aquel acto abominable? ¿No sería, quizá, una acción del maldito regente, Wienis, con total ignorancia del rey? Y el hijo de ese mismo Wienis era el almirante que cinco minutos antes le había dicho:

–Atienda a sus almas y bendiciones, sacerdote. *Yo* atenderé a mi nave.

Aporat sonrió torcidamente. Atendería a sus almas y bendiciones... y también a sus maldiciones; y el príncipe Lefkin se lamentaría bastante pronto.

Acababa de entrar en la habitación general de comunicaciones. Su acólito le precedía y los dos oficiales de servicio no hicieron ademán de interferir. El sacerdote tenía derecho a entrar libremente en todos los lugares de la nave.

–Cierre la puerta –ordenó Aporat, y miró el cronómetro. Eran las doce menos cinco. Lo había calculado bien.

Con rápidos movimientos derivados de la práctica, movió las pequeñas palancas que abrían todas las comunicaciones, de modo que todas las partes de la nave, cuya eslora era de tres mil metros, estuvieran al alcance de su voz y su imagen.

–¡Soldados del buque insignia real *Wienis*, prestad atención! ¡Os habla vuestro sacerdote jefe! –Sabía que el sonido de su voz llegaba desde la cámara de lanzamiento de cohetes, a popa, hasta las mesas de navegación de la proa.

»Vuestra nave –gritó– está comprometida en un sacrilegio. ¡Sin conocimiento vuestro, está realizando un acto tal que las almas de todos vosotros serán condenadas al frío eterno del Espacio! ¡Escuchad! La intención de vuestro comandante es conducir esta nave a la Fundación y allí bombardear esa fuente de todas las bendiciones hasta someterla a su voluntad pecaminosa. Y puesto que ésta es su intención, yo, en nombre del Espíritu Galáctico, le retiro su mando, pues no hay mando cuando las bendiciones del Espíritu Galáctico han sido retiradas. Ni siquiera el divino rey puede mantener su reino sin el consentimiento del Espíritu.

Su voz adquirió un tono más profundo, mientras el acólito escuchaba con veneración y los dos soldados con creciente miedo.

–Y como esta nave se propone un fin tan diabólico, la bendición del Espíritu también la abandona.

Levantó los brazos con solemnidad, y, ante un millar de televisores en toda la nave, los soldados se acobardaron cuando la augusta imagen de su sacerdote jefe dijo:

–En nombre del Espíritu Galáctico, de su profeta, Hari Seldon, y de sus intérpretes, los sagrados hombres de la Fundación, maldigo esta nave. Que los televisores de esta nave, que son sus ojos, queden ciegos. Que las garras, que son sus brazos, se paralicen. Que los cohetes atómicos, que son sus puños, pierdan su fuerza. Que los motores, que son su corazón, dejen de latir. Que las comunicaciones, que son su voz, enmudezcan. Que su ventilación, que es su aliento, cese. Que sus luces, que son su alma, se desvanezcan. En nombre del Espíritu Galáctico, así maldigo a esta nave.

Y con su última palabra, al dar la medianoche, una mano, a años luz de distancia en el templo Argólida, abrió un relevador de ultraondas que, a la velocidad instantánea de las ultraondas, abrió otro en el buque insignia *Wienis*.

¡Y la nave murió!

Pues la principal característica de la religión de la ciencia es que actúa, y que las maldiciones como las de Aporat son mortalmente reales.

Aporat vio la oscuridad adueñarse de la nave y oyó el súbito cese del suave y distante runruneo de los motores hiperatómicos. Se regocijó y extrajo del bolsillo de su larga túnica una bombilla Átomo que llenó la estancia de una luz nacarada.

Contempló a los dos soldados que, aunque indudablemente eran hombres valientes, se retorcían de rodillas en el último extremo de un terror mortal.

–Salve nuestras almas, reverencia. Somos pobres hombres, ignorantes de los crímenes de nuestros dirigentes –lloriqueó uno de ellos.

–Seguidme –dijo Aporat, severamente–. Vuestra alma aún no está perdida.

La nave era un torbellino de oscuridad en la que el temor era tan grande y palpable que olía a miasmas. Los soldados se apiñaban alrededor de Aporat y su círculo de luz, luchando por tocar el borde de su túnica, implorando la más insignificante migaja de misericordia.

Y su respuesta era siempre la misma:

–¡Seguidme!

Encontró al príncipe Lefkin abriéndose paso por la sala de oficiales, lanzando juramentos en voz alta por la falta de luz. El almirante contempló al sacerdote jefe con ojos de odio.

–¡Aquí está usted! –Lefkin había heredado los ojos azules de su madre, pero la nariz aguileña y el ojo bizco le señalaban como el hijo de Wienis–. ¿Qué significan sus traidoras acciones? Devuelva la energía a la nave. Yo soy el comandante aquí.

–Ya no –dijo Aporat, sombríamente.

Lefkin miró a su alrededor, desesperado. Ordenó:

–Detengan a este hombre. Arréstenlo, o por el Espacio, enviaré al vacío a todos los que me están oyendo. –Hizo una pausa y después chilló–: Es vuestro almirante quien lo ordena. Arréstenlo.

Después, como si hubiera perdido completamente la cabeza:

–¿Están dejándose tomar el pelo por este charlatán, este arlequín? ¿Os vais a rebajar ante una religión compuesta de nubes y rayos de luna? Este hombre es un impostor y el Espíritu Galáctico del que habla es un fraude de la imaginación destinada a...

Aporat le interrumpió furiosamente:

–Apresad al blasfemo. Le estáis escuchando con peligro para vuestras almas.

Y de pronto, el noble almirante se vio dominado por las manos de una veintena de soldados.

–Llevadle con vosotros y seguidme.

Aporat dio media vuelta, y mientras arrastraban a Lefkin detrás de él, volvió a la sala de comunicaciones, por los pasillos repletos de soldados. Allí, ordenó al ex comandante que se colocara ante el único televisor que funcionaba.

–Ordene al resto de la flota que detenga su avance y se prepare para volver a Anacreonte.

El desgreñado Lefkin, sangrando, magullado y medio aturdido, así lo hizo.

–Y ahora –continuó Aporat ceñudamente– estamos en contacto con Anacreonte por el rayo de ultraondas. Repita lo que yo le diga.

Lefkin hizo un gesto negativo, y la multitud de la sala y la que llenaba el pasillo gruñó amenazadora.

–¡Repita! –dijo Aporat–. Empiece: La flota anacreontiana...

Lefkin empezó.

8

En los aposentos de Wienis reinaba un silencio absoluto cuando la imagen del príncipe Lefkin apareció en el televisor. El regente lanzó una exclamación de asombro al ver el rostro desencajado de su hijo y su uniforme hecho trizas, y después se dejó caer en una silla, con la cara contorsionada por la sorpresa y la aprensión.

Hardin escuchó estoicamente, con las manos asidas ligeramente en el regazo, mientras el recién coronado rey Leopold, sentado y encogido en el rincón más oscuro, se mordía espasmódicamente la manga cubierta de galones. Incluso los soldados habían perdido la mirada impasible que es prerrogativa de los militares, y desde donde se hallaban formados junto a la puerta, con las pistolas atómicas preparadas, escudriñaban furtivamente la figura del televisor.

Lefkin habló, de mala gana, con una voz cansada que se interrumpía a intervalos como si le apremiaran... y no amablemente:

–La flota anacreontiana..., consciente de la naturaleza de su misión... y negándose a tomar parte... en este abominable sacrilegio... regresa a Anacreonte... con el siguiente ultimátum dirigido a... los pecadores blasfemos... que han osado utilizar la fuerza profana... contra la Fundación... fuente de todas las bendiciones... y contra el Espíritu Galáctico. Que cese inmediatamente la guerra contra... la verdadera fe... y que se garantice a la flota... representada por nuestro... sacerdote jefe, Theo Aporat..., que dicha guerra no volverá a intentarse... en el futuro, y que –aquí una larga pausa, y después continuó–: y que el antiguo príncipe regente, Wienis... sea apresado... y juzgado ante un tribunal eclesiástico... por sus crímenes. De otro modo, la flota real... al volver a Anacreonte... destruirá el palacio con sus cohetes... y tomará todas las medidas... que sean necesarias... para destrozar la organización de pecadores... y el antro de destructores... de almas humanas que ahora prevalece.

La voz concluyó con una especie de sollozo y la pantalla quedó en blanco.

Los dedos de Hardin pasaron rápidamente sobre la bombilla de Átomo y su luz se desvaneció hasta que, en la oscuridad, el hasta entonces regente, el rey, y los soldados fueron sombras confusas; y por primera vez pudo verse que una aureola envolvía a Hardin.

No era la brillante luz que constituía la prerrogativa de los reyes, sino una menos espectacular, menos impresionante, pero más efectiva a su manera, y más útil.

La voz de Hardin fue suavemente irónica al dirigirse al mismo Wienis que una hora antes le había declarado prisionero de guerra y a Términus a punto de ser destruido, y que ahora era una sombra confusa, rota y silenciosa.

–Hay una vieja fábula –dijo Hardin–, quizá tan vieja como la humanidad, pues las grabaciones que la contienen son tan sólo copias de otras grabaciones aún más antiguas, que puede interesarle. Dice así:

«Érase un caballo que, teniendo por enemigo a un poderoso y peligroso lobo, vivía en constante temor por su vida. Llegó a estar tan desesperado que se le ocurrió buscarse un aliado poderoso. Por tanto, se acercó a un hombre y le ofreció una alianza, indicando que el lobo era asimismo enemigo de los humanos. El hombre aceptó la asociación inmediatamente y se ofreció para matar al lobo si su nuevo socio cooperaba poniendo a disposición del hombre toda su velocidad. El caballo estaba dispuesto, y permitió que el hombre le colocara la silla y el bocado. El hombre montó, persiguió al lobo, y lo mató.

»El caballo, alegre y aliviado, dio las gracias al hombre, y dijo: "Ahora que nuestro enemigo está muerto, quítame la silla y el bocado y devuélveme la libertad."

»Entonces el hombre se echó a reír a carcajadas y contestó: "Vete al infierno. ¡Al galope!", y lo espoleó con todas sus fuerzas.»

El silencio prosiguió. La sombra que era Wienis no se movió.

Hardin continuó sosegadamente:

–Espero que vea la analogía. En su ansiedad por asegurar su dominio total y eterno sobre su propio pueblo, los reyes de los Cuatro Reinos aceptaron la religión de la ciencia que les hacía divinos; y esta misma religión de la ciencia fue su silla y su bocado, pues ponía la sangre vital de la energía atómica en manos del clero... que obedecía nuestras órdenes, téngalo en cuenta, y no las suyas. Mató usted al lobo, pero no pudo desembarazarse del hom...

Wienis se puso en pie de un salto, y en las sombras sus ojos eran como ascuas. Su voz era espesa, incoherente:

–¡Sin embargo, le eliminaré! ¡Usted no se escapará! ¡Se pudrirá! ¡Que nos disparen! ¡Que disparen a todo! ¡Se pudrirá! ¡Le eliminaré!

»¡Soldados! –tronó, histéricamente–. Maten a ese diablo. ¡Dispárenle! ¡Dispárenle!

Hardin se volvió en su silla para mirar a los soldados y sonrió. Uno apuntó su pistola atómica y entonces la bajó. Los demás ni siquiera se movieron. Salvor Hardin, alcalde de Términus, rodeado por aquella suave aureola, sonreía con confianza. Ante él todo el poder de Anacreonte se había reducido a cenizas, era demasiado para ellos, a pesar de las órdenes del vociferante maníaco que tenían enfrente.

Wienis profirió un juramento y se dirigió tambaleándose hacia el soldado más cercano. Salvajemente, arrancó la pistola atómica de manos del hombre..., apuntó a Hardin, que no se movió, empujó la palanca y apretó el contacto.

El pálido y continuo rayo chocó contra el campo de fuerza que rodeaba al alcalde de Términus y fue absorbido inocuamente, hasta neutralizarse. Wienis apretó con más fuerza y rió desgarradoramente.

Hardin seguía sonriendo, y su campo de fuerza se iluminó débilmente al absorber las energías de la pistola atómica. Desde su rincón Leopold se cubrió los ojos y gimió.

Y, con un grito de desesperación, Wienis cambió de blanco y disparó de nuevo... y cayó al suelo con la cabeza desintegrada.

Hardin parpadeó ante el panorama y murmuró:

–Un hombre de «acción directa» hasta el final. ¡El último recurso!

9

La Bóveda del Tiempo estaba llena; hasta sobrepasar la capacidad de asientos disponibles, y los hombres se alineaban al fondo de la habitación, en tres filas.

Salvor Hardin comparó esta gran multitud con los pocos hombres que habían asistido a la primera aparición de Hari Seldon, treinta años antes. Entonces, sólo había habido seis; los cinco viejos enciclopedistas –todos muertos ahora– y él mismo, el joven títere de alcalde. Aquel mismo día, con la ayuda de Yohan Lee, había hecho desaparecer el estigma de «títere» que pesaba sobre su oficina.

Ahora era muy distinto; distinto en todos los aspectos. Todos los componentes del Consejo Municipal estaban aguardando la aparición de Seldon. Él mismo seguía siendo alcalde, pero ahora todopoderoso; y desde la total derrota de Anacreonte, extremadamente popular. Cuando regresó de Anacreonte con la noticia de la muerte de Wienis y el nuevo tratado firmado por el tembloroso Leopold, fue recibido con un voto de confianza de vociferante unanimidad. Cuando éste fue seguido, en rápido orden, por tratados similares firmados con cada uno de los otros tres reinos –tratados que conferían a la Fundación poderes tales como para poder impedir para siempre cualquier ataque parecido al de Anacreonte–, se celebraron procesiones de antorchas en todas las calles de Términus. Ni siquiera el nombre de Hari Seldon había sido tan vitoreado.

Hardin frunció los labios. Tal popularidad también había sido suya después de la primera crisis.

Al otro lado de la habitación, Sef Sermak y Lewis Bort estaban enzarzados en una animada discusión, y los recientes sucesos no habían parecido afectarles en absoluto. Se habían unido al voto de confianza; habían dado conferencias en las que admitieron que estaban equivocados, se disculparon por el uso de ciertas frases en debates anteriores, se disculparon delicadamente declarando que se habían limitado a seguir los dictados de su juicio y su conciencia... e inmediatamente desencadenaron una nueva campaña activista.

Yohan Lee tocó la manga de Hardin y señaló significativamente su reloj.

Hardin alzó la mirada.

–¿Qué hay, Lee? ¿Aún está irritado? ¿Qué ocurre ahora?

–Tiene que aparecer dentro de cinco minutos, ¿no?

–Supongo que sí. La última vez apareció a mediodía.

–¿Y si ahora no lo hace?

–¿Es que piensa amargarme toda la vida con sus preocupaciones? Si no aparece, no aparecerá.

Lee frunció el ceño y movió lentamente la cabeza.

–Si esto fracasa, nos veremos en otro lío. Si Seldon no respalda lo que hemos hecho, Sermak estará en libertad para volver a empezar. Quiere la anexión completa de los Cuatro Reinos, y la expansión inmediata de la Fundación... por la fuerza, si es necesario. Ya ha empezado su campaña.

–Lo sé. Un comedor de fuego ha de comer fuego aunque tenga que devorarse a sí mismo. Y usted, Lee, tiene que preocuparse, aunque para esto haya que matarse para inventar algún motivo de preocupación.

Lee hubiera contestado, pero perdió el aliento en aquel mismo instante... cuando las luces se hicieron amarillentas y se apagaron. Alzó un brazo para señalar hacia el cubículo de vidrio que ocupaba la mitad de la habitación y después se desplomó en una silla con un suspiro.

El mismo Hardin se enderezó al ver a la figura que ahora llenaba el cubículo... ¡una figura en una silla de ruedas! Sólo él, entre todos los presentes, recordaba el día, hacía varias décadas, en que la imagen había aparecido por primavera vez. Entonces él era joven, y aquélla, anciana. Desde entonces, la figura no había envejecido ni un solo día, pero él se había hecho viejo.

La imagen dirigió la vista hacia adelante, mientras sus manos sostenían un libro en el regazo.

Dijo:

–¡Soy Hari Seldon! –La voz era vieja y suave.

En la habitación reinó un silencio absoluto y Hari Seldon continuó:

–Ésta es la segunda vez que estoy aquí. Naturalmente, no sé si alguno de ustedes estuvo aquí la primera vez. De hecho, no tengo forma de saber, por el sentido de la percepción, si hay alguna persona aquí, pero eso no importa. Si la segunda crisis se ha solucionado satisfactoriamente, deben estar aquí; no hay salida posible. Si no están aquí, es que la segunda crisis ha sido demasiado para ustedes.

Sonrió atractivamente.

–Sin embargo, *lo* dudo, pues mis cifras revelan un noventa y ocho con cuatro por ciento de probabilidades de que no hayan desviaciones significativas en el Plan en los primeros ochenta años.

»Según nuestros cálculos, han llegado ahora a la dominación de los reinos bárbaros que rodean la Fundación. Del mismo modo que en la primera crisis emplearon el equilibrio de poder para remontarla, en la segunda han obtenido la dominación mediante el uso del poder espiritual contra el temporal.

»No obstante, debo advertirles para que no sientan una confianza excesiva. No es mi costumbre proporcionarles ningún conocimiento previo en estas grabaciones, pero sería mejor indicarles que lo que ahora han conseguido es simplemente un nuevo equilibrio... aunque en el actual la posición de ustedes es considerablemente mejor. El poder espiritual, aunque es suficiente para protegerse de los ataques del temporal, *no* es suficiente para atacar a su vez. A causa del invariable crecimiento de las fuerzas contraatacantes, regionalismo o nacionalismo, el poder espiritual no puede prevalecer. Estoy convencido de que no les digo nada nuevo.

»Deben perdonarme, a propósito de eso, por hablarles de forma tan vaga. Los términos que empleo son, en el mejor de los casos, meras aproximaciones, pero ninguno de ustedes está calificado para comprender la verdadera simbología de la psicohistoria, y por lo tanto yo debo hacer lo mejor que pueda.

»En este caso, la Fundación sólo está en el principio del camino que conduce al nuevo imperio. Los reinos vecinos, en población y recursos siguen siendo abrumadoramente poderosos en comparación con ustedes. Fuera de ellos reina la vasta y enmarañada jungla de la barbarie que se extiende por toda la amplia extensión de la Galaxia. Dentro de este anillo aún hay lo que queda del imperio galáctico... y esto, aunque debilitado y en decadencia, aún es incomparablemente poderoso.

En este punto, Hari Seldon alzó el libro y lo abrió. Su rostro adquirió una expresión solemne.

–Y no olviden que se estableció *otra* Fundación hace ochenta años; una Fundación en el otro extremo de la Galaxia, en el Extremo de las Estrellas. Siempre estarán allí, atentos y alerta. Caballeros, ante ustedes hay novecientos veinte años del Plan. ¡El problema es suyo! ¡Afróntenlo!

Bajó los ojos hacia el libro y se desvaneció de la existencia, mientras las luces recobraban su brillantez. En la excitada conversación que siguió, Lee murmuró al oído de Hardin:

–No ha dicho cuándo volverá.

Hardin contestó:

–Lo sé...; ¡pero espero que no vuelva hasta que usted y yo estemos segura y cómodamente muertos!

CUARTA PARTE

LOS COMERCIANTES

1

COMERCIANTES – ... *Y constantemente, como avanzadas de la hegemonía política de la Fundación, estaban los comerciantes, extendiendo tenues tentáculos a través de las enormes distancias de la Periferia. Podían pasar meses o años entre dos desembarcos en Términus; a menudo sus naves no eran más que conjuntos de reparaciones e improvisaciones caseras; su honradez no era de las más altas; su osadía...*

Mediante todo esto forjaron un imperio más consistente que el despotismo seudorreligioso de los Cuatro Reinos...

Se relatan innumerables historias acerca de estas figuras macizas y solitarias que se regían, medio en broma, medio en serio, por un lema adoptado de uno de los epigramas de Salvor Hardin: «¡Nunca permitas que el sentido de la moral te impida hacer lo que está bien!» Ahora es difícil saber qué historias son reales y qué historias son apócrifas. Probablemente no hay ninguna que no haya sufrido alguna exageración...

Enciclopedia Galáctica

Limmar Ponyets estaba completamente enjabonado cuando la llamada llegó a su receptor... lo que prueba que la vieja observación acerca de los telemensajes y las bañeras es cierta incluso en el oscuro y difícil espacio de la Periferia Galáctica.

Afortunadamente, la parte de una nave de libre comercio que no se dedica a estibar mercancías varias es extremadamente recogida. Tanto es así, que la ducha, con agua caliente incluida, está localizada en un cubículo de dos por cuatro, a tres metros del panel de mandos. Ponyets oyó el repiqueteo del receptor con toda claridad.

Soltando espuma y un juramento, salió de la bañera para ajustar el vocal, y tres horas más tarde una segunda nave comercial estaba al lado, y un sonriente joven entró por el tubo de aire tendido entre las naves.

Ponyets inclinó su silla hacia adelante y se colocó junto al piloto oscilatorio automático.

–¿Qué ha hecho, Gorm? –preguntó, sombríamente–. ¿Perseguirme desde la Fundación?

Les Gorm sacó un cigarrillo y movió la cabeza energéticamente.

–¿Yo? Ni pensarlo. Soy el ingenuo a quien se le ocurrió aterrizar en Glyptal IV el día después del correo. Así que me enviaron detrás de usted con esto.

La diminuta y brillante esfera cambió de manos, y Gorm añadió:

–Es confidencial. Supersecreto. No se puede confiar al subéter y todo eso. O, por lo menos, es lo que yo creo. Es una cápsula personal y no puede ser abierta por nadie más que no sea usted.

Ponyets contempló la cápsula con disgusto.

–Ya lo veo. Nunca he visto que una de éstas encerrara buenas noticias.

Se abrió en su mano y la delgada y transparente cinta se desenrolló rígidamente. Sus ojos recorrieron el mensaje velozmente, pues cuando la última parte estaba saliendo, la primera ya se oscurecía y arrugaba. Al cabo de un minuto y medio se había vuelto negra y, molécula por molécula, se desintegró.

Ponyets gruñó con voz profunda:

–¡Oh, *Galaxia*!

Les Gorm preguntó serenamente:

–¿Puedo ayudarle de algún modo? ¿O es demasiado secreto?

–Le molestará, puesto que usted forma parte del Gremio. Tengo que ir a Askone.

–¿Allí? ¿Por qué razón?

–Han apresado a un comerciante. Pero no se lo diga a nadie.

La expresión de Gorm se vio dominada por la cólera.

–¡Apresado! Eso va contra la Convención.

–Y también la interferencia con la política local.

–¡Oh! ¿Es eso lo que hizo? –Gorm reflexionó–. ¿Quién es el comerciante? ¿Alguien que yo conozca?

–¡No! –contestó Ponyets secamente, y Gorm aceptó la implicación y no hizo más preguntas.

Ponyets estaba levantado y mirando inexpresivamente por la visiplaca. Murmuró fuertes expresiones hacia aquella parte de la nebulosa lenticular que era el cuerpo de la Galaxia, y después dijo en voz alta:

–¡Maldito lío! ¡Estoy pasándome de la raya!

La luz se hizo en la mente de Gorm.

–Eh, amigo, Askone es una zona cerrada.

–Así es. No se puede vender ni un cortaplumas en Askone. No comprarán utensilios atómicos de *ninguna* clase. Con mi contribución vencida, es un suicidio ir allí.

–¿No puede zafarse?

Ponyets meneó la cabeza con aire ausente.

–Conozco al tipo complicado. No puedo abandonar a un amigo. ¿Qué puede pasarme? Estoy en manos del Espíritu Galáctico y me dirijo alegremente hacia donde él me señala.

Gorm dijo, desconcertado:

–¿Eh?

Ponyets le miró, y se echó a reír, brevemente.

–Me había olvidado. Usted no ha leído el *Libro del Espíritu*, ¿verdad?

–Nunca he oído hablar de él –dijo Gorm, concisamente.

–Bueno, lo conocería *si* hubiera tenido una educación religiosa.

–¿Educación religiosa? ¿Para el *clero*? –Gorm estaba profundamente aturdido.

–Me temo que sí. Es mi vergüenza oculta y mi secreto. Sin embargo, yo era demasiado para los reverendos padres. Me expulsaron por razones suficientes para estimularme a recibir una educación seglar a cargo de la Fundación. Bueno, quizá sea mejor estar fuera. ¿Cuál es su contribución este año?

Gorm apagó el cigarrillo y se ajustó la gorra.

–Ahora he conseguido mi último cargamento. Lo lograré.

–¡Qué afortunado! –se lamentó Ponyets, y, mucho después de irse Les Gorm, siguió inmóvil, sumido en cavilaciones.

¡De modo que Eskel Gorov estaba en Askone... y en la cárcel!

¡Era una mala cosa! De hecho, considerablemente peor de lo que podía parecer. Era muy fácil dar a un joven curioso una versión resumida del asunto para apartarlo de él y lograr que se ocupara de los suyos. Era algo muy diferente hacer frente a la verdad.

Pues Limmar Ponyets era una de las pocas personas que sabían que el maestro comerciante Eskel Gorov no era ningún comerciante, sino algo completamente distinto: ¡un agente de la Fundación!

2

¡Dos semanas pasadas! ¡Dos semanas perdidas!

Una semana para llegar a Askone, en el borde extremo de la Galaxia, del que las naves guerreras de vigilancia surgieron en considerable número para enfrentarse con él. Cualquiera que fuese su sistema de detección, funcionaba... y bien.

Le rodearon lentamente, sin ninguna señal, manteniendo la distancia, y encaminándose duramente hacia el sol central de Askone.

Ponyets podía haberse librado de ellas en un abrir y cerrar de ojos. Aquellas naves eran reliquias del desaparecido imperio galáctico... pero eran cruceros deportivos, no naves de guerra; y, sin armas atómicas, eran pintorescos e impotentes elipsoides. Pero Eskel Gorov estaba prisionero en sus manos, y Gorov no era un rehén que pudiera perderse. Los askonianos debían saberlo.

Y después otra semana... una semana para conseguir abrirse camino entre las nubes de oficiales menores que formaban el cojín entre el gran maestre y el mundo exterior. Cada pequeño subsecretario requería suavidad y conciliación. Cada uno de ellos requería cuidados tiernos y nauseabundos para la historiada firma que era el medio de llegar al oficial superior.

Por vez primera, Ponyets descubrió que sus documentos de identidad como comerciante eran inútiles.

Al fin, el gran maestre se hallaba al otro lado de la puerta dorada flanqueada por varios guardias... y habían pasado dos semanas.

Gorov seguía estando prisionero y el cargamento de Ponyets se pudría inútilmente en las bodegas de su nave.

El gran maestre era un hombre pequeño; un hombre pequeño con una cabeza calva y un rostro muy arrugado, cuyo cuerpo parecía reducido a la inmovilidad por la enorme y brillante boa de piel que le rodeaba el cuello.

Sus dedos se movieron a un lado y otro, y la hilera de hombres armados retrocedió hasta formar un pasillo, a lo largo del cual Ponyets llegó hasta el pie de la silla ceremonial.

–No hable –exclamó el gran maestre, y los labios abiertos de Ponyets se cerraron fuertemente.

»Eso es. –El gobernante askoniano se relajó visiblemente–. No resisto las charlas inútiles. Usted no puede amenazarme y yo no soporto las lisonjas. Tampoco es el momento de quejas y lamentaciones. Ya he perdido la cuenta de todas las veces que hemos advertido a sus vagabundos que en Askone no queremos sus diabólicas máquinas.

–Señor –dijo Ponyets, serenamente–, no intento justificar al comerciante en cuestión. No es política de los comerciantes introducirse donde no les quieren. Pero la Galaxia es grande, y ya ha sucedido más de una vez que se han traspasado fronteras involuntariamente. Es un error deplorable.

–Deplorable, ciertamente –graznó el gran maestre–. Pero ¿error? Su gente de Glyptal IV me ha estado bombardeando con ruegos para negociar desde dos horas después de que el miserable sacrílego fuera apresado. Me han avisado de su propia llegada varias veces. Parece una campaña de rescate bien organizada. Pero también parece que se han anticipado en muchas cosas... quizá un poco demasiado, para tratarse de errores, deplorables o no.

Los ojos negros del askoniano eran despectivos. Prosiguió:

–Y ustedes, los mercaderes, revoloteando de un mundo a otro como mariposillas alocadas, ¿están tan locos o tan seguros de sus derechos que pueden aterrizar en el mundo mayor de Askone, en el centro de su sistema, y considerarlo como una involuntaria confusión de fronteras? Vamos, seguro que no.

Ponyets se sobresaltó, pero no lo demostró. Dijo, obstinadamente:

–Si el intento de comerciar fuera deliberado, excelencia, sería lo más alocado y contrario a las más estrictas reglas de nuestro Gremio.

–Alocado, sí –dijo el askoniano, concisamente–. Tan alocado, que su camarada es probable que dé su vida a cambio.

Ponyets sintió un nudo en el estómago. No había irresolución en aquellas palabras. Dijo:

–La muerte, excelencia, es un fenómeno tan absoluto e

irrevocable, que ciertamente debe haber alguna otra alternativa.

Hubo una pausa antes de que llegara la cauta respuesta:

–He oído decir que la Fundación es rica.

–¿Rica? Desde luego. Pero nuestra riqueza es la que ustedes se niegan a aceptar. Nuestras mercancías atómicas valen...

–Sus bienes no valen nada porque carecen de las bendiciones ancestrales. Sus bienes son impíos y están anatematizados porque caen bajo la maldición ancestral. –Las frases eran inexpresivas; parecía una fórmula aprendida de memoria.

El gran maestre abatió los párpados, y dijo con intención:

–¿No tiene alguna otra cosa de valor?

El comerciante no captó el sentido de la pregunta.

–No lo comprendo. ¿Qué es lo que quiere?

El askoniano separó las manos.

–Me pide que entre en tratos con usted, y supone que conoce *mis* necesidades. Yo creo que no. Al parecer, su colega debe sufrir el castigo establecido por sacrilegio por el código askoniano. La muerte por gas. Somos un pueblo justo. El campesino más pobre, en un caso similar, no sufriría más. Yo mismo no sufriría menos.

Ponyets murmuró desesperadamente:

–Excelencia, ¿me permitiría hablar con el prisionero?

–La ley askoniana –dijo fríamente el gran maestre– no permite ningún tipo de comunicación con un condenado.

Mentalmente, Ponyets contuvo la respiración.

–Excelencia, le ruego que sea misericordioso con el alma de un hombre, cuando su cuerpo está ya perdido. Ha estado apartado de todo consuelo espiritual durante todo el tiempo que su vida ha estado en peligro. Incluso ahora, se enfrenta con la perspectiva de marchar sin prepararse al seno del Espíritu que lo gobierna todo.

El gran maestre dijo lenta y sospechosamente:

–¿Es usted un servidor del alma?

Ponyets inclinó humildemente la cabeza.

–Me han enseñado a serlo. En las vacías extensiones del espacio, los comerciantes necesitan a un hombre como yo para ocuparse del aspecto espiritual de una vida así dedicada al comercio y los éxitos mundanos.

El gobernante askoniano se mordió pensativamente el labio inferior.

–Todos los hombres deben preparar su alma para el viaje hasta donde están sus espíritus ancestrales. Sin embargo, no sabía que ustedes, los comerciantes, fueran creyentes.

3

Eskel Gorov dio una vuelta en su camastro y abrió un ojo cuando Limmar Ponyets entraba por la puerta sólidamente reforzada. Se cerró de un portazo detrás de él. Gorov balbuceó y se puso en pie.

–¡Ponyets! ¿Te han enviado?

–Pura casualidad –dijo Ponyets, amargamente–, o bien la obra de mi malévolo demonio personal. Primero, te metes en un lío en Askone. Segundo, mi ruta de ventas, tal como sabe la Junta de Comercio, me lleva a cincuenta parsecs del sistema justo en el momento de ocurrir el número uno. Tercero, ya hemos trabajado juntos otras veces y la Junta lo sabe. ¿No lleva eso a una fácil e inevitable deducción? La respuesta encaja perfectamente como una llave en su propia cerradura.

–Ten cuidado –dijo Gorov, con voz tensa–. Debe de haber alguien escuchando. ¿Llevas un distorsionador de campo?

Ponyets señaló el adornado brazalete que le rodeaba la muñeca y Gorov se tranquilizó.

Ponyets miró a su alrededor. La celda no tenía muebles, pero era grande. Estaba bien iluminada y carecía de olores ofensivos. Dijo:

–No está mal. Te tratan con miramientos.

Gorov hizo caso omiso de la observación.

–Escucha, ¿cómo has llegado hasta aquí abajo? He estado en la soledad más absoluta durante casi dos semanas.

–Desde que me puse en camino, ¿eh? Bueno, parece ser que el viejo pájaro que dirige esto tiene sus puntos flacos. Siente cierta debilidad por los discursos píos, así que he corrido un riesgo que ha dado resultado. Estoy aquí en calidad de consejero espiritual tuyo. Hay algo extraño en los hombres piadosos como él. Te cortará el cuello alegremente si eso le conviene, pero vacilará en dañar el bienestar de tu inmaterial y problemática alma. Es sólo una muestra de la psicología empírica. Un comerciante ha de saber un poco de todo.

La sonrisa de Gorov era sardónica.

–Y también has estado en la escuela teológica. Tienes toda la razón, Ponyets. Me alegro de que te hayan enviado. Pero el gran maestre no ama mi alma exclusivamente. ¿No ha mencionado un rescate?

El comerciante entornó los ojos.

–Lo ha insinuado... débilmente. Y también amenazó con la muerte por gas. He jugado sobre seguro y después me he evadido; era muy posible que fuera una trampa. Así que es extorsión, ¿verdad? ¿Qué es lo que quiere?

–Oro.

–¡Oro! –Ponyets frunció el ceño–. ¿El metal en sí? ¿Para qué?

–Es su medio de intercambio.

–¿De verdad? ¿Y dónde puedo yo conseguir oro?

–En cualquier sitio. Escúchame; es importante. No me pasará nada mientras el gran maestre tenga el olor de oro en su nariz. Prométeselo; tanto como quiera. Después vuelve a la Fundación, si es necesario, para buscarlo. Cuando yo esté libre, seremos escoltados hasta fuera del sistema, y entonces nos separaremos.

Ponyets le miró con desaprobación.

–Y entonces volverás y lo intentarás de nuevo.

–Mi misión es vender instrumentos atómicos a Askone.

–Te alcanzarán antes de que recorras un parsec en el espacio. Supongo que ya lo sabes.

–No lo sé –dijo Gorov–. Y si lo supiera, no cambiaría las cosas.

–La segunda vez te matarán.

Gorov se encogió de hombros.

Ponyets dijo serenamente:

–Si he de volver a negociar con el gran maestre, quiero saber toda la historia. Hasta ahora, he trabajado a ciegas. En realidad, los escasos comentarios suaves que he hecho han enfurecido a su excelencia.

–Es bastante sencillo –dijo Gorov–. La única forma en que podemos aumentar la seguridad de la Fundación aquí en la Periferia es formar un imperio comercial controlado por la religión. Aún somos demasiado débiles para forzar el control político. Es lo único que podemos hacer para retener los Cuatro Reinos.

Ponyets asentía.

–Me doy cuenta de ello. Y cualquier sistema que no acepte aparatos atómicos nunca podrá ser sometido a nuestro control religioso...

–Y, por lo tanto, podría convertirse en un foco para la independencia y la hostilidad.

–De acuerdo, pues –dijo Ponyets–; esto en cuanto a la teoría. Ahora bien, ¿qué es exactamente lo que impide la venta? ¿La religión? El gran maestre es lo que ha dado a entender.

–Es una forma de adoración a los antepasados. Sus tradiciones hablan de un pasado nefasto del que fueron salvados por los simples y virtuosos héroes de las generaciones pretéritas. Se remonta a la distorsión del período anárquico de hace un siglo, cuando las tropas imperiales fueron expulsadas y se estableció un gobierno independiente. Se identificó la ciencia avanzada y la energía atómica en particular con el viejo régimen imperial que recuerdan con horror.

–¿Lo dices en serio? Pero tienen unas pequeñas naves muy bonitas que me localizaron hábilmente cuando estaba a dos parsecs de distancia. Eso me huele a energía atómica.

Gorov se encogió de hombros.

–Esas naves son restos del imperio, sin duda. Probablemente tienen propulsión atómica. Lo que tienen, lo conservan. La cuestión es que no quieren hacer innovaciones y su economía interna no es atómica. Eso es lo que nosotros debemos cambiar.

–¿Cómo te proponías hacerlo?

–Rompiendo la resistencia por un punto. Para decirlo simplemente, si lograra vender un cortaplumas con una hoja provista de campo de fuerza a un noble, a él le interesaría que se aprobara la ley que le permitiera usarlo. Dicho tan burdamente, parece una tontería, pero psicológicamente es perfecto. Realizar ventas estratégicas en puntos estratégicos sería crear una facción proatómica en la corte.

–¿Y te han enviado a ti para este propósito, mientras que yo sólo estoy aquí para entregar tu rescate y marcharme, en tanto que tú sigues intentándolo? ¿No es una torpeza?

–¿En qué forma? –preguntó Gorov, cautelosamente.

–Escucha –Ponyets pareció exasperarse de repente–, tú eres un diplomático, no un comerciante, y no te convertirás en uno sólo por llamarte así. Este caso corresponde a alguien cuyo negocio sea vender... y yo estoy aquí con un cargamento que empieza a pudrirse, y una contribución que nunca lograré, por lo que parece.

–¿Quieres decir que vas a arriesgar tu vida en algo que no es asunto tuyo? –Gorov sonrió débilmente.

Ponyets replicó:

–¿Quieres decir que esto es cuestión de patriotismo y los comerciantes no son patrióticos?

–Claro que no. Los pioneros nunca lo son.

–Muy bien. Te lo garantizo. Yo no navego por el espacio para salvar a la Fundación ni nada por el estilo. Navego para hacer dinero, y ésta es mi oportunidad. Si, al mismo tiempo, ayudo a la Fundación, tanto mejor. Ya he arriesgado mi vida con probabilidades de éxito mucho menores.

Ponyets se levantó, y Gorov le imitó.
–¿Qué vas a hacer?
El comerciante sonrió.
–Gorov, no lo sé... todavía no. Pero si el eje de la cuestión es hacer una venta, soy tu hombre. Por lo general no soy ningún fanfarrón, pero hay algo que siempre he mantenido: nunca he terminado una campaña vendiendo menos de lo que me corresponde.
La puerta de la celda se abrió casi instantáneamente cuando llamó, y dos guardias se introdujeron a ambos lados.

4

–¡Una demostración! –dijo el gran maestre, ásperamente. Se arrebujó bien en sus pieles, y una de sus manos delgadas asió el garrote de hierro que empleaba como bastón.
–Y oro, excelencia.
–*Y* oro –convino el gran maestre, descuidadamente.
Ponyets dejó la caja y la abrió con toda la apariencia de confianza que pudo fingir. Se sentía solo frente a la hostilidad universal, igual que se había sentido el primer año que pasó en el espacio. El semicírculo de barbudos consejeros que le rodeaba le contempló con expresión desagradable. Entre ellos estaba Pherl, el favorito de delgado rostro que se encontraba junto al gran maestre, inflexiblemente hostil. Ponyets ya lo conocía y le había catalogado como su principal enemigo, y por consiguiente, como primera víctima.
Fuera del vestíbulo, un pequeño ejército aguardaba los acontecimientos. Ponyets estaba aislado de su nave, carecía de cualquier arma, aparte del truco que intentaba, y Gorov aún era un rehén.
Hizo los últimos ajustes a la chapucera monstruosidad que le había costado una semana de ingenio, y rogó una vez más para que la derivación de cuarzo resistiera el esfuerzo.

–¿Qué es? –preguntó el gran maestre.

–Esto –dijo Ponyets, retrocediendo– es un pequeño invento que he construido yo mismo.

–Eso es obvio, pero no es la información que quiero. ¿Es una de las abominaciones de magia negra de su mundo?

–Es atómico en su naturaleza –admitió Ponyets, gravemente–, pero ninguno de ustedes tiene que tocarlo, o tener algo que ver con él. Es sólo para mi uso y, si contiene abominaciones, yo cargaré con todas sus impurezas.

El gran maestre había levantado su bastón de hierro sobre la máquina en un gesto amenazador y sus labios se movieron rápida y silenciosamente en una invocación purificadora. El consejero de rostro delgado, sentado a su derecha, se inclinó hacia él y su ralo bigote pelirrojo se acercó al oído del gran maestre. El anciano askoniano se libró petulantemente de él con un encogimiento de hombros.

–¿Y qué conexión hay entre su instrumento del mal y el oro que puede salvar la vida de su compatriota?

–Con esta máquina –empezó Ponyets, y su mano cayó suavemente sobre la cámara central y acarició sus flancos duros y redondos– puedo convertir el hierro que usted desprecia en oro de la mejor calidad. Es el único invento conocido por el hombre que toma el hierro... el feo hierro, excelencia, que apuntala la silla en que usted está sentado y las paredes de este edificio, y lo transforma en oro, amarillo y pesado.

Ponyets se sintió chapucero. Sus habituales charlas de venta eran fluidas, fáciles y plausibles; sin embargo ésta renqueaba como un vagón espacial cargado hasta los topes. Pero era el contenido, no la forma, lo que interesaba al gran maestre.

–¿De verdad? ¿Una transmutación? Ha habido otros locos que han proclamado tener esa debilidad. Han pagado por su sacrílego afán.

–¿Tuvieron éxito?

–No. –El gran maestre parecía fríamente divertido–. El éxito al producir oro hubiera sido un crimen que hubiera traído consigo su propio indulto. Lo que es fatal es el intento y el fracaso. Vamos a ver, ¿qué puede usted hacer con mi bastón? –Golpeó el suelo con él.

–Su excelencia me disculpará. Mi invento es un modelo pequeño, preparado por mí mismo, y su bastón es demasiado largo.

Los pequeños y brillantes ojos del gran maestre vagaron en torno y se detuvieron.

–Randel, tus hebillas. Vamos, hombre, se te pagará el doble del valor si fuera necesario.

Las hebillas pasaron a lo largo de la fila, de mano en mano. El gran maestre las sopesó pensativamente.

–Aquí tiene –dijo, y las tiró al suelo.

Ponyets las recogió. Tiró con fuerza antes de que el cilindro se abriera, y sus ojos pestañearon y bizquearon a causa del esfuerzo al centrar cuidadosamente las hebillas en la pantalla del ánodo. Más tarde sería más fácil, pero aquella vez no podía haber ningún fallo.

El transmutador casero crepitó con malevolencia durante diez minutos, mientras el olor a ozono se hacía débilmente perceptible. Los askonianos retrocedieron, murmurando, y Pherl volvió a susurrar urgentemente en la oreja de su gobernante. La expresión del gran maestre era pétrea. No se movió.

Y las hebillas se convirtieron en oro.

Ponyets las sacó, presentándolas al gran maestre mientras murmuraba:

–¡Excelencia!

Pero el anciano vaciló, y después las rechazó con un gesto. Su mirada se posó en el transmutador.

Ponyets dijo rápidamente:

–Caballeros, esto es oro. Oro de ley. Pueden someterlo a cualquier prueba física o química, si lo desean. De ninguna manera puede ser identificado como distinto del oro natural. Cualquier hierro puede ser tratado así. La herrumbre no es inconveniente, ni tampoco una cantidad moderada de metales en aleación...

Pero Ponyets no hablaba más que para llenar un vacío.

Dejó las hebillas en su mano extendida, y era el oro lo que argumentaba por él.

El gran maestre alargó al fin, lentamente, una mano, y el rostro de Pherl se alzó para hablar en voz alta.

–Excelencia, el oro proviene de una fuente envenenada.

Y Ponyets replicó:

–Una rosa puede brotar del fango, excelencia. En sus tratos con sus vecinos, usted compra material de todas las variedades imaginables, sin preguntar dónde lo han conseguido, si de una máquina ortodoxa bendecida por sus benignos antepasados o de algún ultraje extendido por el espacio. No les ofrezco la máquina. Les ofrezco el oro.

–Excelencia –dijo Pherl–, usted no es responsable de los pecados de extranjeros que trabajan sin su consentimiento y conocimiento. Pero aceptar este extraño seudooro, hecho pecadoramente de hierro en su presencia y con su consentimiento, es una afrenta a los espíritus vivos de nuestros sagrados antepasados.

–Pero el oro es oro –dijo el gran maestre, dudosamente–, y no es más que el intercambio con la pagana vida de un traidor convicto. Pherl, es usted demasiado riguroso. –Pero retiró la mano.

Ponyets dijo:

–Su excelencia es la sabiduría misma. Considerar... la cesión de un pagano es no perder nada para sus antepasados, mientras que con el oro que han obtenido a cambio pueden ornamentar los sepulcros de sus sagrados espíritus. Y, seguramente, si el oro fuera malo en sí, si tal cosa fuera posible, la maldad se marcharía necesariamente una vez el metal fuera dedicado a un uso tan piadoso.

–Por los huesos de mi abuelo –dijo el gran maestre con sorprendente vehemencia. Sus labios se abrieron en una extraña sonrisa–. Pherl, ¿qué opina de este jovencito? La declaración es válida. Es tan válida como las palabras de mis antepasados.

Pherl dijo, sombríamente:

–Así parece. Admito que la validez no pude ser concedida por el Espíritu Maligno.

–Lo haré aún mejor –dijo Ponyets, súbitamente–. Tengan el oro en prenda. Pónganlo en los altares de sus antepasados en calidad de ofrenda y reténganme durante treinta días. Si al cabo de este tiempo no hay evidencia de desagrado... si no ocurre ningún desastre, seguramente será prueba de que el ofrecimiento ha sido aceptado. ¿Qué mejor garantía puedo darles?

Y cuando el gran maestre se puso en pie para buscar alguna muestra de desaprobación, ni un solo hombre del Consejo dejó de hacer señales de asentimiento. Incluso Pherl mordisqueó el extremo de su bigote y asintió cortésmente.

Ponyets sonrió y meditó sobre las ventajas de una educación religiosa.

5

Transcurrió otra semana antes de que se concertara el encuentro con Pherl. Ponyets acusaba la tensión, pero ahora ya estaba acostumbrado a la sensación de inutilidad física. Se hallaba en la villa suburbana de Pherl, bajo custodia. No había otra cosa que hacer más que aceptarlo sin siquiera volver la vista atrás.

Pherl parecía más alto y joven fuera del círculo de los ancianos. Vestido informalmente, no parecía en absoluto un anciano.

Dijo bruscamente:

–Es usted un hombre muy peculiar. –Sus ojos juntos parecieron pestañear–. No ha hecho nada en la semana pasada, y particularmente en estas dos últimas horas, aparte de insinuar que necesita oro. Parece una labor inútil, porque, ¿quién no lo necesita? ¿Por qué no avanzar un paso?

–No es simplemente oro –dijo Ponyets, discretamente–. No *simplemente* oro. No es tanto sólo una moneda o dos. Es más bien todo lo que hay detrás del oro.

–¿Y qué puede haber detrás del oro? –apremió Pherl, con una sonrisa que le curvó los labios hacia abajo–. Seguramente esto no será el preliminar de otra chapucera demostración.

–¿Chapucera? –Ponyets frunció ligeramente el ceño.

–Oh, desde luego. –Pherl cruzó las manos y se tocó ligeramente con ellas la barbilla–. No es que le critique. La chapucería fue hecha a propósito, estoy seguro. Tendría que haber advertido de *eso* a su excelencia, si hubiera sido usted, habría producido el oro en mi nave y lo hubiera ofrecido simplemente. De este modo, se habría evitado la demostración que nos hizo y el antagonismo que levantó.

–Es cierto –admitió Ponyets–, pero puesto que era yo, acepté el antagonismo con la esperanza de atraer su atención.

–¿Conque es eso? ¿Simplemente eso? –Pherl no hizo ningún esfuerzo por ocultar su despectivo tono de burla–. Y me imagino que sugirió el período de purificación de treinta días para tener tiempo de convertir la atracción en algo un poco más sustancial. Pero ¿y si el oro se vuelve impuro?

Ponyets se permitió una muestra de humor negro.

–¿Desde cuándo el juicio de esa impureza depende de los que están más interesados en encontrarlo puro?

Pherl alzó los ojos y los fijó en el comerciante. Parecía sorprendido y satisfecho a la vez.

–Es una opinión sensata. Ahora dígame por qué quería llamar mi atención.

–Lo haré. En el poco tiempo que he estado aquí, he observado hechos muy útiles que le conciernen a usted y me interesan a mí. Por ejemplo, usted es joven... muy joven para ser miembro del Consejo, e incluso procede de una familia relativamente joven.

–¿Está criticando a mi familia?

–De ningún modo. Sus antepasados son grandes y sagrados; todos admitirán esto. Pero hay algunos que dicen que no es usted miembro de una de las Cinco Tribus.

Pherl se inclinó hacia atrás.

–Con todo el respeto a los implicados –dijo, sin ocultar su rencor–, las Cinco Tribus han empobrecido el linaje y aclarado la sangre. Ni cincuenta miembros de las Tribus están vivos.

–Pero hay quienes dicen que la nación no está dispuesta a tener un gran maestre que no pertenezca a las Tribus. Y un favorito del gran maestre tan joven y recién ascendido es propenso a crearse grandes enemigos entre los importantes del Estado... se dice. Su excelencia está envejeciendo y su protección no durará hasta después de su muerte, cuando sea uno de los enemigos de usted el que indudablemente interpretará las palabras de su Espíritu.

Pherl torció el gesto.

–Para ser extranjero sabe muchas cosas. Tales oídos están hechos para ser cortados.

–Eso se puede decidir más tarde.

–Deje que me anticipe. –Pherl se movió impacientemente en su asiento–. Usted va a ofrecerme riqueza y poder por medio de estas diabólicas maquinitas que lleva en su nave. ¿De acuerdo?

–Supongamos que sí. ¿Qué tendría usted que objetar? ¿Únicamente sus normas del bien y del mal?

Pherl meneó la cabeza.

–De ninguna manera. Mire, extranjero, su opinión sobre nosotros, dado su pagano agnosticismo, es la que es..., pero yo no soy el rendido esclavo de nuestra mitología, aunque pueda parecerlo. Soy un hombre educado, señor, y también culto. Toda la profundidad de nuestras costumbres religiosas, en el sentido ritual más que el ético, es para las masas.

–Entonces, ¿cuál es su objeción? –apremió Ponyets, amablemente.

–Justamente eso. Las masas. Es posible que esté dispuesto a tratar con usted, pero sus maquinitas deben usarse para que sean útiles. ¿Cómo podría venir a mí la riqueza, si yo tuviera que usar...? ¿Qué es lo que vende?... Bueno, una navaja de afeitar, por ejemplo, sólo en el secreto más estricto. Incluso si mi barba estuviera mejor afeitada, ¿cómo me haría rico? ¿Y cómo me libraría de la muerte por gas o a manos de la espantada turba si me sorprendieran usándola?

Ponyets se encogió de hombros.

–Tiene usted razón. Podría decirle que el remedio sería educar a su propio pueblo sobre el empleo de los aparatos atómicos por su propia conveniencia y sustancial provecho de usted. Sería un trabajo gigantesco, no lo niego, pero el resultado sería aún más gigantesco. Sin embargo, eso es algo que le concierne a usted, no a mí, por el momento. Porque no le ofrezco ni navajas de afeitar, ni cuchillos, ni ningún instrumento mecánico.

–¿Qué me ofrece?

–Oro. Directamente. Puede usted quedarse con la máquina que probé la semana pasada.

Y entonces Pherl se puso rígido y la piel de su frente se movió espasmódicamente.

–¿El transmutador?

–Exactamente. Su suministro de oro igualará a su suministro de hierro. Me imagino que esto es suficiente para todas las necesidades. Suficiente para el cargo de gran maestre, a pesar de la juventud y los enemigos. Y es seguro.

–¿En qué forma?

–En que el secreto es la esencia de su empleo; ese mismo secreto que usted ha descrito como la única seguridad con respecto a la energía atómica. Puede enterrar el transmutador en el calabozo más profundo de la fortaleza más inexpugnable de su posesión más alejada, y seguirá proporcionándole riqueza instantánea. Lo que usted compra es el *oro*, no la máquina, y ese oro no llevará traza alguna de su manufactura, pues no se distingue del natural.

–¿Y quién hará funcionar la máquina?

–Usted mismo. No necesita más que cinco minutos de aprendizaje. Se la pondré a punto en cuanto lo desee.

–¿Y a cambio?

–Bueno –Ponyets se mostró más cauto–, solicito un precio, y bastante elevado, por cierto. Es mi medio de vida. Digamos, porque es una máquina valiosa, el equivalente de treinta centímetros cúbicos de oro en hierro forjado.

Pherl se echó a reír, y Ponyets se sonrojó.

–Me permito señalar, señor –añadió, inflexiblemente–, que puede usted recuperar el precio en dos horas.

–Es verdad, y en una hora usted puede haberse ido, y mi máquina puede haberse estropeado. Necesitaré una garantía.

–Tiene usted mi palabra.

–Muy buena garantía –Pherl se inclinó sardónicamente–, pero su presencia sería una seguridad aún mejor. Yo le doy *mi* palabra de pagarle una semana después de la entrega y de que la máquina funcione bien.

–Imposible.

–¿Imposible? ¿Cuando ya ha incurrido en la pena de muerte, muy fácilmente, sólo por ofrecerse a venderme algo? La única alternativa es que, de lo contrario, mañana estará en la cámara de gas.

El rostro de Ponyets era inexpresivo, pero sus ojos centellearon. Dijo:

–Es injusto. Por lo menos, ¿hará constar su promesa por escrito?

–¿Y hacerme así candidato a la ejecución? ¡No, no señor! –Pherl sonrió con evidente satisfacción–. ¡No, señor! ¡Sólo uno de nosotros está loco!

El comerciante dijo con una vocecita suave:

–Entonces, está convenido.

6

Gorov fue liberado al decimotercer día, y doscientos cincuenta kilos del oro más amarillo ocuparon su lugar. Y con él fue liberada la abominación intocable y sujeta a cuarentena que era su nave.

Luego, igual que en el viaje de ida al sistema askoniano,

en el viaje de vuelta fue acompañado por las pequeñas naves hasta los límites del sistema.

Ponyets contempló la pequeña mancha luminosa que era la nave de Gorov mientras la voz de éste llegaba hasta él, claramente por el compacto rayo antidistorsivo.

Decía:

–Pero esto no es lo que yo quería, Ponyets. Un transmutador no lo logrará. Además, ¿de dónde lo sacaste?

–De ningún sitio –explicó Ponyets con paciencia–. Lo construí a partir de una cámara de irradiación de alimentos. En realidad, no sirve de nada. El consumo de energía resulta prohibitivo a gran escala o la Fundación usaría transmutación en vez de buscar metales pesados en toda la Galaxia. Es uno de los trucos establecidos que todos los comerciantes emplean, excepto que nunca había visto uno que transformara el hierro en oro antes de ahora. Pero impresiona, y funciona... de momento.

–Muy bien. Pero ese truco en particular no sirve de nada.

–Te ha sacado de este sitio asqueroso.

–Eso no tiene nada que ver. Especialmente teniendo en cuenta que tengo que regresar en cuanto nos deshagamos de nuestra solícita escolta.

–¿Por qué?

–Tú mismo se lo explicaste a ese político tuyo. –La voz de Gorov era cortante–. Toda tu argumentación sobre la venta descansaba en el hecho de que el transmutador fuera un medio para alcanzar un fin, pero de ningún valor en sí mismo; que él comprara el oro, no la máquina. Fue una buena psicología, puesto que dio resultado, pero...

–¿Pero? –apremió Ponyets blanda y obtusamente.

La voz del receptor se hizo más estridente.

–Pero queremos venderles una máquina de valor en sí misma; algo que quisieran emplear abiertamente; algo que les obligara a aceptar nuestra técnica atómica por su propio interés.

–Todo eso lo comprendo –dijo Ponyets, amablemente–. Me lo explicaste una vez. Pero piensa en lo que se deriva de mi venta, ¿quieres? Mientras ese transmutador funcione, Pherl acuñará oro; y funcionará el tiempo suficiente para permitirle comprar votos en las próximas elecciones. El gran maestre actual no durará mucho.

–¿Cuentas con su gratitud? –preguntó Gorov, fríamente.

–No... cuento con su inteligente interés propio. El transmutador le consigue unas elecciones; otros mecanismos...

–¡No! ¡No! Tu premisa es falsa. No es en el transmutador en lo que confiará... confiará en el buen oro antiguo. Eso es lo que estoy tratando de decirte.

Ponyets sonrió y se movió hasta adoptar una posición más cómoda. Muy bien. Ya había molestado bastante al pobre muchacho. Gorov empezaba a parecer enojado.

El comerciante dijo:

–No tan deprisa, Gorov. No he terminado. Hay otros artefactos de por medio en este asunto.

Hubo un corto silencio. Después, la voz de Gorov sonó cautelosa.

–¿A qué artefactos te refieres?

Ponyets hizo un gesto automática e inútilmente.

–¿Ves esa escolta?

–Sí –dijo Gorov concisamente–. Háblame de los aparatos.

–Lo haré... si me escuchas. Es la flota particular de Pherl que nos está escoltando; un honor especial que le ha concedido el gran maestre. Se las arregló para sacarle eso al viejo.

–¿Y qué?

–¿Y dónde crees que nos lleva? A sus propiedades mineras de las afueras de Askone, allí es donde nos lleva. ¡Escucha! –La voz de Ponyets se hizo súbitamente altiva–. Te dije que me había metido en esto para hacer dinero, no para salvar mundos. Muy bien. He vendido ese transmutador por nada. Por nada excepto el riesgo de la cámara de gas, y eso no cuenta cuando hay que cumplir con la contribución.

–Vuelve a las propiedades mineras, Ponyets. ¿Qué tienen que ver con el asunto?

–Con las ganancias. Vamos a atiborrarnos de estaño, Gorov. Estaño para llenar hasta el último centímetro cúbico que esta vieja nave pueda aprovechar, y luego algo más para la tuya. Yo bajaré con Pherl para recogerlo, viejo amigo, y tú me cubrirás desde arriba con todas las armas que tengas... por si acaso Pherl no se ha tomado el asunto con tanta deportividad como ha querido dar a entender. Ese estaño es mi ganancia.

–¿Por el transmutador?

–Por todo mi cargamento de aparatos atómicos. A precio doble, más una bonificación. –Se encogió de hombros, casi disculpándose–. Admito que regateé, pero he conseguido cumplir con mi contribución, ¿no?

Gorov estaba evidentemente perdido. Preguntó, con voz débil:

–¿Te importaría explicármelo?

–¿Qué hay que explicar? Es evidente, Gorov. Mira, ese perro pensaba que me tenía cogido en una trampa porque su palabra valía más que la mía ante el gran maestre. Aceptó el transmutador. Eso era un crimen capital en Askone. Pero en cualquier momento podía decir que me había tendido una trampa con los motivos patrióticos más puros, y denunciarme como un vendedor de cosas prohibidas.

–Eso era obvio.

–Claro que sí, pero lo que allí estaba en juego no sólo era su palabra contra la mía. Verás, Pherl nunca ha oído hablar de una grabadora de microfilme; ni siquiera concibe lo que es.

Gorov se echó a reír súbitamente.

–Eso es –dijo Ponyets–. Él tenía las de ganar. Fui debidamente castigado. Pero cuando le puse a punto el transmutador con mi aspecto de perro apaleado, incorporé la grabadora al aparato y la quité al día siguiente para proyectarla. Obtuve una grabación perfecta de su sanctasanctórum, mientras él mismo, el pobre Pherl, manejaba el transmutador con todos los ergios del que éste disponía y se extasiaba ante la primera pieza de oro como si fuera un huevo que acabase de poner.

–¿Le mostraste los resultados?

–Dos días después. El pobre tonto no había visto en su vida imágenes tridimensionales en color. Dice que no es supersticioso, pero si veo alguna vez a un adulto tan asustado, puedes llamarme paleto. Cuando le dije que tenía una copia en la plaza de la ciudad, dispuesta a ser exhibida ante un millón de fanáticos espectadores askonianos, que indudablemente lo harían pedazos, se puso a gemir de rodillas ante mí al cabo de medio segundo. Estaba dispuesto a hacer cualquier trato que yo quisiera.

–¿Lo hiciste? –La voz de Gorov era risueña–. Quiero decir, ¿tenías dispuesta la proyección en la plaza?

–No, pero eso no importa. Hizo el trato. Me compró todos los aparatos que yo tenía, y todos los que tú tenías, por tanto estaño como pudiéramos transportar. En aquel momento, me creía capaz de cualquier cosa. El acuerdo consta por escrito y tendrás una copia antes de que baje con él, como precaución suplementaria.

–Pero le has destrozado la vanidad –dijo Gorov–. ¿Utilizará los aparatos?

–¿Por qué no? Es la única forma que tiene de recuperar sus pérdidas, y si le sirven para hacer dinero, habrá salvado su orgullo. Y *será* el próximo gran maestre... y el mejor hombre que podríamos tener a nuestro favor.

–Sí –dijo Gorov–, ha sido una buena venta. Sin embargo, tienes una técnica de ventas muy incómoda. No me extraña que te expulsaran del seminario. ¿No tienes sentido de la moral?

–¿Cuál es la diferencia? –replicó Ponyets sin inmutarse–. Ya sabes lo que dijo Salvor Hardin sobre el sentido de la moral...

QUINTA PARTE

LOS PRÍNCIPES COMERCIANTES

1

COMERCIANTES – *...Con la inevitabilidad psicohistórica, el control económico de la Fundación creció. Los comerciantes se hicieron ricos; y con la riqueza llegó el poder...*

A veces se olvida que Hober Mallow empezó su vida como un vulgar comerciante. Nunca se olvida que la terminó como el primero de los príncipes comerciantes...

Enciclopedia Galáctica

Jorane Sutt juntó las puntas de sus dedos, que revelaban una cuidadosa manicura, y dijo:

–Es como un rompecabezas. De hecho, y esto es estrictamente confidencial, puede ser otra de las crisis de Hari Seldon.

El hombre que había enfrente de él sacó un cigarrillo de su corta chaqueta smyrniana.

–No lo crea, Sutt. Por regla general, los políticos empiezan a gritar «crisis de Seldon» en todas las campañas para la elección de alcalde.

Sutt sonrió debilísimamente.

–Yo no hago ninguna campaña, Mallow. Nos enfrentamos con armas atómicas, y no sabemos de dónde proceden.

Hober Mallow de Smyrno, maestro comerciante, fumaba sosegadamente, casi con indiferencia.

–Siga. Si tiene algo más que decir, suéltelo. –Mallow nunca cometía la equivocación de ser demasiado educado con un hombre de la Fundación. Él podía ser un extranjero, pero un hombre siempre es un hombre.

Sutt señaló el mapa estelar tridimensional que había sobre la mesa. Ajustó los controles y un racimo de una media docena de sistemas estelares brilló con luz roja.

–Esto –dijo tranquilamente– es la República Korelliana.

El comerciante asintió.

–He estado allí. ¡Es una ratonera hedionda! Supongo que puede usted llamarla república, pero siempre hay alguien de la familia Argo que consigue salir elegido Comodoro. Y si da la casualidad de que no te gusta... te ocurren *cosas*. –Frunció los labios y repitió–: He estado allí.

–Pero ha regresado, cosa que no siempre ocurre. Tres naves comerciales, inviolables bajo las Convenciones, han desaparecido en el territorio de la República en el último año. Y estas naves estaban armadas con los habituales explosivos nucleares y campos de fuerza defensivos.

–¿Cuál fue el último comunicado de las naves?

–Informes de rutina. Nada más.

–¿Qué dice Korell?

Los ojos de Sutt brillaron sardónicamente.

–No hay forma de preguntarlo. El mayor cuidado de la Fundación es conservar su reputación de poder en toda la Periferia. ¿Cree que podemos perder tres naves y reclamárselas?

–Bueno, en ese caso, ¿qué le parece si me dijera lo que pretende de *mí*?

Jorane Sutt no perdió tiempo en el lujo de molestarse. Como secretario del alcalde, había rechazado o aplacado a consejeros de la oposición, a solicitantes de empleo, a reformadores y mentecatos que pretendían haber resuelto completamente el curso de la historia futura, tal como la había planeado Hari Seldon. Con un entrenamiento como éste, era muy difícil alterarlo.

Dijo, metódicamente:

–Un momento. Fíjese, la pérdida de tres naves en el mismo sector y el mismo año no puede ser accidental, y la energía atómica sólo puede ser conseguida con más energía atómica. La pregunta que se plantea automáticamente es: si Korell tiene armas atómicas, ¿dónde las obtiene?

–¿Dónde?, eso es lo que yo digo.

–Hay dos alternativas. O los korellianos las han construido ellos mismos...

–¡Mala deducción!

–¡Muy mala! Pero la otra posibilidad es que nos hallamos ante un caso de traición.

–¿Lo cree usted así? –La voz de Mallow era fría.

El secretario dijo con calma:

–No hay nada extraordinario en esta posibilidad. Desde que los Cuatro Reinos aceptaron la Convención de la Fundación, hemos tenido que enfrentarnos con grupos considerables de poblaciones disidentes en todas las naciones. Todos los antiguos reinos tienen sus pretendientes y sus antiguos nobles, que no pueden amar a la Fundación. Quizá algunos de ellos se hayan decidido a actuar.

Mallow había enrojecido.

–Comprendo. ¿Hay algo que quiere decirme? Soy smyrniano.

–Lo sé. Es usted smyrniano... nacido en Smyrno, uno de los antiguos Cuatro Reinos. Es un hombre de la Fundación únicamente por educación. Por nacimiento, es usted un extranjero. Sin duda, su abuelo fue barón en tiempo de las guerras con Anacreonte y Loris, y sin duda las propiedades de su familia desaparecieron cuando Sef Sermak hizo una redistribución de la tierra.

–¡No, por el Negro Espacio, no! Mi abuelo fue hijo de un navegante de sangre roja que murió transportando carbón a sueldos bajísimos antes de la Fundación. No debo nada al antiguo régimen. Pero nací en Smyrno, y no me avergüenzo ni de Smyrno ni de los smyrnianos, por la Galaxia. Sus tímidas insinuaciones de traición no van a inducirme al pánico hasta el extremo de volverme loco por completo. Y ahora puede darme sus órdenes o hacer sus acusaciones. No me importa.

–Mi buen maestro comerciante, no me importa un electrón que su abuelo fuera el rey de Smyrno o el mayor pobre del planeta. Le recité todo ese cuento de su nacimiento y sus antepasados para demostrarle que no me interesan. Evidentemente, no ha captado mi intención. Retrocedamos. Es usted smyrniano. Conoce a los extranjeros. Además, es comerciante y uno de los mejores. Ha estado en Korell y conoce a los korellianos. Allí es donde tiene que ir.

Mallow respiró profundamente.

–¿En calidad de espía?

–De ninguna manera. En calidad de comerciante..., pero con los ojos abiertos. Si puede averiguar de dónde procede la energía... Debo recordarle, puesto que es usted smyrniano, que dos de esas naves comerciales perdidas tenían tripulación smyrniana.

–¿Cuándo empiezo?

–¿Cuándo estará lista su nave?

–Dentro de seis días.

–Entonces. Tendrá todos los detalles en el Almirantazgo.

–¡De acuerdo! –El comerciante se levantó, le estrechó la mano enérgicamente, y salió de la habitación.

Sutt aguardó, extendiendo cuidadosamente los dedos y frotándoselos para que desapareciera el hormigueo de la presión; después se encogió de hombros y entró en el despacho del alcalde.

El alcalde apagó la visiplaca y se apoyó en el asiento.

–¿Qué es lo que ha deducido, Sutt?

–Podría ser un buen actor –contestó Sutt, y miró pensativamente hacia adelante.

2

Por la tarde de aquel mismo día, en el apartamento de soltero de Jorane Sutt, en el piso veintiuno del Edificio Hardin, Publis Manlio bebía lentamente un vaso de vino.

En el ligero y envejecido cuerpo de Publis Manlio se reunían dos grandes cargos de la Fundación. Era secretario del Exterior del gabinete del alcalde, y para todos los soles, exceptuando sólo el de la Fundación, era, además, primado de la Iglesia, suministrador del Alimento Sagrado, maestro de los templos, y otras muchas cosas, en confusas, pero sonoras sílabas.

Estaba diciendo:

–Pero accedió en dejarle enviar a ese comerciante. Ésta es la cuestión.

–Pero muy irrelevante –dijo Sutt–. No conseguimos nada inmediatamente. Todo este asunto es una de las más toscas estratagemas, puesto que no podemos prever cómo terminará. Es sólo arriar el cabo con la esperanza de que en alguna parte de él haya un nudo corredizo.

–Es cierto. Y este Mallow es un hombre capaz. ¿Y si no es una presa que se deje engañar fácilmente?

–Es un riesgo que debemos correr. Si hay traición, son los hombres capaces los que están implicados en ella. Si no, necesitamos a un hombre capaz para descubrir la verdad. Y Mallow será protegido. Su vaso está vacío.

–No, gracias. Ya he tomado bastante.

Sutt llenó su propio vaso y, pacientemente, esperó a que el otro se despertara de sus ensoñaciones.

Cualesquiera que fueran éstas, concluyeron repentinamente, pues el primado preguntó de pronto, de forma casi explosiva:

–Sutt, ¿qué está pensando?

–Se lo diré, Manlio. –Sus delgados labios se abrieron–. Estamos en una de las crisis de Seldon.

Manlio le miró fijamente, y preguntó con suavidad:

–¿Cómo lo sabe? ¿Ha vuelto a aparecer Seldon en la Bóveda del Tiempo?

–Amigo mío, no es necesario llegar hasta este punto. Mire, razonemos. Desde que el imperio galáctico abandonó la Periferia y nos dejó a merced de nosotros mismos, nunca hemos tenido un oponente que poseyera energía atómica. Ahora, por primera vez, tenemos uno. Esto parece significativo aun en el caso de que fuera uno solo. Y no lo es. Por primera vez en más de setenta años, nos enfrentamos con una crisis política interna de la mayor importancia. Creo que la sincronización de las dos crisis, la interna y la externa, no nos deja lugar a dudas.

Manlio entornó los ojos.

–Si eso es todo, no es suficiente. Hasta ahora ha habido dos crisis Seldon, y ambas veces la Fundación estuvo en peligro de exterminio. Nada puede convertirse en una tercera crisis hasta que ese peligro se repita.

Sutt nunca se impacientaba.

–Ese peligro está llegando. Cualquier tonto sabe cuándo llega una crisis. El verdadero servicio al Estado es detectarla en embrión. Mire, Manlio, procedemos de acuerdo con una historia planeada. *Sabemos* que Hari Seldon previó las probabilidades históricas del futuro. *Sabemos* que algún día reconstruiremos el imperio galáctico. *Sabemos* que se requerirá mil años, aproximadamente. Y *sabemos* que en ese intervalo nos enfrentaremos con ciertas crisis definidas.

»La primera crisis sobrevino cincuenta años después del establecimiento de la Fundación, y la segunda, treinta años más tarde. Desde entonces casi han transcurrido setenta y cinco años. Ya es hora, Manlio, ya es hora.

Manlio se frotó la nariz, inseguro.

–¿Y ha hecho planes para enfrentarse a esta crisis?

Sutt asintió.

–Y yo –continuó Manlio–, ¿tengo algún papel en ellos?

Sutt volvió a asentir.

–Antes de poder enfrentarnos con la amenaza extranjera de la energía atómica, hemos de poner orden en nuestra propia casa. Esos comerciantes...

–¡Ah! –El primado se puso rígido, y sus ojos se agudizaron.

–Eso es. Esos comerciantes. Son útiles, pero demasiado fuertes... y demasiado incontrolados. Son extranjeros, educados fuera de la religión. Por otra parte, ponemos el saber en sus manos, y además, suprimimos nuestra mayor fuerza sobre ellos.

–¿Y si demostramos la traición?

–Si pudiéramos, una acción directa sería simple y suficiente. Pero eso no significaría nada. Incluso si no existiera la traición entre ellos, formarían un elemento de inseguridad en nuestra sociedad. No estarían inclinados hacia nosotros ni por patriotismo ni por descendencia común, ni siquiera por temor religioso. Bajo su jefatura laica, las provincias exteriores, que, desde tiempos de Hardin nos consideran como el Planeta Sagrado, podrían independizarse.

–Lo comprendo, pero el remedio...

–El remedio debe llegar rápidamente, antes de que la crisis Seldon sea aguda. Si las armas atómicas están fuera y la desafección dentro, la superioridad enemiga podría ser demasiado grande. –Sutt dejó el vaso vacío que había estado sosteniendo–. Evidentemente esto es asunto de usted.

–¿Mío?

–*Yo* no puedo hacerlo. Mi puesto es consultivo y no tengo poderes legislativos.

–El alcalde...

–Imposible. Su personalidad es enteramente negativa. Es enérgico sólo para evadir las responsabilidades. Pero si surgiera un partido independiente que pudiera poner en peligro su reelección, podría dejarse conducir.

–Pero, Sutt, yo carezco de aptitudes para la política práctica.

–Déjemelo a mí. ¿Quién sabe, Manlio? Desde el tiempo de Salvor Hardin, nunca han concurrido en una misma persona los cargos de primado y alcalde. Pero ahora puede suceder... si su trabajo estuviera bien hecho.

3

Y al otro extremo de la ciudad, en los suburbios, Hober Mallow mantenía una segunda entrevista. Había escuchado durante largo rato, y entonces dijo cautelosamente:

–Sí, estoy enterado de sus campañas para conseguir una representación directa de los comerciantes en el Consejo. Pero ¿por qué *yo*, Twer?

Jaim Twer, que recordaba constantemente, le preguntaran o no, su inclusión en el primer grupo de extranjeros que recibieron educación laica en la Fundación, sonrió abiertamente.

–Sé muy bien lo que hago –dijo–. Recuerde nuestro primer encuentro, hace un año.

–En la Convención de comerciantes.

–Exacto. Usted la presidió. Consiguió clavar a esos bueyes de cuello colorado en sus asientos, y después se los metió en el bolsillo de la camisa y se los llevó fuera. Y sus relaciones con las masas de la Fundación también son buenas. Tiene usted *gancho*... o, en cualquier caso, una sólida publicidad aventurera, lo cual es lo mismo.

–Muy bien –dijo Mallow, secamente–. Pero ¿por qué ahora?

–Porque ahora es nuestra oportunidad. ¿Sabe que el secretario de Educación ha presentado su dimisión? Aún no es del dominio público, pero lo será.

–¿Cómo lo sabe *usted*?

–Eso... no importa... –Alzó una mano con gesto displicente–. Es así. El partido activista trabaja a cara descubierta, y podemos sepultarlo en este mismo momento con la cuestión directa de la igualdad de derechos para los comerciantes; o, aún mejor, la democracia, pro y anti.

Mallow se recostó en su asiento y se contempló los gruesos dedos.

–Uh, uh. Lo siento, Twer. La semana que viene tengo un viaje de negocios. Tendrá que encontrar a alguna otra persona.

Twer se sorprendió.

–¿Negocios? ¿Qué clase de negocios?

–Secretísimo. De prioridad triple A. Todo eso, ya sabe. Tuve una charla con el propio secretario del alcalde.

–¿Esa víbora de Sutt? –se excitó Jaim Twer–. Es un truco. El hijo de un navegante quiere desembarazarse de usted. Mallow...

–¡Espere! –La mano de Mallow cayó sobre el puño cerrado del otro–. No se ofusque. Si es un truco, algún día volveré para vengarme. Si no lo es, su víbora, Sutt, *está* en nuestras manos. Escuche, se aproxima una crisis Seldon.

Mallow esperó una reacción que no tuvo lugar. Twer no hizo más que mirarle fijamente.

–¿Qué es una crisis Seldon?

–¡Galaxia! –Mallow explotó airadamente ante la pregunta–. ¿Qué demonios hizo usted en el colegio? ¿Qué pretende, de todos modos, con una pregunta como ésta?

El anciano frunció el ceño.

–Si se explicara...

Hubo una larga pausa, y después:

–Se lo explicaré. –Mallow bajó las cejas, y habló lentamente–. Cuando el imperio galáctico empezó a decaer en los bordes de la Galaxia, y cuando los bordes de la Galaxia cayeron en la barbarie y se desintegraron, Hari Seldon y su banda de psicólogos fundaron una colonia, la Fundación, en medio del desastre, para que pudiéramos incubar el arte, la ciencia y la tecnología, y formar el núcleo del segundo imperio.

–Oh, sí, sí...

–No he terminado –dijo el comerciante, fríamente–. El curso futuro de la Fundación se trazó de acuerdo con la ciencia de la psicohistoria, entonces muy desarrollada, y se arreglaron las condiciones de modo que trajeran una serie de crisis que nos hicieran avanzar con mayor rapidez por el camino que nos lleva al futuro imperio. Cada crisis, cada crisis *Seldon*, marca una época en nuestra historia. Ahora nos acercamos a una..., la tercera.

–¡Naturalmente! –Twer se encogió de hombros–. Tendría que haberme acordado. Pero es que hace mucho tiempo que salí de la escuela..., más que usted.

–Supongo que así es. Olvídelo. Lo único que importa es que me envían fuera en pleno desarrollo de esta crisis. No es necesario decir lo que ocurrirá cuando regrese, y hay elecciones para el Consejo todos los años.

Twer alzó los ojos.

–¿Está sobre la pista de algo?

–No.

–¿Tiene planes concretos?

–Ni uno solo.

–Bueno...

–Bueno, nada. Hardin dijo en una ocasión: «Para triunfar, el solo planteamiento es insuficiente. También se debe improvisar.» Yo improvisaré.

Twer meneó la cabeza con inseguridad, y permanecieron mirándose uno a otro.

De pronto, Mallow dijo:

–Le diré lo que haremos, ¿qué le parece si viene conmigo? No me mire así, hombre. Fue comerciante antes de decidir que había más excitación en la política. O, por lo menos, esto es lo que he oído.

–¿Adónde va? Dígamelo.

–Hacia la Abertura Whassalliana. No puedo ser más específico hasta que estemos en el espacio. ¿Qué dice?

–¿Y si Sutt decide que me necesita donde pueda verme?

–No es probable. Si está ansioso por desembarazarse de mí, ¿por qué no también de usted? Además, ningún comerciante saldría al espacio si no pudiera escoger su propia tripulación. Yo llevo a los que quiero.

Hubo un extraño brillo en los ojos del viejo.

–Muy bien. Iré. –Alargó la mano–. Será mi primer viaje en tres años.

Mallow asió y estrechó la mano del otro.

–¡Bien! ¡Muy bien! Y ahora voy a reclutar a los muchachos. Sabe dónde está el *Estrella Lejana*, ¿verdad? Preséntese mañana. Adiós.

4

Korell es uno de esos fenómenos frecuentes en la historia: la república cuyo gobernante tiene todos los atributos del monarca absoluto, menos el nombre. Ejercía, por tanto, el despotismo acostumbrado, no restringido siquiera por las dos influencias moderadoras de las monarquías legítimas: el «honor» real y la etiqueta cortesana.

Materialmente, su prosperidad era escasa. Los días del imperio galáctico habían terminado, con nada más que silenciosos monumentos y estructuras derruidas para testificar su pasado esplendor. Los días de la Fundación aún no habían llegado... y según la orgullosa determinación de su gobernante, el comodoro Asper Argo, con sus estrictas regulaciones del comercio y la estricta prohibición de los misioneros, nunca llegarían.

El mismo puerto espacial era decrépito y estaba en decadencia, y la tripulación del *Estrella Lejana* lo sabía. Los hangares medio desmoronados creaban una atmósfera especial, y Jaim Twer se entretenía haciendo un solitario.

Hober Mallow dijo pensativamente:

–Aquí hay buen material de comercio. –Miraba tranquilamente por la portilla. Hasta el momento, poco más se podía decir acerca de Korell. El viaje había transcurrido sin novedad. El escuadrón de naves korellianas que había sido enviado para interceptar a la *Estrella Lejana* fue diminuto, compuesto de reliquias de antiguas glorias, cascos abollados de otros tiempos. Habían mantenido la distancia temerosamente, y seguían manteniéndola, y, desde hacía una semana, las peticiones de Mallow para tener una entrevista con el gobierno local habían quedado sin respuesta.

Mallow repitió:

–Buen comercio. Este territorio podría decirse que es virgen.

Jaim Twer alzó la mirada con impaciencia, y arrojó las cartas a un lado.

–¿Qué diablos se propone hacer, Mallow? La tripulación protesta, los oficiales están preocupados, y yo me pregunto...

–¿Se pregunta? ¿Qué es lo que se pregunta?

–Me extraña esta situación. Y usted. ¿Qué estamos haciendo?

–Esperar.

El viejo comerciante soltó un juramento y enrojeció. Gruñó:

–Está obrando a ciegas, Mallow. Hay un guardia alrededor del campo y naves en el cielo. ¿Y si estuvieran preparándose para destruirnos?

–Han tenido una semana para hacerlo.

–Quizá estén esperando refuerzos. –Los ojos de Twer eran penetrantes y duros.

Mallow se sentó bruscamente.

–Sí, ya he pensado en eso. Verá, es algo que nos plantea un difícil problema. Primero, hemos llegado aquí sin dificultades. Sin embargo, esto puede no significar nada, pues sólo tres naves de más de trescientas desaparecieron el año pasado. El porcentaje es reducido. Pero esto también puede significar que el número de sus naves equipadas con energía atómica es pequeño, y que no se atreven a exponerlas sin necesidad hasta que ese número aumente.

»Pero, por otro lado, podría significar que carecen totalmente de energía atómica. O quizá la tengan y la mantengan oculta, por miedo a que sepamos algo. Después de todo, una cosa es hacer el pirata esporádicamente contra naves mercantes ligeramente armadas y otra muy distinta tantear con un enviado acreditado de la Fundación, cuando el mero hecho de su presencia puede significar que la Fundación abriga sospechas.

»Combine estas dos cosas...

–Espere, Mallow, espere. –Twer alzó las manos–. Está a punto de ahogarme con su charla. ¿Adónde quiere usted ir a parar? No me importa lo que haga entretanto.

–Tiene que importarle, o no entenderá nada, Twer. Los dos estamos esperando. No saben lo que hago aquí y yo no sé lo que tienen aquí. Pero estoy en desventaja, porque yo soy uno y ellos son un mundo entero..., quizá con energía atómica. No puedo permitirme el lujo de ceder. Claro que es peligroso. Claro que pueden tener un agujero en la tierra destinado a nosotros. Pero ya lo sabíamos desde el principio. ¿Qué otra cosa podemos hacer?

–No... ¿Quién diablos es ahora?

Mallow alzó la mirada pacientemente, y conectó el receptor. La visiplaca reflejó el feo rostro del sargento de guardia.

–Hable, sargento.

El sargento dijo:

–Perdone, señor. Los hombres han dado entrada a un misionero de la Fundación.

–¿Un *qué*? –El rostro de Mallow se puso lívido.

–Un misionero, señor. Necesita hospitalización, señor...

–Habrá más de uno que necesite eso, sargento, después de esa faena. Ordene a los hombres que ocupen sus puestos de batalla.

La sala de la tripulación estaba casi vacía. Cinco minutos después de la orden, incluso los hombres que no estaban de servicio se hallaban en sus puestos. La velocidad era la gran virtud en las regiones anárquicas del espacio interestelar de la Periferia, y rapidez, por encima de todo, era lo que debía tener la tripulación de un maestro comerciante.

Mallow entró lentamente, y miró al misionero de arriba abajo. Luego su mirada se volvió al teniente Tinter, que desvió incómodamente la suya, y al sargento de guardia, Demen, cuyo rostro inmutable y estólida figura flanqueaba al otro.

El maestro comerciante se volvió a Twer e hizo una pausa, pensativamente.

–Bueno, Twer, que los oficiales se reúnan aquí, excepto los coordinadores y trazadores de trayectorias. Los hombres deben estar en sus puestos hasta nueva orden.

Hubo una laguna de cinco minutos, durante los cuales

Mallow abrió las puertas de los lavabos de una patada, miró detrás de la barra, corrió las cortinas que cubrían las gruesas ventanillas. Durante medio minuto salió de la habitación, y cuando regresó silbaba abstraídamente.

Los hombres entraron. Twer les siguió, y cerró la puerta silenciosamente.

Mallow dijo, con calma:

–Primero, ¿quién ha dejado entrar a este hombre sin mi permiso?

El sargento de guardia dio un paso adelante. Todos los ojos se desviaron.

–Perdón, señor. No ha sido una persona sola. Ha sido una especie de consentimiento mutuo. Era uno de nosotros, podríamos decir, y esos extranjeros...

Mallow le cortó en seco:

–Simpatizo con sus sentimientos, sargento, y los entiendo. Estos hombres, ¿estaban bajo su mando?

–Sí, señor.

–Cuando esto termine, serán confinados a celdas individuales durante una semana. Usted quedará relevado de todo deber de supervisión durante un período similar. ¿Comprendido?

El rostro del sargento nunca cambiaba, pero hubo una pequeña crispación en sus hombros. Dijo, secamente:

–Sí, señor.

–Puede irse. Ocupe su puesto de batalla.

La puerta se cerró tras él y hubo un murmullo.

Twer intervino:

–¿Por qué ese castigo, Mallow? Sabe que estos korellianos matan a los misioneros que capturan.

–Cualquier acción que contravenga mis órdenes es mala en sí misma sin importar las otras razones que puedan haber en su favor. Nadie debía salir o entrar en la nave sin permiso.

El teniente Tinter murmuró con rebeldía:

–Siete días sin acción. No se puede mantener la disciplina de esta forma.

Mallow dijo fríamente:

–*Puedo.* La disciplina no tiene ningún mérito en circunstancias ideales. Yo la tendré frente a la muerte, o será inútil. ¿Dónde está el misionero? Tráigalo aquí, a mi presencia.

El comerciante se sentó, mientras una figura vestida de color escarlata era cuidadosamente empujada hacia adelante.

–¿Cómo se llama usted, reverendo?

–¿Eh? –La figura vestida de escarlata se volvió hacia Mallow, como si todo el cuerpo se tratara de una unidad. Sus ojos estaban desmesuradamente abiertos y tenía una magulladura en la sien. No había hablado y, según Mallow había observado, tampoco se había movido durante el intervalo precedente.

–¿Cuál es su nombre, reverendo?

El misionero se animó de pronto con una vida febril. Sus brazos se abrieron, como si quisiera abrazar a alguien.

–Hijo mío..., hijos míos. Que siempre os protejan los brazos del Espíritu Galáctico.

Twer dio un paso adelante, con los ojos húmedos, y la voz ronca:

–Este hombre está enfermo. Que alguien lo lleve a la cama. Ordene que lo lleven a la cama, Mallow, y que lo reconozcan. Está gravemente herido.

El gran brazo de Mallow lo hizo retroceder.

–No interfiera, Twer, o haré que lo saquen de la habitación. ¿Su nombre, reverendo?

Las manos del misionero se unieron en repentina súplica:

–Ya que son ustedes hombres cultos, sálvenme de los paganos. –Las palabras se mezclaron desordenadamente–. Sálvenme de estos brutos que me prenderán por la fuerza y afligirán al Espíritu Galáctico con sus crímenes. Soy Jord Parma, de los mundos anacreontianos. Educado en la Fundación; la misma Fundación, hijos míos. Soy sacerdote del Espíritu educado en todos los misterios, y he venido donde la voz interior me reclamaba. –Balbuceaba–. He sufrido en manos de los infieles. Como hijos del Espíritu, y en nombre de ese Espíritu, protéjanme de ellos.

Una voz estalló sobre sus cabezas, cuando la caja de alarma y emergencia clamoreó metálicamente:

–¡Unidades enemigas a la vista! ¡Solicitamos órdenes!

Todos los ojos se dirigieron mecánicamente hacia el altavoz.

Mallow juró violentamente. Giró el interruptor y chilló:

–¡Mantengan la vigilancia! ¡Eso es todo! –Y lo desconectó.

Se abrió paso hacia las gruesas cortinas que se separaron en un gesto suyo y miró sombríamente hacia el exterior.

¡Unidades enemigas! Varios miles de ellas en las personas de los miembros individuales de una turba korelliana. El creciente murmullo envolvía el puerto espacial de un extremo a otro, y a la fría y dura luz de los reflectores de magnesio las primeras filas se acercaban.

–¡Tinter! –El comerciante no se volvió, pero su nuca estaba roja–. Haga funcionar el altavoz exterior y averigüe qué es lo que quieren. Pregúnteles si entre ellos hay algún representante de la ley. No haga promesas ni amenazas, o le mataré.

Tinter dio media vuelta y salió.

Mallow sintió una ruda mano sobre el hombro y se la sacudió de un golpe. Era Twer. Su voz sonó como un silbido airado junto a su oído:

–Mallow, tiene que conservar a este hombre entre nosotros. De otra forma no hay modo de mantener la decencia y el honor. Es de la Fundación y, al fin y al cabo..., *es* un sacerdote. Esos salvajes de ahí afuera... ¿Me oye?

–Le oigo, Twer. –La voz de Mallow era incisiva–. He de hacer otras cosas antes que cuidar misioneros. Haré, señor, lo que me plazca, y, por Seldon y toda la Galaxia, si trata de detenerme, le romperé la crisma. No se ponga en mi camino, Twer, o será lo último que haga en la vida.

Se volvió y dio unos pasos.

–¡Usted! ¡Reverendo Parma! ¿Sabía usted que, por convención, ningún misionero de la Fundación puede entrar en el territorio korelliano?

El misionero estaba temblando.

–No puedo ir más que donde me conduce el Espíritu, hijo mío. Si los que están en tinieblas rehúsan la luz, ¿no es éste el signo más claro de que la necesitan?

–Esto no tiene nada que ver, reverendo. Usted está aquí contra la ley de Korell y de la Fundación. No puedo protegerle legalmente.

El misionero volvió a levantar las manos. Su anterior azoramiento había desaparecido. Se oía el ronco clamor del sistema exterior de comunicaciones en acción, y el débil y ondulante graznido de la colérica horda como respuesta. El sonido dio a sus ojos una mirada salvaje.

–¿Lo oye? ¿Por qué me habla de leyes a mí, de unas leyes hechas por los hombres? Hay leyes superiores. ¿No fue el Espíritu Galáctico quien dijo: «No permanecerás ocioso mientras hieren a tu compañero»? ¿Y no ha dicho: «Tal como trates al humilde e indefenso, así serás tratado»?

»¿No tienen armas? ¿No tienen una nave? Y detrás de ustedes, ¿no está la Fundación? Y por encima y alrededor de todo, ¿no está el Espíritu que gobierna el universo? –Hizo una pausa para recobrar el aliento.

Y entonces la gran voz exterior de la *Estrella Lejana* cesó y el teniente Tinter regresó, con aspecto preocupado.

–¡Hable! –dijo Mallow, concisamente.

–Señor, reclaman la persona de Jord Parma.

–¿Si no?

–Hay varias amenazas, señor. Es difícil aclararlas. Son tantos..., y parecen completamente locos. Hay alguien que dice gobernar el distrito y tener poderes policiales, pero evidentemente no es dueño de sí mismo.

–Dueño o no –Mallow se encogió de hombros–, es la ley. Dígales que si este gobernador, policía, o lo que sea, se acerca solo a la nave, tendrá al reverendo Jord Parma.

Se apresuró a tomar una pistola entre las manos y añadió:

–No sé lo que es la insubordinación. Nunca he tenido que enfrentarme a ella. Pero si aquí hay alguien que cree poder enseñarme lo que es, estaré encantado de enseñarle mi antídoto.

El arma osciló lentamente, y apuntó a Twer. Con un esfuerzo, el rostro del viejo comerciante se desarrugó y abrió los puños y los dejó caer. Su respiración era un ronco sonido sibilante.

Tinter salió, y al cabo de cinco minutos una figura insignificante se destacó de la multitud. Se aproximó lenta y dubitativamente, dominado con toda claridad por el miedo y la aprensión. Por dos veces retrocedió, y por dos veces las evidentes amenazas del monstruo de muchas cabezas le apremiaron a seguir adelante.

–Muy bien. –Mallow hizo un ademán con la pistola atómica, que continuaba desenfundada–. Grum y Upshur, llévenlo afuera.

El misionero dio un grito. Levantó los brazos y los dedos rígidos aparecieron entre las mangas cuando éstas dejaron ver los delgados y venosos brazos. Hubo un momentáneo y diminuto destello que apareció y desapareció como un suspiro. Mallow parpadeó y repitió el ademán, airadamente.

La voz del misionero se dejó oír mientras se debatía en los brazos que lo aprisionaban.

–¡Malditos sean los traidores que abandonan a su compañero al mal y la muerte! ¡Que ensordezcan los oídos que están sordos a los ruegos del desvalido! ¡Que se vuelvan ciegos los ojos que son ciegos a la inocencia! ¡Que se oscurezca para siempre el alma que se asocia con la oscuridad...!

Twer se tapó fuertemente los oídos con las manos.

Mallow soltó la pistola.

–Retírense –dijo, serenamente–; todos a sus puestos respectivos. Mantengan la vigilancia hasta seis horas después de que la multitud se haya dispersado. Puestos dobles durante las cuarenta y ocho horas siguientes. Entonces volveré a darles instrucciones. Twer, venga conmigo.

Se hallaban solos en las habitaciones particulares de Mallow. Mallow indicó una silla y Twer se sentó. Su voluminosa figura parecía encogida.

Mallow le miró, sardónicamente.

–Twer –dijo–, estoy decepcionado. Sus tres años en la política parecen haberle hecho olvidar las costumbres comerciales. Recuerde, yo puedo ser un demócrata cuando vuelva a la Fundación, pero ninguna tiranía me parece excesiva cuando se trata de gobernar mi nave de la forma que quiero. Hasta ahora nunca he tenido que abrir fuego contra mis hombres, y ahora tampoco hubiera tenido que hacerlo, si usted no se hubiera pasado de la raya.

»Twer, su posición aquí no es oficial, está aquí por invitación mía, y yo le atenderé con toda cortesía... en privado. Sin embargo, de ahora en adelante, en presencia de mis oficiales u hombres, yo soy «señor», y no «Mallow». Y cuando dé una orden, saltará usted para cumplirla con más rapidez que un recluta de tercera clase, o le haré encerrar en el nivel inferior con mayor rapidez aún. ¿Entendido?

El jefe del partido tragó saliva. Dijo, de mala gana:

–Le presento mis disculpas.

–¡Aceptadas! ¡Démonos la mano!

Los fláccidos dedos de Twer desaparecieron en la enorme palma de Mallow. Twer dijo:

–Mis motivos eran buenos. Es difícil enviar a un hombre al linchamiento. Ese gobernador de rodillas temblorosas, o lo que sea, no puede salvarlo. Es un asesinato.

–No puedo evitarlo. Francamente, el incidente olía demasiado mal. ¿Lo ha notado?

–Notar..., ¿qué?

–Este puerto espacial está hundido en medio de una sección alejada y adormecida. De pronto, un misionero se escapa. ¿De dónde? Llega aquí. ¿Coincidencia? Se reúne una multitud enorme. ¿De dónde procede? La ciudad más cercana, sea de la magnitud que fuere, debe estar por lo menos a ciento cincuenta kilómetros. Pero han llegado en media hora. ¿Cómo?

–¿Cómo? –repitió Twer.

–Bueno, ¿y si hubieran traído al misionero hasta aquí, soltándolo como cebo? Nuestro amigo, el reverendo Parma, estaba considerablemente turbado. En ningún momento pareció estar en su completo juicio.

–Malos tratos... –murmuró amargamente Twer.

–¡Quizá! Y quizá la idea fuera obligarnos a luchar caballerosa y galantemente, por la estúpida defensa del hombre. Estaba aquí contra las leyes de Korell y de la Fundación. Si yo lo hubiera retenido, hubiera sido un acto de guerra contra Korell, y la Fundación no hubiera tenido derecho legal a defendernos.

–Esto..., esto es muy arriesgado de decir.

El altavoz comenzó a hablar y ahogó la contestación de Mallow.

–Señor, se ha recibido un comunicado oficial.

–Remítalo inmediatamente.

El brillante cilindro llegó por la ranura con un chasquido. Mallow lo abrió y extrajo la hoja impregnada de plata que encerraba. La frotó apreciativamente entre el pulgar y el índice y dijo:

–Teleporte directo desde la capital. Procede de la estación del propio comodoro.

La leyó de una ojeada y lanzó una breve carcajada.

–Así que mi idea era arriesgada, ¿verdad?

Lo lanzó hacia Twer, y añadió:

–Media hora después de devolver al misionero, finalmente recibimos una invitación muy educada para comparecer en presencia del augusto comodoro..., después de siete días de espera. Creo que hemos pasado una prueba.

5

El comodoro Asper era un hombre del pueblo, por definición propia. Su cabello gris le caía sobre los hombros, su camisa necesitaba un lavado, y hablaba con cierto gangueo.

–Aquí no hay ostentación alguna, comerciante Mallow –dijo–. Ningún espectáculo falso. En mí, usted no ve más que al primer ciudadano del Estado. Eso es lo que significa la palabra comodoro, y éste es el único título que tengo.

Parecía insólitamente complacido por todo aquello.

–De hecho, considero esto como uno de los lazos más fuertes entre Korell y su nación. Tengo entendido que su pueblo disfruta de las mismas bendiciones republicanas que nosotros.

–Exactamente, comodoro –dijo Mallow con gravedad, tomando buena cuenta de la comparación–, es un argumento que considero muy a favor de una amistad y paz continuada entre nuestros gobiernos.

–¡Paz! ¡Ah! –La rala barba gris del comodoro se encogió con las muecas sentimentales de su rostro–. No creo que en la Periferia haya alguien que tenga tan cerca del corazón el ideal de paz como yo. Puedo decirle sinceramente que desde que sucedí a mi ilustre padre en la jefatura del Estado, el reinado de la paz nunca ha sido interrumpido. Quizá no debiera decirlo –tosió levemente–, pero me han comunicado que mi pueblo, mis compañeros ciudadanos más bien, me conocen como Asper el Bienamado.

Los ojos de Mallow vagaron por el bien custodiado jardín. Quizá los fornidos hombres y las armas de extraño diseño, pero altamente peligrosas, que llevaban estuvieran ocultos en los rincones como una precaución contra él. Sería comprensible. Pero los altos muros cubiertos de acero que rodeaban el lugar habían sido reforzados recientemente... una ocupación muy poco apropiada para un Asper tan Bienamado.

–Entonces –dijo–, es una suerte que tenga que tratar con usted, comodoro. Los déspotas y monarcas de los mundos circundantes, que no disfrutan de una administración ilustrada, a menudo carecen de las cualidades que posee un gobernante bienamado.

–¿Por ejemplo? –Había una nota cautelosa en la voz del comodoro.

–Por ejemplo, su preocupación acerca de los intereses de su pueblo. Usted, por el contrario, los comprende.

El comodoro mantuvo los ojos en el sendero de gravilla a medida que paseaban. Se acariciaba las manos a la espalda.

Mallow prosiguió, suavemente:

–Hasta ahora, el comercio entre nuestras dos naciones se ha resentido por las restricciones impuestas a nuestros comerciantes por su gobierno. Seguramente, hace mucho tiempo que usted ha comprendido que el comercio ilimitado…

–¡El comercio libre! –murmuró el comodoro.

–El comercio libre, pues. Debe usted comprender que sería beneficioso para ambos. Hay cosas que ustedes tienen y nosotros necesitamos, así como cosas que nosotros tenemos y ustedes necesitan. No se requiere más que un intercambio para incrementar la prosperidad. Un gobernante ilustrado como usted, un amigo del pueblo, y diría, un *miembro* del pueblo, no necesita argumentos acerca de este tema. No insultaré a su inteligencia ofreciéndoselos.

–¡Es cierto! Me había dado cuenta. Pero ¿y usted? –Su voz era un gemido plañidero–. Su pueblo siempre ha sido muy irrazonable. Yo estoy a favor de todo el comercio que nuestra economía pueda soportar, pero no de sus condiciones. No soy el único jefe aquí. –Alzó la voz–. Sólo soy el sirviente de la opinión pública. Mi pueblo no comerciará entre los centelleos carmesíes y dorados.

Mallow preguntó:

–¿Una religión obligatoria?

–Así lo ha sido siempre, en efecto. Seguramente recuerda usted el caso de Askone, hace dos años. Primero les vendieron ustedes algunas mercancías y después su pueblo solicitó la completa libertad de los misioneros para que manejaran debidamente las mercancías; que se establecieran templos de la salud. Entonces se fundaron escuelas religiosas; se dictaron derechos autónomos para todos los oficiales de la religión y, ¿con qué resultado? Askone es ahora un miembro integral del sistema de la Fundación, y el gran maestre no puede decir que sea suya ni la camisa que lleva puesta. ¡Oh, no! ¡Oh, no! La dignidad de un pueblo independiente no puede soportarlo.

–Nada de lo que usted ha dicho se parece siquiera a lo que yo sugiero –comentó Mallow.

–¿No?

–No. Soy un maestro comerciante. El dinero es *mi* religión. Todo este misticismo y esas monsergas de los misioneros me molestan, y me alegro de que usted se niegue a favorecerlos. Le convierte a usted en mi tipo de hombre.

La risa del comodoro fue espasmódica y franca.

–¡Bien dicho! La Fundación tendría que haber enviado a un hombre de su calibre mucho antes.

Colocó una amistosa mano en el voluminoso hombro del comerciante.

–Pero, hombre, no me ha dicho más que la mitad. Me ha dicho lo que *no* es la trampa. Ahora dígame lo que *es.*

–La única trampa, comodoro, es que usted se verá cargado de inmensas riquezas.

–¿Realmente? –preguntó–. Pero ¿para qué quiero yo las riquezas? La verdadera riqueza es el amor del pueblo. Ya lo tengo.

–Puede tener ambas cosas, pues es posible reunir el oro en una mano y el amor en la otra.

–Eso, muchacho, sería un fenómeno muy interesante, si fuera posible. ¿Cómo lo lograría usted?

–Oh, de muchas formas. La dificultad consiste en escoger una. Veamos. Bueno, artículos de lujo, por ejemplo. Este objeto, por ejemplo...

Mallow extrajo de su bolsillo interior una cadena plana de metal pulimentado.

–Esto, por ejemplo.

–¿Qué es?

–Eso se ha de demostrar. ¿Puede usted hacer que venga una muchacha? Cualquier jovencita servirá. *Y* un espejo, de cuerpo entero.

–¡Hummm! Vamos adentro, entonces.

El comodoro se refería al edificio donde vivía como en su casa. El populacho indudablemente lo hubiera llamado palacio. A los objetivos ojos de Mallow, se parecía extraordinariamente a una fortaleza. Se elevaba sobre un promontorio que dominaba la capital. Sus muros eran gruesos y estaban reforzados. Sus alrededores se hallaban vigilados, y su arquitectura estaba destinada a la defensa. Era el tipo de morada apropiada, pensó amargamente Mallow, para Asper el Bienamado.

Una muchacha se encontraba frente a ellos. Se inclinó profundamente ante el comodoro, que dijo:

–Es una de las sirvientas de la comodora. ¿Servirá?

–¡Perfectamente!

El comodoro observó cuidadosamente mientras Mallow deslizaba la cadena alrededor de la cintura de la muchacha, y retrocedía.

El comodoro preguntó:

–Bueno. ¿Eso es todo?

–¿Quiere correr las cortinas, comodoro? Señorita, hay un botoncito al lado del broche. ¿Quiere moverlo hacia arriba, por favor? Adelante, no le pasará nada.

La muchacha así lo hizo, suspiró profundamente, se miró las manos, y exclamó:

–¡Oh!

Desde la cintura, de donde brotaba como una fuente luminosa, había surgido una vaporosa luminiscencia de brillantes colores que la rodeaba, formando sobre su cabeza una centelleante corona de fuego líquido. Era como si alguien hubiese arrancado la aurora boreal del firmamento y hubiese moldeado con ella una maravillosa capa.

La muchacha avanzó hacia el espejo y se contempló, fascinada.

–Tenga. –Mallow le alargó un collar de piedras mates–. Póngaselo alrededor del cuello.

La muchacha así lo hizo, y cada piedra, al entrar en el campo luminiscente, se convirtió en una llama individual que titilaba y brillaba en carmesí y oro.

–¿Qué le parece? –le preguntó Mallow. La muchacha no contestó, pero tenía una mirada de adoración en los ojos. El comodoro hizo un gesto, y, de mala gana, ella presionó el botón hacia abajo y la magnificencia se esfumó. Se marchó... con un recuerdo–. Es suyo, comodoro –dijo

Mallow–, para la comodora. Considérelo como un pequeño regalo de la Fundación.

–Hummm. –El comodoro dio vueltas al cinturón y el collar entre sus manos, como si calculara el peso–. ¿Cómo están hechos?

Mallow se encogió de hombros.

–Esto es cuestión de nuestros técnicos especializados. Pero le funcionará sin, tome nota de esto, *sin* ayuda sacerdotal.

–Bueno, al fin y al cabo, sólo son baratijas femeninas. ¿Qué se puede hacer con estas cosas? ¿Dónde interviene el dinero?

–¿Usted tiene bailes, recepciones, banquetes..., esa clase de cosas?

–Oh, sí.

–¿Se da cuenta de lo que las mujeres pagarían por este tipo de joyas? Diez mil créditos, por lo menos.

El asombro del comodoro llegó al colmo.

–¡Ah!

–Y puesto que la unidad energética de este artículo en particular no durará más de seis meses, serán necesarios frecuentes reemplazos. Ahora bien, podemos vender tantos como quiera por el equivalente de mil créditos en hierro forjado. El novecientos por ciento de beneficio es para usted.

El comodoro se acarició la barba y pareció sumirse en complicados cálculos mentales.

–¡Galaxia, cómo lucharían las duquesas viudas por conseguir esto! Yo mantendría un número reducido y ellas morderían el anzuelo. Naturalmente, no convendría que se enteraran de que yo en persona...

Mallow dijo:

–Podemos explicarle la manera de montar sociedades ficticias, si usted quiere. Luego, contando con nuevas empresas parecidas, daríamos nuestra variada producción de los aparatos domésticos. Tenemos hornos plegables que asan las carnes más duras hasta el punto deseado en sólo dos minutos. Tenemos cuchillos que no necesitan afilarse. Tenemos el equivalente de una lavadora completa que puede meterse en un armario y funciona automáticamente. Y lavavajillas. Y fregadoras de suelo, barnizadores de muebles, precipitadores de polvo..., oh, cualquier cosa que desee. Piense en su creciente popularidad, *si* las pone a disposición del público. Piense en su creciente cantidad de, uh, bienes mundiales, si se venden como parte de un monopolio gubernamental al precio sin protestar, y no necesitan saber que *usted* los importa. Y considere que ninguno de estos aparatos requerirá la supervisión sacerdotal. Todo el mundo será feliz.

–Excepto usted, al parecer. ¿Qué es lo que *usted* obtendría?

–Sólo lo que todos los comerciantes obtienen bajo la ley de la Fundación. Mis hombres y yo recogeremos la mitad de todos los beneficios. Usted sólo tiene que comprar lo que quiero venderle, y ambos saldremos ganando. Muchísimo.

El comodoro pensaba en cosas agradables.

–¿Cómo ha dicho que quería que le pagáramos? ¿Con hierro?

–Eso, y carbón, y bauxita. También con tabaco, pimienta, magnesio, madera dura. Nada que usted no tenga en abundancia.

–Suena bien.

–Así lo creo. Oh, aún hay otro artículo que puedo ofrecerle, comodoro. Podría proporcionar nuevas herramientas a sus fábricas.

–¿Eh? ¿A qué se refiere?

–Bueno, a sus fundiciones de acero. Tengo a mano algunos pequeños aparatos que podrían reducir el coste de la producción del acero al uno por ciento del precio anterior. Usted podría reducir los precios a la mitad, y seguir obteniendo unos beneficios muy considerables de los manufacturadores. Escuche, podría demostrarle lo que digo, si me lo permite. ¿Tiene alguna fundición de acero en esta ciudad? No llevará demasiado rato.

–Puede arreglarse, comerciante Mallow. Pero mañana, mañana. ¿Cenará usted con nosotros esta noche?

–Mis hombres... –empezó Mallow.

–Que vengan –dijo el comodoro, cordialmente–. Una amistosa unión simbólica de nuestras naciones. Nos dará la oportunidad para tener otras charlas amistosas. Pero una cosa –su rostro se hizo más grave–, nada de su religión. No crea que esto es una puerta abierta para los misioneros.

–Comodoro –dijo Mallow, secamente–. Le doy mi palabra de que la religión reducirá mis beneficios.

–Bien, eso es suficiente. Haré que le escolten de regreso a la nave.

6

La comodora era mucho más joven que su marido. Su rostro era pálido y de rasgos fríos, y su cabello negro le caía uniformemente sobre los hombros.

Su voz era aguda.

–¿Has terminado ya, mi gracioso y noble marido? ¿Has terminado del todo, *del todo*? Supongo que ahora incluso puedo salir al jardín, si quiero.

–No hay necesidad de dramatizar, Licia querida –dijo el comodoro, dulcemente–. El joven vendrá esta noche a cenar, y tú podrás hablar todo lo que quieras con él e incluso divertirte oyendo todo lo que yo digo. Hay que disponer un lugar para sus hombres en algún sitio de la casa. Las estrellas dicen que son pocos.

–Es más probable que sean una piara de cerdos que comerán animales enteros y beberán barriles de vino. Y te quejarás dos noches seguidas cuando calcules los gastos.

–Bueno, esta vez quizá no lo haga. A pesar de tu opinión, la cena ha de ser de lo más abundante.

–Oh, ya veo. –Le miró airadamente–. Eres muy amigo de esos bárbaros. Quizá ésta es la razón de que no me permitieras asistir a la entrevista. Quizá tu alma, un poco marchita, esté tramando volverse contra mi padre.

–De ninguna manera.

–Sí, debería creerte, ¿verdad? Si alguna vez hubo alguna mujer sacrificada por la política a un matrimonio insípido, ésa he sido yo. Hubiera podido conseguir un hombre más apropiado en las callejuelas y los caminos de barro de mi mundo.

–Bueno, ahora te diré una cosa, señora mía. Quizá te gustaría regresar a tu mundo. Sólo para conservar como recuerdo la parte de ti que conozco mejor, primero te podría cortar la lengua. Y –balanceó la cabeza, apreciativamente, hacia un lado– como toque final a tu belleza, las orejas y la punta de la nariz.

–No te atreverías, perrito faldero. Mi padre pulverizaría tu nación de juguete hasta convertirla en polvo meteórico. De hecho, podría hacerlo de todos modos, si le dijera que tratas con esos bárbaros.

–Humm. Bueno, no hay necesidad de amenazar. Eres libre de interrogar al hombre esta noche. Mientras tanto, señora, conserva la lengua tranquila.

–¿A tu disposición?

–Anda, toma esto, y no hables.

El cinturón quedó ceñido a su cintura y el collar le rodeó el cuello. Él mismo apretó el botoncito y retrocedió.

La comodora respiró profundamente y alzó las manos con rigidez. Tocó el collar con cuidado e inspiró de nuevo.

El comodoro se frotó las manos, satisfecho, y dijo:

–Puedes llevarlo esta noche... y te conseguiré más. *Ahora* no hables.

Y la comodora no habló.

7

Jaim Twer movía los pies. Dijo:

–¿Por qué frunce el ceño?

Hober Mallow dejó de cavilar.

–¿He fruncido el ceño? No lo pretendía.

–Ayer debió suceder alguna cosa..., quiero decir, aparte de la fiesta. –Con súbita convicción–. Mallow, hay problemas, ¿verdad?

–¿Problemas? No. Todo lo contrario. En realidad, estoy a punto de lanzar todo mi peso contra una puerta y encontrar que está abierta de par en par. Vamos a entrar en esa fundición de acero con demasiada facilidad.

–¿Teme alguna trampa?

–Oh, por el amor de Seldon, no sea melodramático. –Mallow reprimió su impaciencia y añadió, ya más calmado–: Es sólo que una entrada tan fácil significa que no hay nada que ver.

–Energía atómica, ¿eh? –reflexionó Twer–. Escuche, no hay ninguna prueba de que haya una economía basada en la energía atómica aquí en Korell. Y sería difícil enmascarar todos los signos de los amplios efectos que una tecnología fundamental como la energía atómica imprime a todas las cosas.

–No, si sólo está iniciándose, Twer, y siendo aplicada a la economía bélica. Sólo la encontrará en los astilleros y las fundiciones de acero.

–De modo que si allí no hay, es que...

–Es que no tienen... o no la enseñan. Tire una moneda a cara o cruz o adivínelo.

Twer meneó la cabeza.

–Me hubiera gustado estar con usted ayer.

–A mí también me hubiera gustado –dijo Mallow, inflexiblemente–. No tengo objeciones contra el apoyo moral. Por desgracia, fue el comodoro quien fijó los términos de la entrevista, y no yo. Y *eso* que hay ahí afuera debe ser el automóvil real que debe llevarnos a la fundición. ¿Tiene los aparatos?

–Todos.

8

La fundición era grande, y despedía un olor a decadencia que ninguna clase de reparaciones superficiales podía borrar completamente. Estaba vacía y en un estado de quietud muy poco natural, como debía ocurrir cuando acudían el comodoro y su corte.

Mallow había colocado el lingote de acero entre dos soportes con afectada indiferencia. Había tomado el instrumento que Twer le alargó y asía el mango de piel.

–El instrumento –dijo– es peligroso, pero también lo es una sierra circular. Lo único que hay que hacer es no acercar los dedos.

Y, mientras hablaba, dirigió la boca del aparato contra el lingote y la deslizó a lo largo de éste con suavidad. El lingote cayó al suelo cortado en dos.

Hubo un salto unánime, y Mallow se echó a reír. Recogió una de las mitades y la sujetó contra la rodilla.

–Puede ajustarse la longitud del corte exactamente hasta una centésima de milímetro, y una plancha de cincuenta milímetros se podría cortar por la mitad con la misma facilidad. Si ha comprobado la profundidad deseada, puede poner el lingote de acero sobre una mesa de madera y cortar el metal sin rayar la mesa.

Y a cada frase, la sierra atómica se movía, y una viruta de acero caía al suelo.

–Esto –dijo– es aserrar... el acero.

Echó la sierra hacia atrás.

–También puede emplearse como cepillo. ¿Quiere disminuir la anchura de un lingote, borrar una irregularidad, separar una parte corroída? ¡Mire!

Una delgada y transparente hoja de metal salió de la otra mitad del lingote original, primero de quince centímetros de anchura, después de veinte, y después de treinta.

–¿O como taladradora? Todo se basa en el mismo principio.

La gente se agolpaba a su alrededor. Podía parecer la exhibición de un prestidigitador, un mago, o una función de variedades realizada ante navegantes ansiosos. El comodoro Asper manoseaba virutas de acero. Altos funcionarios del gobierno se ponían de puntillas para mirar por encima del hombro de su vecino, y susurraban, mientras Mallow practicaba limpiamente agujeros a través de veinticinco milímetros de duro acero a cada toque de su taladradora atómica.

–Sólo una demostración más. Que alguien traiga dos trozos pequeños de tubo.

Un honorable chambelán de una cosa u otra se apresuró a obedecer en medio de la agitación general, y se ensució las manos como cualquier obrero.

Mallow las mantuvo en posición vertical y cortó los extremos con un solo golpe de la sierra, y después unió los tubos, por los extremos recién cortados.

¡Y fue un solo tubo! Los nuevos extremos, carentes incluso de irregularidades atómicas, formaban una pieza después de la juntura, que se realizó con un solo toque.

Entonces Mallow miró a sus espectadores, pronunció una palabra y se interrumpió. Sintió una profunda opresión en el pecho, y el estómago se le puso rígido y frío.

Los propios guardaespaldas del comodoro, en la confusión, habían logrado situarse en primera línea, y Mallow, por primera vez, pudo ver las extrañas armas portátiles con todo detalle.

¡Eran atómicas! No había equivocación posible; un arma no atómica con un cañón así era imposible. Pero eso no era lo más importante. No lo era en absoluto.

Las culatas de esas armas tenían, profundamente grabadas en oro viejo, ¡la nave espacial y el Sol!

La misma nave espacial y el Sol que había en todos los grandes volúmenes de la Enciclopedia original que la Fundación había empezado y aún no había terminado. *La misma nave espacial y el mismo Sol que habían decorado las banderas del imperio galáctico durante milenios.*

Mallow habló sin dejar de pensar:

–¡Comprueben el estado de este tubo! Es de una sola

pieza. No es perfecto, naturalmente, pues la juntura se ha hecho a mano.

No había necesidad de más números de prestidigitación. Todo había terminado. Mallow se daba por satisfecho. No pensaba más que en una sola cosa. El globo de oro con sus rayos convencionales, y la figura oblicua en forma de cigarro que era una nave espacial.

¡La nave espacial y el Sol del Imperio!

¡El Imperio! ¡Las palabras se repetían una y otra vez! Había pasado un siglo y medio, pero todavía existía el Imperio, en algún lugar olvidado de la Galaxia. Y estaba emergiendo de nuevo hacia la Periferia.

¡Mallow sonrió!

9

La *Estrella Lejana* hacía dos días que estaba en el espacio, cuando Hober Mallow, en su camarote particular con el teniente Drawt, le entregaba un sobre, un rollo de microfilme y un esferoide plateado.

–Dentro de una hora a partir de este momento, teniente, será usted capitán de la *Estrella Lejana*, hasta mi regreso... o para siempre.

Drawt hizo ademán de levantarse, pero Mallow le indicó con un gesto que permaneciera sentado.

–No se mueva, y escuche. El sobre contiene la localización exacta del planeta hacia el cual ha de dirigirse. Allí, me esperará dos meses. Si antes de que transcurran los dos meses la Fundación le localiza, el microfilme es mi informe del viaje.

»Si, por el contrario –y su voz era sombría–, *no* regreso al cabo de dos meses, y las naves de la Fundación no le localizan, diríjase al planeta Términus, y entregue la Cápsula de Tiempo como informe. ¿Lo comprende?

–Sí, señor.

–En ningún momento, usted, o cualquiera de los hombres, ampliarán en ningún sentido mi informe oficial.

–¿Y si nos interrogan, señor?
–Entonces, no saben nada.
–Sí, señor.
La entrevista terminó, y cincuenta minutos más tarde un bote salvavidas apareció al costado de la *Estrella Lejana.*

10

Onum Barr era viejo, demasiado para asustarse. Desde los últimos disturbios, había vivido solo en las afueras con los libros que salvara de las ruinas. No tenía nada que temer, y menos por los gastados restos de su vida, de modo que se enfrentó con el intruso sin alterarse.
–Tenía la puerta abierta –explicó el desconocido.
Su acento era seco y duro, y Barr no dejó de notar la extraña arma portátil de acero azul que colgaba de su cadera. A la media luz de la reducida habitación, Barr vio el brillo de un campo de fuerza que rodeaba al hombre.
Dijo, con cansancio:
–No hay razón para tenerla cerrada. ¿Desea algo de mí?
–Sí. –El desconocido permaneció de pie en el centro de la estancia. Era alto y corpulento–. Su casa es la única que hay por los alrededores.
–Es un lugar desolado –convino Barr–, pero hay una ciudad hacia el este. Puedo mostrarle el camino.
–Dentro de un rato. ¿Puedo sentarme?
–Si las sillas le sostienen –dijo el anciano, gravemente–. También son viejas. Reliquias de una juventud mejor.
El extranjero dijo:
–Me llamo Hober Mallow. Soy de una provincia lejana.
Barr asintió y sonrió.
–Su modo de hablar me lo ha revelado hace ya rato. Yo soy Onum Barr de Siwenna... y antiguo patricio del imperio.

–Y esto *es* Siwenna. Sólo tuve viejos planos para guiarme.

–Tenían que haber sido realmente muy viejos para que la posición de las estrellas hubiera cambiado.

Barr estaba sentado, inmóvil, mientras los ojos del otro vagaban soñadoramente. Observó que el campo de fuerza atómica se había desvanecido de su alrededor y admitió secamente para sí que su persona ya no parecía formidable a los desconocidos... o incluso, para bien o para mal, a sus enemigos.

Dijo:

–Mi casa es pobre y mis recursos, pocos. Puede usted compartir lo que tengo si su estómago resiste el pan negro y el maíz seco.

Mallow meneó la cabeza.

–No, ya he comido y no puedo quedarme. Todo lo que necesito es que me indique cómo llegar al centro del Gobierno.

–Eso es muy fácil. ¿Se refiere usted a la capital del planeta, o del Sector Imperial?

El hombre joven entrecerró los ojos.

–¿No son las dos lo mismo? ¿No es esto Siwenna?

El viejo patricio asintió lentamente.

–Siwenna, sí. Pero Siwenna ya no es la capital del Sector Normánico. Su viejo mapa estaba equivocado, después de todo. Las estrellas pueden no cambiar en siglos, pero las fronteras políticas son demasiado inestables.

–Es un verdadero contratiempo. Enorme. ¿Está la nueva capital muy lejos?

–Está en Orsha II. A veinte parsecs de aquí. Su mapa le servirá. ¿Es muy viejo?

–Tiene ciento cincuenta años.

–¿Tanto? –El anciano suspiró–. La historia ha cambiado mucho desde entonces. ¿Sabe algo al respecto?

Mallow negó lentamente con la cabeza.

–Es usted afortunado –dijo Barr–. Ha sido un tiempo muy malo para las provincias, excepto durante el reinado de Stannell VI, y él murió hace cincuenta años. Desde entonces, la rebelión y la ruina, la ruina y la rebelión. –Barr se preguntó si estaría hablando demasiado. Llevaba una vida muy solitaria, y tenía muy pocas oportunidades de hablar con alguien.

Mallow dijo, con súbita agudeza:

–La ruina, ¿eh? Lo dice usted como si la provincia estuviera empobrecida.

–Quizá no en términos absolutos. Los recursos físicos de veinticinco planetas de primera categoría tardan mucho tiempo en agotarse. Sin embargo, en comparación con el siglo pasado, hemos caído muy abajo... y aún no hay signos de recuperación. ¿Por qué está tan interesado en todo esto, joven? ¡Es usted muy vivo y sus ojos brillan!

El comerciante estuvo a punto de sonrojarse, cuando los mortecinos ojos parecieron adentrarse demasiado en los suyos y sonreír ante lo que vieron.

Dijo:

–Soy un comerciante de fuera... del borde de la Galaxia. He localizado algunos mapas viejos, y pretendo abrir nuevos mercados. Naturalmente, me preocupa oír hablar de provincias empobrecidas. No se puede ganar dinero en un mundo que no tenga riquezas. Vamos a ver, ¿cómo está Siwenna, por ejemplo?

El anciano se inclinó hacia adelante.

–No podría decírselo. Quizá no esté tan mal. ¿Pero dice que *usted* es un comerciante? Parece más bien un guerrero. No aparta la mano del arma y tiene una cicatriz en la mejilla.

Mallow sacudió la cabeza.

–No hay mucha ley en el lugar de donde vengo. La lucha y las cicatrices forman parte de los gastos generales de un comerciante. Pero la lucha sólo es útil cuando hay dinero al final, y si puedo conseguirlo sin ella, es mucho más cómodo. ¿Encontraré aquí el dinero suficiente como para que valga la pena luchar? Apuesto a que no me será difícil verme envuelto en la lucha.

–Nada difícil –convino Barr–. Podría unirse a los remanentes de Wiscard en las Estrellas Rojas. Sin embargo, no sé si esto puede llamarse lucha o piratería. O podría unirse a nuestro gracioso virrey actual..., gracioso por derecho a asesinato, pillaje, rapiña, y la palabra de un joven emperador, legalmente asesinado. –Las fláccidas mejillas del patricio enrojecieron. Sus ojos se cerraron y después volvieron a abrirse, brillantes como los de un pájaro.

–No parece muy amigo del virrey, patricio Barr –dijo Mallow–. ¿Y si yo fuera uno de sus espías?

–¿Y qué si lo es? –replicó Barr, amargamente–. ¿Qué puede llevarse? –Hizo un gesto señalando el interior desnudo de la destartalada mansión.

–Su vida.

–Me abandonaría con bastante facilidad. Hace demasiados años que está conmigo. Pero usted *no* es uno de los hombres del virrey. Si lo fuera, quizá mi instintivo sentido de la preservación me mantendría la boca cerrada.

–¿Cómo lo sabe?

El anciano se echó a reír.

–Parece como si sospechara. Vamos, apostaría algo a que cree que estoy tratando de hacerle caer en una trampa para denunciarle al Gobierno. No, no. Me he retirado de la política.

–¿Que se ha retirado de la política? ¿Se retira un hombre de eso alguna vez? ¿Cuáles han sido las palabras que ha empleado para describir al virrey? Asesinato, pillaje, y todo eso. No parecía objetivo. No exactamente. No como si se hubiera retirado de la política.

El anciano se encogió de hombros.

–Los recuerdos aguijonean al llegar súbitamente. ¡Escuche! ¡Juzgue por sí mismo! Cuando Siwenna era la capital de la provincia, yo era patricio y miembro del senado provincial. Mi familia era antigua y distinguida. Uno de mis bisabuelos había sido... No, eso no importa. Las glorias pasadas son un pobre alimento.

–Lo comprendo –dijo Mallow–; hubo una guerra civil, o una revolución.

El rostro de Barr se ensombreció.

–Las guerras civiles son crónicas en estos días de degeneración, pero Siwenna se había mantenido aparte. Bajo

Stannell VI, casi había alcanzado su antigua prosperidad. Pero siguieron unos emperadores débiles, y emperadores débiles significan virreyes fuertes, y nuestro último virrey, el mismo Wiscard cuyos secuaces todavía hacen presa en el comercio entre las Estrellas Rojas, deseaba la púrpura imperial. No era el primero que lo hacía. Y si hubiera triunfado, no hubiera sido el primero en hacerlo.

»Pero fracasó. Pues cuando el almirante del emperador se acercaba a la provincia al frente de su flota, la misma Siwenna se rebeló contra su virrey rebelde. –Se interrumpió, tristemente.

Mallow se encontró sentado en el borde de la silla, escuchando con atención, y se relajó lentamente.

–Continúe, señor, por favor.

–Gracias –dijo Barr, con cansancio–. Es usted muy amable al seguir el humor de un anciano. Se rebelaron; o debería decir, *nos* rebelamos, pues yo era uno de los jefes menores. Wiscard se fue de Siwenna, poco antes de que pudiéramos atraparle, y el planeta, y con él la provincia, abrió sus puertas al almirante con un gesto de lealtad hacia el emperador. No estoy seguro de por qué lo hicimos. Quizá nos sintiéramos leales hacia el símbolo, si no hacia la persona, del emperador... un niño vicioso y cruel. Quizá temiéramos los horrores de un asedio.

–¿Y bien? –apremió Mallow, amablemente.

–Bueno –fue la triste respuesta–, aquello no bastó al almirante. Quería la gloria de conquistar una provincia rebelde y sus hombres ansiaban el botín que tal conquista implicaría. De modo que, mientras la gente seguía reunida en todas las ciudades grandes, aclamando al emperador y su almirante, ocupó todos los centros armados, y después ordenó atacar a la población con armas atómicas.

–¿Con qué pretexto?

–Con el pretexto de que se habían rebelado contra su virrey, ungido por el emperador. Y el almirante se convirtió en el nuevo virrey, por virtud de un mes de masacre, pillaje y completo horror. Yo tenía seis hijos. Cinco murieron... de distintas formas. Tenía una hija. *Espero* que muriera, eventualmente. *Yo* me escapé porque era viejo. Vine aquí, demasiado viejo incluso para preocupar a nuestro virrey. –Inclinó su cabeza gris–. No me dejaron nada, porque había contribuido a expulsar a un gobernador rebelde y privado a un almirante de su gloria.

Mallow permaneció silencioso y esperó.

–¿Qué pasó con su sexto hijo? –preguntó luego dulcemente.

–¿Eh? –Barr sonrió amargamente–. Está a salvo, pues se ha unido al almirante como un soldado corriente bajo un nombre supuesto. Es artillero en la flota personal del virrey. Oh, no, veo lo que expresan sus ojos. No es un hijo desnaturalizado. Me visita cuando puede y me da lo que puede. Me mantiene con vida. Y algún día, nuestro gran y glorioso virrey se arrastrará hasta la muerte, y será mi hijo el que le ejecute.

–¿Y explica esto a un desconocido? Pone en peligro a su hijo.

–No. Le ayudo, al introducir a un nuevo enemigo. Y si yo fuera amigo del virrey, le diría que desplegara todas su naves hacia el espacio exterior, y limpiara hasta el borde de la Galaxia.

–¿No hay naves allí?

–¿Ha encontrado alguna? ¿Le ha dificultado la entrada alguna guardia espacial? Con muy pocas naves, y las provincias fronterizas llenas de intriga e iniquidad, no se puede malgastar ni una sola para guardar los soles bárbaros exteriores. No nos había amenazado ningún peligro desde el fragmentado borde de la Galaxia... hasta que *usted* llegó.

–¿Yo? Yo no represento ningún peligro.

–Habrá más después de usted.

Mallow meneó la cabeza lentamente.

–No estoy seguro de comprenderle.

–¡Escuche! –Había una entonación febril en la voz del anciano–. Le he conocido en el momento de entrar. Tiene un campo de fuerza alrededor del cuerpo, o lo tenía cuando lo he visto por primera vez.

Un silencio lleno de duda, después:

–Sí..., lo tenía.

–Bien. Eso fue un error, pero usted no lo sabía. Sé algunas cosas. En estos días de decadencia no está de moda ser culto. Los acontecimientos se suceden con gran rapidez y el que no lucha contra la marea con armas atómicas es barrido para siempre, como yo lo fui. Pero yo era instruido, y sé que en toda la historia de la energía atómica nunca se ha inventado un campo de fuerza portátil. Tenemos campos de fuerzas... enormes, capaces de proteger a una ciudad, o incluso una nave, pero no a un solo hombre.

–¡Ah! –Mallow frunció los labios–. ¿Y qué deduce de todo eso?

–Ha habido historias que se han filtrado a través del espacio. Viajan por extraños caminos y se deforman a cada parsec..., pero cuando yo era joven había una pequeña nave de extraños hombres, que no conocían nuestras costumbres y no podían decir de dónde procedían. Hablaron de unos magos existentes al borde de la Galaxia; magos que brillaban en la oscuridad, que volaban sin ayuda por el aire, y a quienes las armas no afectaban en modo alguno.

»Nos reímos. Yo también me reí. Lo había olvidado hasta hoy. Pero usted brilla en la oscuridad, y no creo que mi pistola, si tuviera una, le hiriera. Dígame, ¿puede volar por el aire tal como está sentado ahora?

Mallow dijo, con calma:

–No puedo hacer nada de todo eso.

Barr sonrió.

–Me alegra la respuesta. Yo no examino a mis huéspedes. Pero si hay magos, si *usted* es uno de ellos, puede haber algún día un gran influjo suyo, o de usted. Quizá eso fuera lo mejor. Quizá necesitemos sangre nueva. –Después, murmuró algo para sí y prosiguió–: Pero también funciona del otro modo. Nuestro nuevo virrey también sueña, como lo hacía nuestro viejo Wiscard.

–¿También con la corona del emperador?

Barr asintió.

–Mi hijo oye rumores. En el séquito personal del virrey, es imposible evitarlos. Y me los cuenta. Nuestro nuevo virrey no rehusaría la corona si se la ofrecieran, pero conserva su línea de retirada. Algunas historias dicen que, a falta de las alturas imperiales, planea erigir un nuevo imperio en las regiones bárbaras. Se dice, pero yo no lo juraría, que ya ha dado a una de sus hijas como esposa a un reyezuelo de algún lugar de la Periferia, no marcado en los mapas.

–Si uno prestara oídos a todas las historias...

–Lo sé. Hay muchas más. Soy viejo y digo tonterías. Pero, ¿qué dice usted? –Y aquellos penetrantes y ancianos ojos le examinaron fijamente.

El comerciante reflexionó.

–No digo nada. Pero me gustaría preguntarle algo. ¿Tiene Siwenna energía atómica? No, espere, sé que posee el conocimiento de la energía atómica. A lo que me refiero es a si tienen generadores de energía intactos, o si los destruyó el reciente saqueo.

–¡Destruirlos! Oh, no. Medio planeta hubiera sido arrasado antes de tocar la estación de energía más insignificante. Son irreemplazables y abastecen la energía de las naves. –Casi con orgullo, añadió–: Tenemos las más grandes y mejores en este sector aparte del mismo Trántor.

–¿Qué tendría que hacer primero para ver esos generadores?

–¡Nada! –contestó Barr, con decisión–. No podría acercarse a ningún centro militar sin que le dispararan inmediatamente. Nadie podría hacerlo. Siwenna aún carece de derechos civiles.

–¿Quiere decir que todas las estaciones de energía están a cargo de los militares?

–No. Hay las estaciones de ciudades pequeñas, las que suministran la energía para calentar e iluminar las casas, vehículos, y demás. Ésas son casi peor. Están controladas por los técnicos.

–¿Quiénes son?

–Un grupo especializado que supervisa las plantas de energía. El honor es hereditario, y los jóvenes empiezan como aprendices de la profesión. Estricto sentido del deber, honor, y todo eso. Nadie más que un técnico podría entrar en una estación.

–Comprendo.

–Sin embargo –añadió Barr–, yo no digo que no haya habido casos en que los técnicos se hayan dejado sobornar. En los días en que tuvimos nueve emperadores en cincuenta años y siete de ellos fueron asesinados... cuando todos los capitanes espaciales aspiran a la usurpación de un virreinato, y todos los virreyes al imperio, supongo que incluso un técnico puede dejarse comprar con dinero. Pero se requeriría mucho, y yo no tengo nada. ¿Tiene usted?

–¿Dinero? No. ¿Pero acaso sólo se soborna con dinero?

–¿Con qué otra cosa, si el dinero compra todo lo demás?

–Hay muchas cosas que el dinero no puede comprar. Ahora le agradecería que me dijera dónde se encuentra la ciudad más próxima con una de la estaciones, y cuál es el mejor modo de llegar a ella.

–¡Espere! –Barr extendió sus delgadas manos–. ¿Adónde va con tanta prisa? *Yo* no le hago preguntas. Pero en la ciudad, donde los habitantes aún son considerados rebeldes, sería detenido por el primer soldado o guardia que oyera su acento o viera su ropa.

Se puso en pie y de una vieja cómoda extrajo una libreta.

–Mi pasaporte... falso. Me escapé con él.

Lo puso en manos de Mallow y le hizo cerrar los dedos sobre él.

–La descripción no coincide, pero si usted lo enseña, hay muchas posibilidades de que no lo miren demasiado.

–¿Y usted? Se quedará sin ninguno.

El viejo exiliado se encogió cínicamente de hombros.

–¿Y qué? Y otra precaución. ¡Cuidado con la lengua! Su acento es bárbaro, sus expresiones muy peculiares, y a cada momento suelta usted los arcaísmos más sorprendentes. Cuanto menos hable, menos sospechas levantará. Ahora le diré cómo llegar a la ciudad...

Cinco minutos después, Mallow se había ido.

No se volvió más que una vez, un momento, hacia la casa del viejo patricio, antes de irse definitivamente. Y cuando Onum Barr salió a su pequeño jardín al día siguiente, encontró una caja a sus pies. Contenía provisiones, provisiones concentradas como se encuentran a bordo de una nave, y tenían un gusto y una preparación desconocidos para él.

Pero eran buenas, y duraron mucho tiempo.

11

El técnico era bajo, y su piel brillaba debido a la obesidad. Llevaba flequillo y el cráneo le relucía con un matiz rosado. Los anillos de sus dedos eran gruesos y pesados, su ropa estaba perfumada, y era el primer hombre que Mallow había encontrado en el planeta que no tenía aspecto de pasar hambre.

El técnico frunció los labios con displicencia.

–Vamos, dese prisa. Tengo cosas de gran importancia que hacer. Parece usted extranjero... –Parecía evaluar el traje de Mallow, completamente distinto del de los siwenneses y sus ojos se llenaron de sospechas.

–No soy de la vecindad –dijo Mallow, tranquilamente–, pero este asunto no tiene importancia. Ayer tuve el honor de enviarle un pequeño regalo...

La nariz del técnico se arrugó.

–Lo recibí. Es un juguete muy interesante. Puede que lo use alguna vez.

–Tengo otros regalos más interesantes. No pertenecen a la categoría de los juguetes.

–¿Sí? –La voz del técnico se demoró pensativamente en el monosílabo–. Me parece que ya preveo el curso de la entrevista; ya ha ocurrido otras veces. Va a ofrecerme cualquier bagatela. Unos cuantos créditos, quizá una capa, una joya de segunda categoría; cualquier cosa que su pequeña alma crea suficiente para corromper a un técnico.

–Frunció el labio inferior con beligerancia–. Y sé lo que usted quiere a cambio. Ha habido otros que han tenido la misma idea brillante. Quiere ser adoptado en nuestro clan. Quiere que le enseñemos los misterios de la energía atómica y el cuidado de las máquinas. Usted piensa que porque ustedes, perros de Siwenna, y probablemente se finje usted extranjero para estar a salvo, están siendo castigados diariamente por su rebelión, podrían librarse del castigo que se merecen acumulando sobre ustedes los privilegios y protecciones del gremio de los técnicos.

Mallow hubiera hablado, pero el técnico elevó el tono de voz hasta convertirlo en un rugido.

–Y ahora váyase antes de que informe de su nombre al protector de la ciudad. ¿Creía usted que traicionaría la confianza depositada en mí? Los traidores siwenneses que me precedieron... ¡quizá! Pero ahora trata con una raza diferente. ¡Por la Galaxia, me maravillo de no matarle yo mismo y en este mismo momento con mis propias manos!

Mallow sonrió para sí. Todo el discurso era evidentemente artificial en tono y contenido, de modo que toda la digna indignación degeneró en una farsa poco inspirada.

El comerciante miró humorísticamente las dos fláccidas manos a las que el otro acababa de aludir como sus posibles verdugos y dijo:

–Su Sabiduría está equivocado en tres puntos. Primero, no soy un criado del virrey que ha sido enviado para probar su lealtad. Segundo, mi regalo es algo que el emperador mismo, en todo su esplendor, no posee ni poseerá nunca. Tercero, lo que quiero a cambio es muy poco; casi nada; una tontería.

–¡Eso es lo que usted dice! –El tono pasó a ser de grave sarcasmo–. Vamos a ver, ¿cuál es esa donación imperial que su poder infinito desea regalarme? Algo que el emperador no tiene, ¿eh? –Estalló en un agudo graznido de burla.

Mallow se levantó y empujó la silla hacia un lado.

–He esperado tres días para verle, Su Sabiduría, pero la

exhibición soló durará tres segundos. Si quisiera coger la pistola cuya culata veo muy cerca de su mano...

–¿Eh?

–Y dispararme, se lo agradeceré.

–¿*Qué*?

–Si yo muero, puede decir a la policía que traté de sobornarle para que traicionara secretos del gremio. Recibirá grandes alabanzas. Si no muero, puede quedarse con mi escudo.

Por primera vez, el técnico se dio cuenta de la iluminación débilmente blanca que rodeaba a su visitante, como si se hubiera sumergido en polvos de perla. Levantó la pistola al nivel deseado y guiñando un ojo, cerró el contacto.

Las moléculas de aire apresadas en la súbita oleada de desintegración atómica se desmembraron en resplandecientes, ardientes iones; el rayo trazó una línea muy fina que llegó al corazón de Mallow... ¡y salió despedido!

Mientras la tranquila mirada de Mallow permanecía inmutable, las fuerzas atómicas que le rodeaban se consumieron contra aquella frágil y nacarada iluminación, y se desvanecieron en la luz del mediodía.

La pistola del técnico cayó al suelo con un ruido que pasó desapercibido.

Mallow dijo:

–¿Tiene el emperador un escudo de fuerza personal? *Usted* puede tener uno.

El técnico murmuró:

–¿Es usted un técnico?

–No.

–Entonces... ¿dónde ha obtenido eso?

–¿Qué importa? –Mallow estaba fríamente airado–. ¿Lo quiere? –Una delgada cadena de eslabones cayó sobre la mesa–. Aquí está.

El técnico se apresuró a cogerla y tocarla nerviosamente.

–¿Está completa?

–Completa.

–¿Dónde está la energía?

El dedo de Mallow cayó sobre el eslabón más grande, recubierto por un estuche de plomo.

El técnico levantó la vista, y su rostro estaba congestionado por la sangre.

–Señor, soy un técnico de grado superior. Tengo veinte años a mis espaldas como supervisor y estudié con el gran Bler en la Universidad de Trántor. Si usted tiene la desfachatez de decirme que en un pequeño espacio del tamaño de... una nuez, hay un generador atómico, estará ante el protector dentro de tres segundos.

–Explíquelo usted mismo, si puede. Yo digo que está completo.

El rubor del técnico se desvaneció lentamente al colocarse la cadena alrededor de la cintura y, siguiendo el ademán de Mallow, apretó el eslabón. La irradiación que le rodeó centelleó con luz mortecina. Lentamente, ajustó su desintegrador hasta un mínimo de fuego.

Y entonces, convulsivamente, cerró el circuito y el fuego atómico se precipitó contra su mano, sin hacerle daño.

Gritó:

–¿Y si ahora le disparo, y me quedo el escudo?

–¡Inténtelo! –dijo Mallow–. ¿Cree que le he dado el único que tengo? –Y él estaba, asimismo, sólidamente envuelto en luz.

El técnico soltó una risita nerviosa. La pistola cayó sobre la mesa. Dijo:

–¿Y qué es esa nadería, esta tontería que quiere a cambio?

–Quiero ver sus generadores.

–Usted sabe que está prohibido. Significaría la expulsión al espacio para los dos...

–No quiero tocarlos ni tener nada que ver con ellos. *Quiero* verlos... desde lejos.

–¿Si no?

–Si no, usted tiene su escudo, pero yo tengo otras cosas. Por ejemplo, una pistola especialmente diseñada para atravesar ese escudo.

–Humm. –El técnico desvió la mirada–. Venga conmigo.

12

La casa del técnico era una construcción de dos pisos en las afueras del enorme amontonamiento cúbico y sin ventanas que ocupaba el centro de la ciudad. Mallow pasó de uno a otro sitio por un pasadizo subterráneo, y se encontró en la silenciosa atmósfera con olor a ozono de la central de energía.

Durante quince minutos, siguió a su guía y no dijo nada. Sus ojos no se perdieron nada. Sus dedos no tocaron nada. Y después, el técnico dijo con voz ahogada:

–¿Ha tenido bastante? No podría confiar en mis subordinados en *este* caso.

–¿Lo hace alguna vez? –preguntó irónicamente Mallow–. He tenido bastante.

Volvieron al despacho y Mallow preguntó, pensativamente:

–¿Y todos esos generadores están en sus manos?

–Todos –dijo el técnico, con más de un poco de complacencia.

–¿Y los mantiene en funcionamiento y buen estado?

–¡En efecto!

–¿Y si se estropean?

El técnico meneó la cabeza con indignación.

–No se estropean. Nunca se estropean. Fueron construidos para toda la eternidad.

–La eternidad es mucho tiempo. Suponga que…

–No es científico suponer casos absurdos.

–Muy bien. ¿Y si yo redujera una parte vital a la nada? Supongo que las máquinas no son inmunes a las fuerzas atómicas, ¿verdad? ¿Y si fundo una conexión vital, o destrozo un tubo D de cuarzo?

–Bueno, entonces –gritó el técnico, furiosamente–, le mataríamos.

–Sí, lo sé –repuso Mallow, gritando también–, pero ¿y el generador? ¿Podríamos repararlo?

–Señor –dijo el técnico, furioso–, ha tenido lo que solicitaba. Ha sido un intercambio justo. ¡Ahora váyase! ¡No le debo nada más!

Mallow se inclinó con satírico respeto y se fue.

Dos días después se hallaba de nuevo en la base donde la *Estrella Lejana* esperaba para volver con él a Términus.

Y dos días después el escudo del técnico se quedó sin energía, y a pesar de su asombro y sus maldiciones nunca volvió a brillar.

13

Mallow descansó por primera vez en seis meses. Se hallaba tendido sobre la espalda en el solario de su nueva casa, completamente desnudo. Sus grandes brazos morenos estaban extendidos hacia arriba; los músculos se marcaban en la flexión, y después se borraban en reposo.

El hombre que estaba junto a él puso un cigarro entre los dientes de Mallow y se lo encendió. Encendió otro para sí y dijo:

–Debe de estar agotado. Quizá necesite un largo descanso.

–Quizá sí, Jael, pero prefiero descansar en el asiento del Consejo. Porque voy a tener ese asiento, y usted va a ayudarme.

Ankor Jael enarcó las cejas y dijo:

–¿Cómo me habré metido en esto?

–Se ha metido de una forma muy obvia. En primer lugar es usted un viejo zorro. En segundo lugar, fue expulsado de su asiento del gabinete por Jorane Sutt, el mismo muchacho que preferiría perder un ojo a verme en el Consejo. No confía mucho en mis posibilidades, ¿verdad?

–No mucho –convino el ex ministro de Educación–. Es usted smyrniano.

–Eso no constituye ninguna barrera legal. He tenido una educación laica.

–¿Desde cuándo los prejuicios siguen otra ley que no sea la suya? ¿Y qué hay de ese hombre suyo... ese Jaim Twer? ¿Qué es lo que *él* dice?

–Habló de meterme en el Consejo hace ya casi un año –contestó Mallow con desenvoltura–, pero lo he superado. En cualquier caso, él no lo hubiera conseguido. No es bastante profundo. Es ruidoso y tenaz..., pero eso sólo es una expresión de valor perjudicial. Yo estoy decidido a dar un golpe maestro. Le necesito.

–Jorane Sutt es el político más listo del planeta y estará en contra de usted. No creo que yo sea capaz de desbancarlo. Y no creo que él no luche con todas sus fuerzas, y suciamente.

–Tengo dinero.

–Eso siempre ayuda. Pero se necesita mucho para eliminar los prejuicios contra un... sucio smyrniano.

–Tendré mucho.

–Bueno, pensaré en ello. Pero no se le ocurra encabritarse sobre las patas traseras y cacarear que yo le di ánimos. ¿Quién viene?

Mallow puso un rictus compungido, y dijo:

–Me parece que es el mismo Jorane Sutt. Llega temprano, y puedo comprenderlo. Hace unos meses que le doy esquinazo. Mire, Jael, entre en la habitación de al lado, y conecte el altavoz. Quiero que escuche.

Ayudó al miembro del Consejo a salir de la habitación con un empujón de su pie descalzo, y después se puso en pie y se cubrió con una túnica de seda. La luz solar sintética se redujo a una intensidad normal.

El secretario del alcalde entró rígidamente, mientras el solemne mayordomo cerraba la puerta tras él sin hacer ruido.

Mallow se abrochó el cinturón y dijo:

–Siéntese donde quiera, Sutt.

Sutt se limitó a esbozar una ligera sonrisa. La silla que escogió era cómoda, pero no se apoltronó en ella. Desde el borde, dijo:

–Si establece sus condiciones, iremos directamente al grano.

–¿Qué condiciones?

–¿Quiere que le vaya detrás? Muy bien, entonces, por

ejemplo, ¿qué hizo en Korell? Su informe era incompleto.

–Se lo di hace meses. Entonces se mostró usted satisfecho.

–Sí. –Sutt se rascó pensativamente la frente con un dedo–. Pero desde entonces sus actividades han sido significativas. Sabemos lo que está haciendo, Mallow. Sabemos exactamente cuántas fábricas ha montado; con cuánta prisa lo hace; y cuánto le cuesta. Y este palacio que tiene –miró a su alrededor con fría apreciación–, que representa considerablemente más que mi salario anual; y una faja que ha estado cortando... una faja muy considerable y cara... a través de las capas superiores de la sociedad de la Fundación.

–¿De verdad? Aparte de demostrar que emplea usted a espías competentes, ¿qué otra cosa prueba?

–Prueba que tiene un dinero que hace un año no tenía. Y esto puede probar cualquier cosa... por ejemplo, que en Korell pasaron muchísimas cosas de las que no sabemos nada. ¿De dónde obtiene el dinero?

–Mi querido Sutt, no esperará realmente que se lo diga.

–No.

–Ya me lo parecía. Por eso voy a decírselo. Viene directamente de las arcas del tesoro del comodoro de Korell.

Sutt parpadeó.

Mallow sonrió y prosiguió:

–Desgraciadamente para usted, el dinero es legítimo. Soy maestro comerciante y el dinero que recibí fue cierta cantidad de hierro forjado y cromita a cambio de cierto número de chucherías que logré proporcionarle. El cincuenta por ciento de los beneficios me corresponde por contrato hecho con la Fundación. La otra mitad pasa al gobierno a fin de año, cuando todos los buenos ciudadanos pagan sus impuestos.

–En su informe no había ninguna alusión a un convenio comercial.

–Tampoco había alusiones a lo que tomé aquel día para desayunar, o al nombre de mi amante de turno, o a cualquier otro detalle sin importancia. –La sonrisa de Mallow se volvió sardónica–. Fui enviado, según sus propias palabras, para mantener los ojos abiertos. No los cerré ni un solo momento. Usted quería averiguar lo que sucedió con las naves mercantes de la Fundación que habían sido capturadas. No las vi ni oí hablar de ellas. Usted quería averiguar si Korell tenía energía atómica. Mi informe habla de las pistolas atómicas que poseen los guardias particulares del comodoro. No vi nada más. Y las pistolas que vi son reliquias del viejo imperio, y pueden ser piezas de museo que, a mi entender, no funcionan.

»Así pues, obedecí las órdenes, pero aparte de esto era, y soy, un agente libre. Según las leyes de la Fundación, un maestro comerciante está autorizado a abrir todos los mercados que pueda, y recibir de ellos su mitad legal de los beneficios. ¿Cuáles son sus objeciones? No las veo.

Sutt volvió los ojos cuidadosamente hacia la pared y habló con una difícil falta de cólera.

–La costumbre general de todos los comerciantes es introducir la religión con su comercio.

–Me adhiero a la ley, no a la costumbre.

–Hay veces en que la costumbre prevalece sobre la ley.

–Entonces recurra a los tribunales.

Sutt alzó unos sombríos ojos que parecieron meterse en sus cuencas.

–Al fin y al cabo, usted es smyrniano. Parece ser que la naturalización y la educación no pueden borrar las taras de la sangre. Escuche, y trate de comprenderme:

»Esto va más allá del dinero, o los mercados. Tenemos la ciencia del gran Hari Seldon para demostrar que el futuro imperio de la Galaxia depende de nosotros, y no podemos desviarnos del curso que conduce a ese imperio. Nuestra religión es el instrumento más importante que tenemos para lograr este objetivo. Con ella hemos puesto a los Cuatro Reinos bajo nuestro control, incluso en un momento que podían aplastarnos. Es el instrumento más poderoso que se conoce para controlar hombres y mundos.

»La razón primaria para el desarrollo del comercio y los comerciantes fue introducir y expandir la religión con más rapidez, y asegurarnos de que la introducción de las nuevas técnicas y la nueva economía estaría sujeta a nuestro control concienzudo y profundo.

Hizo una pausa para recobrar el aliento, y Mallow repuso sosegadamente:

–Conozco la teoría. La comprendo muy bien.

–¿De verdad? Es más de lo que esperaba. Entonces ya ve, naturalmente, que su intento de comerciar por comerciar, con producción en serie de cosas sin valor que sólo pueden afectar superficialmente a la economía mundial, por el divorcio de la energía atómica del control religioso, sólo puede acabar con el derrumbamiento y la negación completa de la política que ha tenido éxito durante un siglo.

–Tiempo más que suficiente –dijo Mallow con indiferencia– para una política fuera de época, peligrosa e imposible. Por más que su religión haya triunfado en los Cuatro Reinos, apenas otro reino de la Periferia la ha aceptado. Cuando nos hicimos con el control de los Reinos, había suficiente número de exiliados para expandir la historia de cómo Salvor Hardin utilizó al clero y la superstición del pueblo para derribar la independencia y el poder de los monarcas seculares. Y si esto no bastara, el caso de Askone de hace dos décadas lo habría demostrado con toda claridad. Ahora no hay un solo gobernante en toda la Periferia que no se dejara cortar el cuello antes que permitir a un sacerdote de la Fundación que entrara en el territorio.

»No propongo obligar a Korell o a cualquier otro mundo exterior a aceptar algo que no quieren. No, Sutt. Si la energía atómica los hace peligrosos, una sincera amistad por medio del comercio será mil veces mejor que una odiada supremacía basada en un poder espiritual extranjero, que, en cuanto se debilite un poco, se derrumbará completamente y no dejará nada sustancial excepto un temor y un odio inmortal.

Sutt dijo cínicamente:

–Muy bien planteado. Así que, para volver al punto inicial de la charla, ¿cuáles son sus condiciones? ¿Qué quiere para intercambiar sus ideas por las mías?

–¿Cree que mis convincciones están en venta?

–¿Por qué no? –fue la fría respuesta–. ¿No es éste su negocio, comprar y vender?

–Sólo con beneficios –dijo Mallow, sin ofenderse–. ¿Puede ofrecerme más de lo que estoy obteniendo ahora?

–Podría tener los tres cuartos de los beneficios, en vez de la mitad.

Mallow soltó una carcajada.

–Una magnífica oferta. La totalidad del comercio en sus condiciones representaría una décima parte de lo que obtengo ahora. Pruebe otra vez.

–Puede tener un asiento en el Consejo.

–Lo tendré de todos modos, sin usted y a pesar de usted.

Con un rápido movimiento, Sutt blandió el puño.

–También puede salvarse de una pena de prisión. De viente años, si no me equivoco. Considere el beneficio que representaría.

–Ningún beneficio, a menos que pueda llevar a cabo tal amenaza.

–Será un proceso por asesinato.

–¿De quién? –preguntó Mallow, airadamente,

La voz de Sutt era dura, aunque no más alta que antes.

–El asesinato de un sacerdote anacreontiano, al servicio de la Fundación.

–¿Conque ésas tenemos ahora? ¿Qué pruebas tiene?

El secretario del alcalde se inclinó hacia adelante.

–Mallow, no bromeo. Los preliminares están terminados. Sólo tengo que firmar la última hoja y el caso de la Fundación contra Hober Mallow, maestro comerciante, habrá comenzado. Abandonó usted a un súbdito de la Fundación a la tortura y la muerte a manos de una turba enloquecida, Mallow, y sólo dispone de cinco segundos para evitar el castigo que se merece. Por mí, preferiría que desestimara mi advertencia. Sería más útil como enemigo destruido que como amigo dudosamente converso.

Mallow dijo solemnemente:

–Se hará lo que usted desea.

–¡Muy bien! –Y el secretario sonrió duramente–. Fue

el alcalde el que decidió efectuar un intento preliminar para llegar a un acuerdo, no yo. Habrá observado que no lo he intentado demasiado.

La puerta se abrió ante él, y se fue.

Mallow levantó la vista cuando Ankor Jael volvió a entrar en la habitación.

–¿Le ha oído? –preguntó Mallow.

El político dio una patada contra el suelo.

–Nunca lo había oído tan enfadado, desde que conozco a la serpiente.

–Muy bien. ¿Qué conclusión ha sacado?

–Bueno, se lo diré. Una política de dominación extranjera a través de medios espirituales es su idea fija; pero a mí me da la impresión de que sus objetivos principales no son espirituales. Me expulsaron del Gabinete por discutir sobre el mismo tema, como no necesito decirle.

–No necesita decírmelo. Y, según su impresión, ¿cuáles son esos objetivos tan poco espirituales?

Jael se puso serio.

–Bueno, no es estúpido, de modo que debe darse cuenta de la bancarrota de nuestra política religiosa, que apenas ha hecho una sola conquista en setenta años. Evidentemente lo utiliza para sus propósitos.

»Ahora bien, *cualquier* dogma, basado primariamente en la fe y el sentimentalismo, es un arma peligrosa usada sobre los demás, puesto que es imposible garantizar que el arma nunca se vuelva contra el que la emplea. Hace cien años que soportamos el ritual y una mitología que se convierte cada vez más en algo venerable, tradicional... e inmutable. En cierto modo, ya ha escapado a nuestro control.

–¿En qué modo? –preguntó Mallow–. No se detenga. Quiero saber su opinión.

–Bueno, supongamos que un hombre, un hombre ambicioso, utilice la fuerza de la religión contra nosotros, en vez de para nosotros.

–Se refiere a Sutt...

–Así es. Me refiero a Sutt. Si pudiera movilizar a las diversas jerarquías de los planetas vasallos contra la Fundación, en nombre de la ortodoxia, ¿qué posibilidades tendríamos? Poniéndose al frente de los piadosos, podría hacerle la guerra a la herejía, representada por usted, por ejemplo, y proclamarse finalmente rey. Al fin y al cabo, fue Hardin quien dijo: «Una pistola atómica es una buena arma, pero puede apuntar en ambas direcciones.»

Mallow se dio una palmada en el muslo desnudo.

–Muy bien, Jael, hágame entrar en el Consejo, y lucharé contra él.

Jael hizo una pausa, y dijo significativamente:

–Quizá no. ¿Qué era todo aquello del sacerdote linchado? No es verdad, ¿no?

–Es verdad –dijo Mallow, despreocupadamente.

Jael dio un silbido.

–¿Tiene pruebas definitivas?

–Debe de tenerlas. –Mallow vaciló, y después añadió–: Jaim Twer fue partidario suyo desde el principio, aunque ninguno de los dos estaba enterado de que yo lo sabía. Y Jaim Twer fue un testigo ocular.

Jael meneó la cabeza.

–Uh, uh. Mala cosa.

–¿Mala? ¿Qué tiene de malo? Aquel sacerdote estaba en el planeta ilegalmente, según las propias leyes de la Fundación. Fue usado por el gobierno korelliano como cebo, involuntariamente o no. Por todas las leyes del sentido común, yo no tenía elección... y lo único que podía hacer estaba estrictamente dentro de la ley. Si me lleva a juicio, no hará nada más que aparecer como un estúpido.

Y Jael meneó la cabeza de nuevo.

–No, Mallow, está usted equivocado. Ya le he dicho que él jugaba sucio. No pretende que le condenen; sabe que no puede conseguirlo. Lo que quiere es arruinar su influencia sobre el pueblo. Ya ha oído lo que ha dicho. A veces, la costumbre prevalece sobre la ley. Es posible que saliera libre del juicio, pero si la gente cree que echó a un sacerdote a los perros, su popularidad desaparecerá.

»Admitirán que hizo usted lo que era legal, incluso lo

sensato. Pero, a sus ojos, será usted un perro cobarde, un bruto sin sentimientos, un monstruo de duro corazón. Y nunca será elegido para el Consejo. Incluso podría perder su grado de maestro comerciante al serle retirada la ciudadanía. No es usted nativo, ya lo sabe. ¿Qué otra cosa cree que Sutt pretende?

Mallow frunció obstinadamente el ceño.

–¡Conque ésas tenemos!

–Muchacho –dijo Jael–, permaneceré a su lado, pero no puedo ayudarle. Se encuentra usted en un punto muerto.

14

La cámara del Consejo estaba llena en un sentido muy literal el cuarto día del juicio de Hober Mallow, maestro comerciante. El único consejero ausente maldecía débilmente su cráneo fracturado que le había impedido asistir. Las galerías estaban llenas hasta los pasillos y techos por los pocos representantes de la multitud que, por influencia, riqueza o extraña perseverancia diabólica, habían logrado entrar. El resto llenaba la plaza exterior, en nudos hormigueantes alrededor de los visores tridimensionales instalados al aire libre.

Ankor Jael se abrió camino hasta la cámara, con la ineficaz ayuda y empujones del departamento de policía, y después por la confusión algo menor que había dentro hasta el asiento de Mallow.

Mallow se volvió con alivio.

–Por Seldon, ha llegado usted por los pelos. ¿Lo tiene?

–Tenga, aquí está –dijo Jael–. Es todo lo que usted pidió.

–Bien. ¿Cómo se lo toman ahí fuera?

–Están muy agitados –comentó Jael con inquietud–. No debería haber permitido un juicio público. Hubiera podido detenerlos.

–No quería hacerlo.

–Se habla de linchamiento. Y los hombres de Publis Manlio que están en los planetas exteriores...

–Quería preguntarle algo acerca de ellos, Jael. Está agitando a la jerarquía contra mí, ¿verdad?

–¿Verdad? Es la cosa más dulce que ha visto en su vida. Como secretario del Exterior, se encarga de la acusación en un caso de ley interestelar. Como supremo sacerdote y primado de la Iglesia, arenga a las hordas fanáticas.

–Bueno, olvídelo. ¿Recuerda la cita de Hardin que me recordó el mes pasado? Le demostraremos que una pistola atómica puede apuntar en ambas direcciones.

El alcalde estaba tomando asiento y los miembros del Consejo se levantaron en señal de respeto.

Mallow susurró:

–Hoy me toca a mí. Siéntese aquí y diviértase.

Comenzó la sesión del día, y, quince minutos más tarde, Horber Mallow se dirigió en medio de un hostil murmullo hacia el espacio vacío que había frente al banco del alcalde. Un solitario rayo de luz se centró sobre él y en los visores públicos de la ciudad, así como en las miríadas de visores particulares de casi todas las casas de los planetas de la Fundación, la solitaria y gigantesca figura de un hombre apareció retadoramente.

Empezó con facilidad y calma:

–Para ahorrar tiempo, admitiré la veracidad de todos los puntos esgrimidos contra mí por la acusación. La historia del sacerdote y la multitud relatada por el fiscal es exacta en todos los detalles.

Se oyó un murmullo en la sala y un triunfal griterío en la galería. Él esperó pacientemente que se restableciera el silencio.

–Sin embargo, el cuadro que ha presentado no está completo. Solicito el privilegio de completarlo a mi manera. Al principio, mi historia puede parecer insignificante. Pido que se muestren indulgentes.

Mallow no utilizaba las anotaciones que tenía enfrente.

–Comienzo en el mismo momento en que lo hizo la acusación; el día de mis entrevistas con Jorane Sutt y Jaim

Twer. Ya saben de lo que se trató en estas entrevistas. Las conversaciones han sido descritas, y no tengo nada que añadir a la descripción... excepto mis propios pensamientos de aquel día.

»Fueron pensamientos suspicaces, pues los acontecimientos de aquel día habían sido extraños. Imagínenselo. Dos personas, a ninguna de las cuales conocía más que superficialmente, me hacen proposiciones antinaturales y en cierto modo increíbles. Una, el secretario del alcalde, me pide que desempeñe el papel de un agente de inteligencia para el gobierno en una misión altamente confidencial, cuya naturaleza e importancia ya les ha sido explicada. La otra, dirigente de un partido político, me pide que acepte un asiento en el Consejo.

»Naturalmente, me pregunté el motivo ulterior. El de Sutt parecía evidente. Quizá pensaba que yo vendía energía atómica a los enemigos y planeaba una rebelión. Y quizá estaba forzando la cuestión, o yo lo creí así. En ese caso, necesitaba a uno de sus hombres para que me acompañara en mi misión, en calidad de espía. Sin embargo, esta última idea no se me ocurrió hasta más tarde, cuando Jaim Twer entró en escena.

»Imaginen de nuevo: Twer se presenta a sí mismo como un comerciante retirado de la política, aunque yo no sé ningún detalle de su carrera comercial, y mi conocimiento en este campo es inmenso. Y además, a pesar de que Twer se jactaba de haber recibido una educación laica, *nunca había oído hablar de una crisis Seldon*.

Hober Mallow esperó a que todos comprendieran la importancia de lo que acababa de decir y fue recompensado con el primer silencio con que tropezaba, cuando la galería contuvo el aliento. Aquello sólo estaba dirigido a los habitantes de Términus. Los hombres de los Planetas Exteriores sólo podían oír versiones censuradas que se ajustaran a los requerimientos de la religión. No oirían nada de las crisis Seldon. Pero había otros puntos que no se les escaparían.

Mallow continuó:

–¿Quién de los presentes puede declarar honradamente que *cualquier* hombre que haya recibido una educación laica puede ignorar lo que es una crisis Seldon? Sólo hay un tipo de educación en la Fundación que excluye toda mención de la historia planeada de Seldon y sólo trata del hombre como un brujo semimítico.

»En aquel momento comprendí que Jaim Twer nunca había sido comerciante. Entonces comprendí que pertenecía a las órdenes sagradas y que quizá era un sacerdote de alta jerarquía; e, indudablemente, que aquellos tres años que decía haber estado a la cabeza de un partido político de los comerciantes, *había sido un hombre comprado por Jorane Sutt.*

»En aquel momento, me debatí en la oscuridad. No conocía los propósitos de Sutt a mi respecto, pero puesto que parecía darme cuerda deliberadamente, le proporcioné diversas visiones de mi propia cosecha. Mi idea era que Twer debía acompañarme al viaje como un guarda extraoficial a sueldo de Jorane Sutt. Bueno, si no lo conseguía, sabía muy bien que me esperarían otras trampas... que quizá no pudiera descubrir a tiempo. Un enemigo conocido es relativamente inocuo. Invité a Twer a ir conmigo. Él aceptó.

»Esto, caballeros del Consejo, explica dos cosas. Primera, que Twer no es un amigo mío que testifica en mi contra de mala gana y por cuestión de conciencia, tal como el fiscal querría hacerles creer. Es un espía que realiza su trabajo pagado. Segunda, explica cierta acción mía con ocasión de la primera aparición del sacerdote al que se me acusa de haber asesinado... una acción todavía sin mencionar, porque no se conoce.

Se produjo un murmullo de agitación en el Consejo. Mallow se aclaró teatralmente la garganta, y continuó:

–Me disgusta describir lo que sentí cuando me dijeron que teníamos un misionero refugiado a bordo. Incluso me disgusta recordarlo. Esencialmente, me invadió una enorme incertidumbre. El suceso me pareció en aquel momento una jugada de Sutt, y sobrepasó mi comprensión y cálculos. Estaba completamente a oscuras.

»Podía hacer una cosa. Me deshice de Twer durante cinco minutos enviándole en busca de mis oficiales. En su ausencia, monté un receptor de grabación visual, para que todo lo que sucediera se conservase para un estudio futuro. Esto se debía a la esperanza, la oscura pero seria esperanza, de que lo que me confundió entonces se tornara claro al revisarlo.

»Desde entonces, debo de haber visto esta grabación visual unas cincuenta veces. La tengo aquí, y repetirá su función por quincuagésima vez delante de ustedes.

El alcalde reclamó monótonamente orden cuando la sala perdió su equilibrio y la galería rugió. En cinco millones de hogares de Términus, excitados observadores se acercaron aún más a sus aparatos de televisión y en el propio banco de la acusación Jorane Sutt meneó la cabeza fríamente hacia el nervioso supremo sacerdote, mientras sus ojos contemplaban fijamente el rostro de Mallow.

El centro de la sala fue despejado, y las luces disminuyeron de intensidad. Ankor Jael, desde su banco de la izquierda, hizo los ajustes necesarios, y con un chasquido preliminar, una escena surgió ante la vista; en color, en tres dimensiones, con todos los atributos de la vida, excepto la vida misma.

El misionero, confuso y derrotado, estaba en pie entre el teniente y el sargento. Mallow esperaba silenciosamente, y los hombres entraron, con Twer en la retaguardia.

La conversación se repitió, palabra por palabra. El sargento fue disciplinado y el misionero interrogado. La multitud apareció, sus alaridos pudieron oírse, y el reverendo Jord Parma hizo su desesperada apelación. Mallow sacó su pistola, y el misionero, mientras le sacaban a rastras, levantó los brazos en un enloquecido juramento final y apareció una diminuta luz que se desvaneció enseguida.

La escena terminaba con los oficiales horrorizados por la situación, mientras Twer se tapaba las orejas con las manos, y Mallow guardaba tranquilamente la pistola.

Las luces volvieron a encenderse; el espacio vacío del centro de la habitación ya no estaba aparentemente lleno.

Mallow, el verdadero Mallow del presente, prosiguió la narración:

–El incidente, como han visto, es exactamente como la acusación lo ha presentado... en la superficie. Se lo explicaré en dos palabras. Las emociones de Jaim Twer a lo largo de toda la escena revelan claramente una educación religiosa.

»Aquel mismo día hice observar a Twer algunas incongruencias en el episodio. Le pregunté de dónde venía el misionero, estando como estábamos en medio de una zona casi desolada. También le pregunté de dónde venía la gente, cuando la ciudad más próxima estaba a ciento cincuenta kilómetros. La acusación no ha dado importancia a estas cuestiones.

»Ni a otros puntos; por ejemplo, el curioso punto de la evidente peculiaridad de Jord Parma. Un misionero en Korell, arriesgando la vida en desafío tanto de las leyes korellianas como de las leyes de la Fundación, se pasea con un hábito sacerdotal muy nuevo y totalmente inconfundible. Hay algo extraño en eso. Entonces, supuse que el misionero era el cómplice inconsciente del comodoro, que le utilizaba para tratar de lanzarnos a un acto de agresión claramente ilegal, que justificara, *por la ley*, su consiguiente destrucción de nuestra nave y de nosotros.

»La acusación ha previsto esta justificación de mis acciones. Han esperado que explicara que la seguridad de mi nave, mi tripulación, mi misma misión, estaban en entredicho, y que no podían ser sacrificadas por un hombre, y más cuando ese hombre hubiera sido destruido de todos modos, con nosotros o sin nosotros. Replican murmurando sobre el «honor» de la Fundación y la necesidad de defender nuestra «dignidad» con objeto de mantener nuestra ascendencia.

»Sin embargo, por alguna extraña razón, la acusación ha pasado por alto al mismo Jord Parma... como persona. No ha aportado ningún detalle acerca de él; ni su lugar de nacimiento, ni su educación, ni ningún detalle de su historia precedente. La explicación de esto también aclarará las incongruencias que he señalado en la grabación visual que acaban de ver. Las dos cosas están relacionadas.

»La acusación no ha facilitado ningún detalle acerca de Jord Parma porque *no puede*. La escena que han visto en la grabación visual parecía falsa porque Jord Parma era falso. Nunca *hubo* un Jord Parma.*Todo este juicio es la mayor farsa que se ha elaborado nunca sobre un tema que nunca ha existido.*

Una vez más tuvo que esperar a que se apagaran los murmullos. Dijo, lentamente:

–Voy a mostrarles la ampliación de una de las tomas de la grabación visual. Hablará por sí misma. Apague las luces otra vez, Jael.

La sala quedó a oscuras, y el aire vacío se llenó de nuevo con figuras heladas en una ilusión cerúlea y espectral. Los oficiales de la *Estrella Lejana* volvieron a sus actitudes rígidas e impasibles. Apareció una pistola en la rígida mano de Mallow. A su izquierda, el reverendo Jord Parma, captado en mitad de un grito, elevaba sus brazos hacia el cielo, mientras las mangas se deslizaban por el antebrazo.

Y en la mano del misionero había aquel pequeño destello que en el pase anterior había relampagueado y desaparecido. Ahora era un brillo permanente.

–No aparten la mirada de esa luz que lleva en la mano –exclamó Mallow desde las sombras–. ¡Amplíe esta imagen, Jael!

El cuadro creció... rápidamente. Porciones exteriores desaparecieron a medida que el misionero ocupaba el centro y se convertía en gigante. Sólo había una cabeza y un brazo, y después sólo una mano, que llenó toda la pantalla y permaneció allí en una inmovilidad inmensa y nebulosa.

La luz se había convertido en un conjunto de letras minuciosas y brillantes: PSK.

–Eso –atronó la voz de Mallow– es un tatuaje, caballeros. Bajo la luz ordinaria es invisible, pero a la luz ultravioleta... con la cual inundé la habitación al tomar esta grabación visual, destaca en altorrelieve. Admito que es un ingenuo método de identificación secreta, pero en Korell, donde no se encuentra luz ultravioleta en todas las esquinas, da resultado. Incluso en nuestra nave, la detección fue accidental.

»Quizá alguno de ustedes ya hayan adivinado lo que significa PSK. Jord Parma conocía muy bien su jerga sacerdotal y realizó su trabajo magníficamente. Dónde la había aprendido, y cómo, no lo sé, pero PSK quiere decir "Policía Secreta Korelliana".

Mallow gritó sobre el tumulto, rugiendo contra el alboroto.

–Tengo una prueba colateral en forma de documentos procedentes de Korell, que puedo presentar al Consejo, si es necesario.

»¿Dónde está ahora el caso de acusación? Ya han hecho y repetido la monstruosa sugerencia de que yo debería haber luchado a favor del misionero en desafío de la ley, y sacrificado mi misión, mi nave, y yo mismo por el "honor" de la Fundación.

»*Pero ¿hacerlo por un impostor?*

»¿Tendría que haberlo hecho por un agente secreto korelliano entrenado en los ornamentos y los tópicos que probablemente aprendió con un exiliado anacreontiano? ¿Iban a hacerme caer Jorane Sutt y Publis Manlio en una trampa estúpida y odiosa...?

Su voz enronquecida se desvaneció en un fondo informe de una multitud enloquecida. Le levantaron a hombros y le condujeron al banco del alcalde. Por las ventanas, veía un torrente de hombres que acudían a la plaza para sumarse a los miles que ya estaban allí.

Mallow miró a su alrededor en busca de Ankor Jael, pero era imposible encontrar un solo rostro en la incoherencia de la masa. Lentamente, fue dándose cuenta de un grito rítmico y repetido, que se dilataba a partir de un pequeño comienzo, y ya tenía un latido de locura:

–Larga vida a Mallow..., larga vida a Mallow..., larga vida a Mallow...

15

Ankor Jael parpadeó mirando a Mallow con un rostro macilento. Los dos últimos días habían sido de locura y de insomnio.

–Mallow, ha hecho una demostración magnífica, así que no la estropee saltando demasiado alto. No puede considerar seriamente lo de aspirar a alcalde. El entusiasmo de la masa es algo muy poderoso, pero notoriamente inconstante.

–¡Exacto! –dijo Mallow, con tristeza–. Por eso tenemos que cuidarlo, y el mejor modo de hacerlo es continuar la demostración.

–¿Haciendo qué?

–Arrestando a Publis Manlio y Jorane Sutt...

–¿Qué?

–Lo que oye. ¡Que el alcalde les arreste! No me importan las amenazas que usted emplee para conseguirlo. Yo controlo a la masa... hoy por hoy. No se atreverá a enfrentarse con ella.

–Pero ¿bajo qué cargos?

–Eso es evidente. Han estado incitando al clero de los planetas exteriores para que tome parte en las luchas de facciones de la Fundación. Eso es ilegal, por Seldon. Acúselos de «atentar contra la seguridad del Estado». Y no me importa que sean condenados o no, tal como ellos hicieron en mi caso. Sólo quiero retirarlos de la circulación hasta que sea alcalde.

–Falta medio año para las elecciones.

–¡No es demasiado! –Mallow se había puesto en pie, y asió súbitamente a Jael por el brazo con fuerza–. Escuche, me haría cargo del gobierno por la fuerza si fuera necesario... igual que hizo Salvor Hardin hace cien años. Esta crisis Seldon sigue acercándose, y cuando llegue tengo que ser alcalde y supremo sacerdote. ¡Ambas cosas!

Jael frunció el ceño. Dijo, sosegadamente:

–¿Qué va a ser? ¿Korell, después de todo?

Mallow asintió.

–Naturalmente. Declararán la guerra, eventualmente, aunque apuesto a que aún tardará un par de años.

–¿Con naves atómicas?

–¿Qué cree usted? Esas tres naves mercantes que perdimos en su sector del espacio no fueron abatidas con pistolas de aire comprimido. Jael, obtienen naves del mismo imperio. No abra la boca como si fuera tonto. ¡He dicho el imperio! Ya sabe que aún existe. Puede haber desaparecido de la Periferia, pero en el centro de la Galaxia sigue con vida. Y un falso movimiento significa que él, él mismo, puede echarse sobre nosotros. Por eso he de ser alcalde y supremo sacerdote. Soy el único hombre que sabe cómo luchar contra la crisis.

Jael tragó saliva.

–¿Cómo? ¿Qué va usted a hacer?

–Nada.

Jael sonrió con inseguridad.

–¡Vaya! ¡Es increíble!

Pero la contestación de Mallow fue incisiva.

–Cuando sea el jefe de esta Fundación, no haré nada. Un ciento por ciento de nada, y ése es el secreto de esta crisis.

16

Asper Argo el Bienamado, comodoro de la República de Korell, saludó la entrada de su esposa con un fruncimiento de sus ralas cejas. Para ella, por lo menos, su epíteto no tenía aplicación. Incluso él lo sabía.

Ella dijo, con una voz tan fina como su cabello y tan fría como sus ojos:

–Mi gracioso señor, según tengo entendido has llegado a una decisión acerca del destino de la Fundación.

–¿De verdad? –repuso el comodoro, con acritud–. ¿Y qué otras cosas abarca tu versátil entendimiento?

–Bastantes, mi muy noble esposo. Has tenido otra de

tus vacilantes consultas con tus consejeros. Estupendos consejeros. –Con infinito desprecio–. Un montón de idiotas que obtienen sus estériles beneficios y los aprietan contra su pecho hundido ante el desagrado de mi padre.

–¿Y cuál, querida –fue la dulce réplica–, es la excelente fuente de la que tu entendimiento extrae todo esto?

La comodora soltó una carcajada.

–Si te lo dijera, mi fuente sería más cadáver que fuente.

–Bueno, tienes tus procedimientos propios, como siempre. –El comodoro se encogió de hombros y dio media vuelta–. En cuanto al desagrado de tu padre, mucho me temo que te refieres a una negativa obstinada de enviar más naves.

–¡Más naves! –repitió ella, acalorada–. ¿No tienes cinco? No lo niegues. *Sé* que tienes cinco; y te han prometido una sexta.

–Me la prometieron para el año pasado.

–Pero una, sólo una, puede reducir a cenizas a esa Fundación. ¡Sólo una! Una, para borrar sus pequeñas naves de pigmeo del espacio.

–No podría atacar su planeta, ni siquiera con una docena.

–¿Y cuánto duraría su planeta con el comercio arruinado, y sus cargamentos de juguetes y bagatelas destruidos?

–Esos juguetes y bagatelas significan dinero –dijo, suspirando–. Una gran cantidad de dinero.

–Pero si tú tuvieras la misma Fundación, ¿no tendrías todo lo que contiene? Y si tuvieras el respeto y la gratitud de mi padre, ¿no tendrías mucho más de lo que la Fundación podría darte nunca? Hace tres años, más, desde que ese bárbaro vino con su muestrario mágico. Ya hace bastante tiempo.

–¡Querida mía! –El comodoro se volvió y la miró a la cara–. Me estoy volviendo viejo. Estoy cansado. No tengo la flexibilidad necesaria para resistir tu boca de serpiente. Dices que ya sabes lo que he decidido. Bueno, lo he hecho. Ya está listo, y habrá guerra entre Korell y la Fundación.

–¡Bueno! –La figura de la comodora se expandió y sus ojos centellearon–. Por fin has aprendido lo que es la sabiduría, si bien cuando ya chocheas. Y cuando seas el dueño de la región, puedes ser lo suficientemente respetable como para ser alguien de peso e importancia en el imperio. Por lo pronto, podremos abandonar este mundo de bárbaros y acudir a la corte del virrey. Eso es lo que haremos.

Se marchó con una sonrisa, y una mano en la cadera. Su cabello despidió rayos con la luz.

El comodoro espero, y después dijo a la puerta cerrada, con maldad y odio:

–Y cuando sea el dueño de lo que tú llamas la región, seré suficientemente respetable para arreglármelas sin la arrogancia del padre y la lengua de la hija. ¡Sin ninguna de las dos cosas!

17

El teniente de la *Nebulosa Oscura* miró con horror la visiplaca.

–¡Por todas las Galaxias al galope! –Tendría que haber sido un aullido, pero en lugar de ello fue un susurro–. ¿Qué es eso?

Era una nave, pero parecía un cachalote comparado con el boquerón de la *Nebulosa Oscura*; y en el costado estaba la nave espacial y el Sol del Imperio. Todas las señales de alarma de la nave sonaron histéricamente.

Se cursaron las órdenes, y la *Nebulosa Oscura* se preparó para escapar si podía, y luchar si debía... mientras que abajo, en la sala de ultraondas, un mensaje salía a toda velocidad a través del hiperespacio hacia la Fundación.

¡Una y otra vez! En parte, una petición de ayuda, pero principalmente un aviso de peligro.

18

Hober Mallow movió los pies cansadamente mientras ojeaba los informes. Dos años de alcaldía le habían hecho un poco más dócil, un poco más suave, un poco más paciente..., pero no le habían enseñado a que le gustaran los informes gubernamentales ni el estilo burocrático en el que estaban escritos.

–¿Cuántas naves destruyeron? –preguntó Jael.

–Cuatro fueron atrapadas en tierra. Dos no han informado. Todas las demás están a salvo. –Mallow gruñó–: Podríamos haberlo hecho mejor, pero esto es sólo una escaramuza.

No hubo respuesta y Mallow alzó la vista.

–¿Está preocupado por algo?

–Me gustaría que Sutt estuviera aquí –fue la casi impertinente contestación.

–Oh, sí, y ahora oiremos otra conferencia sobre el frente interior .

–No, no la oiremos –replicó Jael–, pero usted es terco, Mallow. Puede haber descubierto la situación exterior en todos los detalles, pero nunca se ha preocupado de lo que ocurría en el planeta.

–Bueno, éste es su trabajo, ¿no? ¿Para qué le hice ministro de Educación y Propaganda?

–Con toda claridad, para enviarme a una tumba temprana y miserable, dada la cooperación que usted me proporciona. Durante el último año, le he vuelto sordo con el creciente peligro de Sutt y sus religionistas. ¿De qué servirán sus planes, si Sutt fuerza una elección especial y le derroca?

–De nada, lo admito.

–Y el discurso que hizo usted anoche sobre manejar la elección de Sutt con una sonrisa y una caricia. ¿Era necesario ser tan sincero?

–¿Hay algo mejor que robar a Sutt su caja de truenos?

–No –dijo Jael, violentamente–, no del modo que usted lo hizo. Me dice que lo ha previsto todo, y no me explica por qué comerció con Korell a exclusivo beneficio suyo durante tres años. Su único plan de batalla es retirarse sin una sola batalla. Abandona todo el comercio con los sectores del espacio cercanos a Korell. Proclama abiertamente un ahogo del rey. No promete ninguna ofensiva, ni siquiera en el futuro. Galaxia, Mallow, ¿qué cree que puedo hacer en medio de este desastre?

–¿Le falta atractivo?

–Le falta la menor llamada a la emotividad del pueblo.

–Es lo mismo.

–Mallow, despiértese. Tiene dos alternativas. O se presenta al pueblo con una dramática política exterior, sean cuales fueren sus planes particulares, o establece cualquier compromiso con Sutt.

Mallow dijo:

–Muy bien, si he fallado en la primera, probemos la segunda. Sutt acaba de llegar.

Sutt y Mallow no se habían encontrado personalmente desde el día del juicio, dos años atrás. Ninguno detectó ningún cambio en el otro, a excepción de la sutil atmósfera que los envolvía, prueba evidente de que los papeles de gobernante y pretendiente habían cambiado.

Sutt tomó asiento sin ningún apretón de manos.

Mallow le ofreció un cigarro y dijo:

–¿Le importa que Jael se quede? Desea ansiosamente un compromiso. Puede actuar de mediador si se excitan los ánimos.

Sutt se encogió de hombros.

–Un compromiso es lo que usted querría. En otra ocasión le pedí que estableciera sus condiciones. Supongo que ahora las posiciones se han cambiado.

–Supone correctamente.

–Entonces, éstas son mis condiciones. Debe usted abandonar su disparatada política de soborno económico y comercio de bagatelas, y volver a la probada política exterior de nuestros padres.

–¿Se refiere a la conquista por los misioneros?

–Exactamente.

–¿No puede haber un compromiso distinto?

–No.

–Hummm. –Mallow encendió su cigarro con toda lentitud, e inhaló el humo–. En tiempos de Hardin, cuando la conquista por los misioneros era nueva y radical, hombres como usted se opusieron a ella. Ahora está probada, asegurada y confirmada... todo lo que un Jorane Sutt encuentra bien. Pero dígame, ¿cómo nos sacaría usted del desastre actual?

–De *su* desastre actual, querrá decir. Yo no tengo nada que ver con él.

–Considere la pregunta debidamente modificada.

–Una fuerte ofensiva es lo más indicado. La partida en tablas con la que usted parece satisfecho es fatal. Sería una confesión de debilidad ante todos los mundos de la Periferia, donde la apariencia de fuerza es indispensable, y no hay ni un solo buitre entre ellos que no se uniera al asalto por su parte en el cadáver. Debería entenderlo. Es usted de Smyrno, ¿verdad?

Mallow no hizo caso de la observación. Dijo:

–Y si usted vence a Korell, ¿qué hay del imperio? *Éste* es el verdadero enemigo.

La débil sonrisa de Sutt alargó las comisuras de sus labios.

–Oh, no, sus informes sobre la visita que hizo usted a Siwenna, eran completos. El virrey del Sector Normánico está interesado en crear una disensión en la Periferia para su propio beneficio, pero sólo como una salida lateral. No va a arriesgarlo todo en una expedición al borde de la Galaxia cuando tiene cincuenta vecinos hostiles y un emperador contra el que rebelarse. Repito sus propias palabras.

–Oh, sí que podría, Sutt, si cree que somos bastante fuertes como para constituir un peligro. Y puede creerlo así si destruimos Korell mediante un ataque frontal. Tendríamos que ser considerablemente más sutiles.

–Como por ejemplo...

Mallow se recostó en su asiento.

–Sutt, le daré su oportunidad. No lo necesito, pero

puedo utilizarle. De modo que le diré de lo que se trata, y entonces usted puede unirse a mí y recibir un puesto en el gabinete de coalición, o puede hacer el papel de mártir y pudrirse en la cárcel.

–Ya recurrió a este último truco en una ocasión.

–No me empleé a fondo, Sutt. Pero esta vez va en serio. Ahora escuche. –Mallow entrecerró los ojos–: Cuando aterricé por primera vez en Korell –empezó–, soborné al comodoro con las chucherías y baratijas que forman el habitual suministro del comerciante. Al principio, esto sólo tuvo como objetivo abrirnos la puerta de una fundición de acero. No tenía otro plan que éste, pero en esto tuve éxito. Conseguí lo que quería. Pero sólo después de mi visita al imperio me di cuenta exactamente de la clase de arma que podría forjar con este comercio.

»Nos enfrentamos con una crisis Seldon, Sutt, y las crisis Seldon no se resuelven por una sola persona, sino por las fuerzas históricas. Hari Seldon, cuando planeó nuestro curso de historia futura, no contó con brillantes héroes, sino con amplias extensiones económicas y sociológicas. Por eso, las soluciones de las diversas crisis deben conseguirse gracias a las fuerzas que se nos presentan en el momento.

»En este caso… ¡el comercio!

Sutt enarcó las cejas escépticamente y se aprovechó de la pausa.

–No me considero como un ser de inteligencia subnormal, pero la cuestión es que su vaga conferencia no es muy reveladora.

–Lo será –dijo Mallow–. Tenga en cuenta que hasta ahora el poder del comercio ha sido subestimado. Se ha creído que tenía que estar bajo el control del clero para constituir un arma poderosa. No es así, y *ésta* es mi contribución a la situación de la Galaxia. ¡Un comercio sin sacerdotes! ¡Comercio, solo! Es lo bastante fuerte. Seamos simples y específicos: Korell está ahora en guerra con nosotros. Por consiguiente, nuestro comercio con él se ha interrumpido. *Pero*, fíjese que estoy tratando esto como un simple problema de aritmética, durante los pasados tres años ha basado su economía en las técnicas atómicas, que nosotros hemos introducido y que sólo nosotros podemos continuar supliendo. ¿Qué supone usted que pasará cuando los diminutos generadores atómicos empiecen a fallar, y un aparato tras otro se estropee?

»Los pequeños aparatos domésticos serán los primeros. Después de medio año de esta situación de tablas que usted odia, el cuchillo atómico de una mujer dejara de funcionar. Su horno empezará a fallar. Su lavadora no irá bien. El control de temperatura y humedad de sus casas quedará inutilizado en un caluroso día de verano. ¿Qué ocurrirá?

Hizo una pausa en espera de una contestación, y Sutt dijo tranquilamente:

–Nada. La gente lo resiste todo durante la guerra.

–Es muy cierto. Lo resisten todo. Enviarán a sus hijos al espacio en número ilimitado para que mueran horriblemente en naves espaciales destrozadas. Aguantarán los bombardeos enemigos, aunque esto signifique tener que vivir de pan rancio y agua fétida en refugios excavados a ochocientos metros de profundidad. Pero es muy difícil soportar las pequeñas cosas cuando el entusiasmo patriótico de un peligro inminente no existe. Va a ser un final en tablas. No habrá sufrimientos, ni bombardeos, ni batallas.

»Sólo habrá un cuchillo que no cortará, y un horno que no asará, y una casa que estará helada durante el invierno. Será muy molesto y la gente protestará.

Sutt dijo lentamente, como si formulara una pregunta:

–¿En esto tiene usted puestas sus esperanzas? ¿Qué espera? ¿Una rebelión de amas de casa? ¿Un súbito levantamiento de carniceros y tenderos con sus cuchillos y sus tajos en alto, gritando «Devuélvanos nuestras Máquinas Lavadoras Atómicas Automáticas marca SuperKleeno»?

–No, señor –dijo Mallow, con impaciencia–. No es eso lo que espero. Por el contrario, lo que espero es un fondo general de protestas y descontento que después serán representados por figuras más importantes.

–¿Y cuáles son esas figuras más importantes?

–Los fabricantes, los propietarios de fábricas, los industriales de Korell. Cuando hayan transcurrido dos años de la situación de tablas, las máquinas de las fábricas empezarán a fallar, una por una. Estas industrias que nosotros hemos cambiado totalmente con nuestros nuevos aparatos atómicos se encontrarán repentinamente arruinadas. Las industrias pesadas se encontrarán, masiva y súbitamente, propietarios de nada más que una maquinaria inútil que no funciona.

–Las industrias funcionaban bastante bien, antes de que usted llegara, Mallow.

–Sí, Sutt, es verdad; pero el beneficio era de una vigésima parte del actual, incluso dejando aparte el coste de la reconversión al estado original preatómico. Con los industriales, los financieros, y el hombre de la calle en su contra, ¿cuánto cree que durará el comodoro?

–Todo el tiempo que él quiera, en cuanto se le ocurra obtener nuevos generadores atómicos del imperio.

Y Mallow se echó a reír alegremente.

–Se ha equivocado, Sutt, se ha equivocado en lo mismo que el propio comodoro. Se ha equivocado en todo, y no ha comprendido nada. El imperio no puede reemplazar nada. El imperio ha sido siempre un reino de recursos colosales. Lo han calculado todo en planetas, sistemas estelares, y sectores enteros de la Galaxia. Sus generadores son gigantescos porque pensaban de modo gigantesco.

»Pero nosotros, *nosotros*, nuestra pequeña Fundación, nuestro único mundo casi sin recursos metálicos, hemos tenido que trabajar con la economía estricta. Nuestros generadores han tenido que ser del tamaño del pulgar, porque era todo el metal de que disponíamos. Tuvimos que desarrollar nuevas técnicas y nuevos métodos, técnicas y métodos que el imperio no puede seguir porque ha degenerado a un estadio cultural en que no puede realizar ningún adelanto científico vital.

»Con todos sus escudos atómicos, bastante grandes para proteger una nave, una ciudad, un mundo entero, nunca han podido construir uno para proteger a un solo hombre. Para suministrar luz y calor a una ciudad, tienen motores de seis pisos de altura, los he visto, cuando los nuestros cabrían en esta habitación. Y cuando dije a uno de sus especialistas atómicos que una cajita de plomo del tamaño de una nuez contenía un generador atómico, casi se ahogó de indignación.

»Ni siquiera entienden sus propios aparatos colosales. Las máquinas funcionan automáticamente de generación en generación, y los que las cuidan son una casta hereditaria que serían impotentes si un solo tubo D, de toda la vasta estructura, explotara.

»Toda la guerra es una batalla entre esos dos sistemas: entre el imperio y la Fundación; entre el grande y el pequeño. Para apoderarse del control de un mundo, disponen de inmensas naves que pueden hacer la guerra, pero carecen de todo significado económico. Nosotros, por el contrario, disponemos de cosas pequeñas inútiles en una guerra, pero vitales para la prosperidad y los beneficios.

»Un rey, o un comodoro, se hará cargo de las naves e incluso irá a la guerra. Los gobernantes arbitrarios a lo largo de la historia han destrozado el bienestar de sus súbditos por lo que ellos consideraban honor y gloria, y Asper Argo no resistirá la depresión económica que asolará Korell dentro de dos o tres años.

Sutt estaba junto a la ventana, de espaldas a Mallow y Jael. Se había hecho de noche, y las pocas estrellas que pugnaban por brillar aquí y allá, en el mismo borde de la Galaxia, titilaban contra el telón de fondo de la caliginosa y aplastada lente que incluía los restos de aquel imperio, aún extenso, que luchaba contra ellos.

Sutt dijo:

–No. Usted no es el hombre.

–¿No me cree?

–Quiero decir que no confío en usted. Tiene usted la lengua muy larga. Me engañó debidamente cuando creí que le tenía bien vigilado durante su primer viaje a Korell. Cuando pensé que le tenía arrinconado en el juicio, se introdujo como un gusano hasta llegar al puesto de alcalde por medio de la demagogia. En usted no hay nada recto; ningún motivo que no tenga otro detrás; ninguna declaración que no tenga tres significados.

»Supongamos que sea usted un traidor. Supongamos que su visita al imperio le haya proporcionado un subsidio y una promesa de poder. Sus acciones serían precisamente las que ahora son. Procuraría hacer estallar una guerra después de haber reforzado a su enemigo. Forzaría a la Fundación a la inactividad. Y tendría una explicación plausible para todo, tan plausible que convencería a todo el mundo.

–¿Quiere decir que no habrá acuerdo? –preguntó Mallow, amablemente.

–Quiero decir que debe usted dimitir, por libre voluntad o a la fuerza.

–Le advertí que la única alternativa era la cooperación.

El rostro de Jorane Sutt se congestionó con un súbito acceso de emoción.

–Y yo le advierto, Hober Mallow de Smyrno, que si me arresta, no habrá cuartel. Mis hombres no pararán de divulgar la verdad sobre usted, y la gente de la Fundación se unirá en contra de su gobernante extranjero. Tienen una conciencia de destino que un smyrniano no puede comprender... y esa conciencia le destruirá.

Hober Mallow dijo tranquilamente a los dos guardias que acababan de entrar:

–Llévenselo. Está arrestado.

Sutt dijo:

–Es su última oportunidad.

Mallow apagó su cigarro y no levantó la vista.

Y cinco minutos después, Jael se levantó y dijo, preocupado:

–Bueno, ahora que ha hecho usted un mártir para la causa, ¿qué pasará?

Mallow dejó de jugar con el cenicero y levantó la mirada.

–Ése no es el Sutt que yo conocía. Es un toro cegado por la sangre. Galaxia, me odia.

–Entonces, todo es más peligroso.

–¿Más peligroso? ¡Tonterías! Ha perdido toda capacidad de juicio.

Jael dijo tristemente:

–Es usted demasiado confiado, Mallow. Ignora la posibilidad de una rebelión popular.

Mallow le miró, triste a su vez.

–De una vez por todas, Jael, no hay ninguna posibilidad de una rebelión popular.

–¡Qué seguro de sí mismo está usted!

–Estoy seguro de la crisis Seldon y de la validez histórica de sus soluciones, externa *e* internamente. Hay ciertas cosas que *no* he dicho a Sutt. Él trató de controlar la misma Fundación por las fuerzas religiosas tal como controlaba los mundos exteriores, y fracasó... lo cual es el signo más seguro de que en el esquema de Seldon la religión está descartada.

»El control económico funcionó de distinta forma. Y para repetir esa frase del famoso Salvor Hardin que a usted tanto le gusta, es una mala pistola la que no puede apuntar en dos direcciones. Si Korell prosperó con nuestro comercio, nosotros también lo hicimos. Si las industrias korellianas se hunden sin nuestro comercio, y si la prosperidad de los mundos exteriores se desvanece con el aislamiento comercial, del mismo modo se hundirán nuestras industrias y se desvanecerá nuestra prosperidad.

»Y no hay ni una sola fábrica, ni un solo centro comercial, ni una línea de embarque que no esté bajo mi control, que no pueda ser exprimida por mí hasta reducirla a la nada si Sutt intentara una propaganda revolucionaria. Donde su propaganda tenga éxito, o incluso parezca que puede tener éxito, me aseguraré de que cese la prosperidad. Donde fracase, la prosperidad continuará, porque mis fábricas estarán a su disposición.

»Por lo tanto, por los mismos razonamientos que me aseguran que los korellianos se rebelarán en favor de la prosperidad, estoy seguro de que *nosotros* no nos rebelaremos contra ella. El juego será llevado hasta el final.

–De modo que –dijo Jael– está estableciendo una plutocracia. Está convirtiéndonos en una tierra de comerciantes y príncipes comerciantes. ¿Qué será, pues, del futuro?

Mallow alzó su melancólico rostro, y exclamó orgullosamente:

–¿Qué me importa a mí el futuro? No hay duda de que Seldon lo ha previsto y está preparado contra todo lo malo que pueda acontecer. Habrá otras crisis en el porvenir, cuando el poder del dinero se haya convertido en una fuerza muerta como es ahora la religión. Que mis sucesores resuelvan esos nuevos problemas, como yo he resuelto el del presente.

KORELL – *...Y así, después de tres años de guerra, que seguramente fue la guerra en que menos combates se libraron, la República de Korell se rindió incondicionalmente, y Hober Mallow ocupó su lugar junto a Hari Seldon y Salvor Hardin en el corazón del pueblo de la Fundación.*

Enciclopedia Galáctica.

ÍNDICE